JN248010

げいさい

会田誠

文藝春秋

げいさい

カバー絵　会田誠

ブックデザイン　鈴木成一デザイン室

1

美術家として僕のキャリアなんてまだまだ大したことないのだが、それでも時々雑誌なんかからインタビューを受けることはある。そのつど、どういう経緯で美術家になったか、通りいっぺんのことは答えている。波乱万丈の面白い話も取りたててできないが、美術家というだけで世間からすれば珍しい存在なのか、そういう話にもそれなりの需要はあるようだ。

ただし本人としては、毎回悔いのような、フラストレーションのような、微妙な感覚が残る。『また言い足りなかった……うまく伝えられなかった……それも根本的なところが何一つ！』と。しかしその〈根本的なところ〉を伝えようとしたら、どれほどの言葉の量が必要になってくるのか。あるいはどのような言葉の質が必要になってくるのか……。

そんなことをあれこれ考えていて、『よし、ここは一つ、小説のようなスタイルで書いてみようじゃないか』と思い立った。〈てにをは〉も怪しい絵描き風情には無謀な試みだが、そのスタイルでないと伝えられないことがあるのだ——たぶん。

僕が伝えたいのは、あの頃の細部（ディテール）であり、質感（テクスチャー）だ。そして「神は細部に宿る」の言葉通り、そういう微視的な語りの先に、巨視的な語りがおぼろげながらも出現することを期待したい。

小説風といっても、半生記のようにダラダラ書く気はない。〈我が修行時代〉の中から、思いっきり時間を区切りたい。一晩だけの話——夕方から夜明けまで——そう、映画『アメリカン・グラフィティ』のように。その小さなサンプルとして、僕の人生の中でも飛びきり最低な夜の出来事を、恥を忍んで読者に差し出そうと思う。

その日付はすぐに調べられた。１９８６年11月2日から3日にかけて。3日間にわたる多摩美術大学（以下・多摩美）の学園祭——多摩美芸術祭——通称「芸祭（げいさい）」の、なか日から最終日にかけて。

少々長くなると思うが笑納してもらえたら幸いだ。

＊

僕はビールを飲みながら高村のバンドを聴いていた。ペコペコと凹む大きな透明プラスチックのコップの中で、小さな泡の粒々が西日を浴びて、黄金色に輝いていたのをよく覚えている。その日最初に飲んだその一杯は、妙にヒリヒリと胃袋に沁みた。きっと精神的なプレッシャーで胃壁が荒れているところに、まだ飲み慣れているとはいえないアルコールが急に流れこんできたからだろう。

西日を浴びていたということは、僕は軽音楽部（以下・軽音）のライブハウスの中には入らず、外から聴いていたということだ。ライブハウスといっても、三面しか壁のない開けっぴろげの箱で、催事用のテントにコンパネの壁をくくりつけただけの、吹けば飛ぶようなシロモノである。その狭い箱の中にノリノリの客がぎっしり詰まっているわけで、その中に入っていける心境ではまったくなかったのだ。

具体的な旋律は忘れてしまったが、どんな雰囲気の音楽だったかは覚えている。当時はまったく音楽に疎かったけれど、今なら多少ジャンルも特定できる。あの全体的にだらしない南国調は、おそらくレゲエの影響。しかしパーカッションはアフリカン・ドラムを基調に、よくわからない様々な民族楽器を叩いたり擦ったり弾いたりしていて、当時流行りのワールド・ミュージックへの指向があった。さらにボーカルの歌い方や歌詞は、日本のおちゃらけたコミック・バンド風——なんせバンド名は〈鼻毛ちょうむすび〉だったから。

要するにいろいろなものをゴチャ混ぜにした、敷居の低い音楽だった。何よりもやっている本人たちが楽しんでいることを前面に押し出した類の。

素人バンドによくあることだろうが、最後の一曲だけはまぐれ当たりという感じに、なんだかいい曲だった。旋律だけとれば、世のヒットチャートに上ってもおかしくないくらいに。鼻毛ちょうむすび——客の掛け声から愛称は〈鼻ちょう〉であることが知れた——はある程度長く続いているバンドらしく、その曲になると客は『待ってました！』という感じになった。もちろん学生バンドだから長いといっても3〜4年、客といってもクラスメイトが大半なんだろうが。そのサビの「楽園へ行こう〜」というリフレインのところでは、僕以外の客ほぼ全員による、手を上に大きく振ってウェーブをつくりながらの大合唱になった。

「いやーキツかったー、だって練習たったの2週間だぜー」

高村は頭をかきむしりながら僕のところに来た。笑顔のまま苦々しい表情をしている。この人懐っこい顔を見るのはそこそこ久しぶりで、それはやはり僕にとってかなりの救いになった。

「いや、良かったよ。というか高村、本当にギター弾けるんだね。そのことにまずは率直に驚いたよ」

予備校で絵を描いている高村の姿しか知らなかったから、必ずしもお世辞ではなかった。

「これでも一応高校の時はちゃんとバンドやってたからね。でも予備校の一年間はぜんぜんギター触らなかったから、腕がなまってなまって……」

高村は左手で弦を押さえる仕草をしながら悔しそうに言った。確かに僕の耳でも、高村のベースが時々外してしまう音は聞き分けられた。というか、お調子者の高村はミスをするたびに舌をペロッと出すので、目でも分かったのだが。

「でも仕方ないだろ？　急にベースやってた先輩が辞めて、ピンチヒッターだったんだからさあ」

「オマエはよくやったよ。大抜擢だったんだろ？　先輩たちがやっている人気のあるバンドに――」

「まあね。鼻ちょうはみんな四年生で、軽音では一番愛されてるバンドかな。ノイズとかパンクとか、もっと難しいっつーか、怖い音楽をやる連中が多いからね、美大は」

高村はわざとらしいしかめっ面を作って、難しくて怖い音楽を表現した。そういう音楽を嫌っていることはよくわかった。

「まあ大抜擢っていうより、一年の部員はみんないつの間にかそれぞれバンド組んでて、気がつけばオレだけ一人ぼっちだったのよ。孤独な野良猫のオレが、ラッキーにも裕福な家に拾われた感じかな」

「高村の口から孤独なんて言葉が出るとは意外だね。いつでも友達に囲まれてたタイプじゃないか」

「それがさあ……多摩美に入ってみたらそうでもないんだよ。なんかオレ浮いてるみたいなんだよ、俗っぽさで。みんなもっと美大生っぽくスカしてるんだよなあ……うまく言えないけど」

「ふーん、そんなこともあるんだ。……でもやっぱり孤独といえば僕の方だよ。みんないなくなっちゃったからね。正直言って寂しいよ。元気がいいのは一浪ばっかり……去年僕らがそうだったようにね」

高村は少し声を落として訊いてきた。

「そういえば人から聞いたんだけどさあ……最近予備校に行ってないんだって？」

「うん……最近バイトを始めてさ。単発のバイトだからいつでも辞められるんだけど、なんだかんだ一ヶ月以上続けてて、ここんところ予備校には行ってない」

「そっかぁー」

高村は精一杯神妙な顔を作ってくれながら言った。

「でもわかるよ……ずっと予備校じゃ息が詰まるもんな。ちょっとした気分転換のつもりだろ？」

「まあね。いや、どうだろう……もうちょっと深刻かもしれない」

「深刻って」

「受験、やめるかもしれない」

「マジで？　それはもったいないなあ。二朗なら絶対芸大受かるのに。でも本人の気持ちが一番大切だしなあ……」

「もちろんそう決めたわけじゃないけど……正直言って、今かなり迷ってて」

「うーん……」

高村は困って頭を掻きむしり、それから僕の両肩を元気よくバンバン叩いた。

「わかった、今日は相談に乗るよ！」

「うん、頼む。今日はホントにそのつもりで来たから。高村みたいに気兼ねなく話せる相手がもう予備校に残っていないんだ。高村の率直な意見が聞きたい」

これは本心だった。高村は決して穿ったことを言うタイプではなく、むしろ軽薄なキャラクターを売りにしていたが、その実何事にもバランスの取れた妥当な視点を持っていることを、僕は知っていたから。

「オーケーオーケー、今晩はとことん飲み明かして、語り明かそう。オレもこの美大に入ってみて、最近いろいろと思うところがあって、聞いてもらいたい話があるんだ」

それから高村は後ろのステージの方をチラリと振り向いた。そこでは鼻毛ちょうむすびのメンバーが撤収作業を続けていた。

「いいの？　手伝わなくて」

「まあ、あとちょっとなら」

それから高村は早口で言った。

「でさ、次はもちろんサッチンのパフォーマンス見るんだろ？」

「ああ……うん」

答えが少し言い淀んでしまった。

「オレはこの片付けしてから、少し遅れて行くよ。グラウンドはあっちの方向ね。チラシに地図が載ってるからわかると思う。そのあとみんなとどっかの模擬店で飲もうぜ。アリアスも来るはずなんだけど、ハァ……オレの演奏は聴いてくれなかったなあ……」

高村は芝居めかして、がくんと肩を落としてみせた。

「まあまあ、アリアスは昔っから遅刻魔じゃないか」

「そーだよな、あのアマ、遅刻しやがって！」

高村のアリアスに対する一方的な恋情はどれほど本気なのか、昔から計りかねるところがあったので、まともに取りあうつもりはなかった。

「手紙にも書いたけど、今日の芸祭は最終の学バスが出る8時で一応終わりってことになってるけど、ホントはオールナイトだから。今日は朝までいないか？」

「うん、そのつもりで来たさ」

「よし、今夜は死ぬほど飲むぞー！　じゃあまたあとでー！」

高村は手を高いところで振りながら、後ろ歩きにステージの方へ去っていった。

＊

サッチン——山口佐知子は僕の彼女だった——たぶん。

〈たぶん〉というのは、一度ひどい口喧嘩をして、以来四ヶ月くらい会ってないからだ。電話もしていない。そもそも僕のアパートの部屋に電話はなかった。公衆電話から実家暮らしの彼女に電話することはできたが、しなかった。

芸祭の誘いは高村からの郵便で届いた。封筒をあけると、2種類のチラシと、破いたクロッキー帳におそらく4Bとかの濃い鉛筆でなぐり書きされた手紙が入っていた。

一つのチラシは鼻毛ちょうむすびのものだった。これはひどいデザインだった——良い意味で。洋物のポルノ雑誌の切り抜きをベタベタとコラージュした上に、マジックペンで荒々しく落書きを加え、ついでにちょっと必要な文字情報も書きました——という感じの安っぽい白黒コピー。触っただけで手が汚れるような錯覚さえ与える不潔感。考えうる最低のデザインにしようと決めたら、ちゃんと最低のものが作れる、美大生の高い技術を逆に感じさせた。

手紙にはだいたいこんなことが書いてあった。

「先輩のバンドに急に誘われて、芸祭で演奏することになった。できれば聴いてほしいけど、忙しいだろうし、誘うのは無理かな……って思ってたけど、サッチンが何か真面目っぽいパフォーマンスに出るようじゃない。時間見たら、僕らのライブの少しあとに始まるみたい。もしサッチンのやつを見に来るつもりなら、ついでに僕らのも聴きに来てよ。サッチンからチラシもらってるだろうけど、一応そっちも同封しておく」

もう一つのチラシが、佐知子が参加するパフォーマンス『プロメテウス頌歌(しょうか)～今われわれがなすべきこと～』だった。

チラシの雰囲気はあらゆる意味で鼻毛ちょうむすびと真逆だった。まずもってちゃんとした印刷物だったし、なにかそれ以上だった。雲母のような高級な輝きがある光沢紙に、青と銀の二色刷り。デザインは清潔感や静謐(せいひつ)感を漂わせた、とてもシンプルなもの。そして失敗というよりあえて狙ったのだろうが、光沢紙の上に銀のインクを使っているので、文字がとても読みにくい。本当に読んで欲しいのか疑わしいほど細かい文字のステートメントを、それでもがんばって読んでみても、限りなく詩に近い雲をつかむような文章で、これがどういう催しなのか知る手立てにはほとんどならなかった。

「山口佐知子」の文字は〈出演〉の列の2番目に、大きめの活字であった。それは準主役というポジションを想像させた。僕らの関係が正常ならば、当然佐知子はこのことを僕に教えただろうし、さらには芸祭に誘ったかもしれない。

チラシのわかりにくい校内地図を頼りに、僕はパフォーマンスの会場であるグラウンドを目指してとぼとぼと歩いた。

行き交う人々の多くははしゃいでいる。無理もない——年に一度の無礼講的なお祭りなのだ。この三日間だけは学生の自治が認められ、普段は地味なキャンパスが異空間に生まれ変わるのだ。何らかのビジュアルものを作るプロを目指す美大生なら、さぞや腕が鳴ることだろう。

様々な意匠を凝らした模擬店が立ち並び、個性を競い合っていた。たいていはアルコール類も販売する食べ物屋で、店先からは食欲をそそる万国の匂いや煙が漂っていた。

美大には油絵科、日本画科、彫刻科、デザイン科、工芸科などがあり、それぞれ方向性や嗜好がかなり異なっている。簡単にいえば、最も万人受けするハイセンスなものを作るのは、デザイン科や工芸科。最も自らの自由を誇り、時には人の神経を逆撫でたりするのは油絵科。模擬店の看板や内装にも、それを反映した振り幅がある。さらには自らの趣味の偏りをアピールするサークルの出店もあるので、バラエティの豊かさは過剰なほどで、それを眺めて歩いているだけでも芸祭は楽しい——はずだった。

美術予備校に伝わる有名なジンクスに「美大の芸祭に遊びに行くと受験に落ちる」というものがある。

これには二つの戒めがあるのだろう。一つは「芸祭に行って遊んでいるような精神のたるんだ怠け者は、受験に落ちて当然だ」というもの。もう一つは「芸祭に行っても、楽しそうな美大生の姿を見て傷つくだけで、百害あって一利なしだぞ」というもの。

どちらにしても精神的にきつい話だ。今日は何度その言葉が頭をよぎったことだろうか。特に昼間、学生たちの作品展示を見るため、校舎内を歩き回っていた時に。そのたびに胃がしくしくと痛んだ。圧倒的なよそ者の意識――疎外感というやつだった。

少し迷ったすえにグラウンドに辿り着くと、もうパフォーマンスの観客らしい人たちがぽつぽつと集まっていた。観客用のイスもシートも用意されていなかったから、どうやら立って見る形式のようだった。そこらへんが演劇とパフォーマンスの違いなんだろうか……とぼんやり思った。

人々の中からアリアスを見つけるのはたやすいことだった。女性にしては背が高く、予想通り派手な服を着ていたから。体型にぴったり張り付く豹柄のボディコンに、ショッキングピンクのフェイクファーの襟巻きという、彼女にとって戦闘モード全開のいでたちだった。

「二朗くん久しぶりー、やっぱりサッチンの見に来たんだねー」

「うん……まあね」

僕の返事は歯切れが悪くならざるをえず、すぐに話題をそらした。

「高村のバンドも聴きにきたんだけどね。アイツ、アリアスが来てくれなかったって落ち込んでたよ」

「あ、いっけなーい、忘れてた。もう終わっちゃったんだよね？」

大していけないと思っていないことは、屈託のない笑顔に変化がないことで明らかだった。もしかしたら覚えていて、あえて行かなかったのかもしれない。

「さっき終わったばっかり。片付け終わったらこっち来るって。アイツ一応ちゃんとギター弾けてたよ」

「そう……ていうか、アリアスって呼ばれるのすっごい久しぶり！」

「このアダ名、嫌い？」

「別に嫌いじゃないけどー、いかにも美術予備校限定って感じかなー」

アリアスというのは、予備校でデッサンをする石膏像の代表的なものの一つだった。ギリシャ神話に出てくる女神の胸像。鼻筋がキリッと通った、いかにもゴージャスな西洋美人という雰囲気で、誰だってアダ名にされて悪い気はしないだろう。具体的な共通点としては、彼女が石膏像のアリアスと同じく、髪を縦巻きロールにしていることが多い点なのだが。今日もそれをばっちり決めていた。

「そのアリアスを僕はまだ描いてるけどね」

陽気なアリアスには不思議と自虐的なネタもさらりと言えた。

「そうだったーゴメンゴメン。だって二朗くんは芸大一本狙いじゃない。アタシなんか浪人したすえにタ・ン・ダ・イ。もともとココロザシが違うからー」

アリアスは女子美術大学（略称・女子美）の短大に行った。そして僕の芸大一本狙いというのは、まわりに流布されてしまった誤解なのだが、そこは人に言えない秘密があるので、訂正できないままでいた。

「そういえばこのあいだ講評会でクロさんが、アリアスは女じゃなくて男かもしれないって言ってたよ。一説によるとそうなんだって」

「えーなに、じゃあアタシ、オカマってことー、やっだーキャハハ！」

「その説が正しければね。二浪もすると石膏像にもいろいろ詳しくなっちゃうよ。『あばたのヴィーナス』なんて、あばたの位置、もう空で全部描けるもん」

しばらくアリアスとそんなとりとめのないことをしゃべった。


陽がだいぶ傾き、人々の影が地面に長く伸びてきた。午前中まで降り続いた雨で、ところどころに大きな水たまりができていた。

グラウンドの中央には屋外の映画上映会に使うような、大きなスクリーンが用意されていた。縫い合わせて作ったらしい大きな白布を、鉄パイプで作った枠に張ったものだ。風で転倒する心配が生じたようで、学生スタッフたちがああでもないこうでもないと言い合いながら、地面に杭を打ったりロープを張ったりしている。その手前ではスライド・プロジェクターの様子を見ているスタッフもいる。スクリーンの左右には脚立に載せた大きなスピーカーもあり、どうやらこのパフォーマンスは、けっこう機械を多用するタイプのものと知れた。

もちろん目で探したが、佐知子の姿は見えなかった。

ふと背後に人の気配を感じて振り返ると、熊澤さんが立っていた。

「あ、どうも！」

「……」

熊澤さんは無言で少し首を動かすだけの挨拶を返した。いつからそこに立っていたのか――もしかしたらずいぶん前から立っていたのかもしれない。熊澤さんはそういう人だった。

「わー熊澤さんだー、おっ久しぶりー！」

アリアスの明るすぎる声に気圧されて、熊澤さんは気弱な亀が首を小刻みに引っこめたり出したりするような、微妙な首の動かし方をした。それが一応アリアスに対する返事のようだった。そういう時、目がギョロギョロと左右に動く癖もあった。

「あの、さっき展示見ました」

僕はまずはこのことを言わなければと思った。

「お世辞抜きに、ホントにすごいと思いました」

「……ど、どうも……あ、ありがとう……」

少しある吃音と、ほとんど聞き取れないくらいの小声はあいかわらずだった。

「置いてあったノートに感想書いたんですけど……」

「……よ、読んだ……ありが……」

うつむくので最後の「とう」はほとんど聞きとれなかった。

昼間見た熊澤さんの展示は、本当に群を抜いていたのだった。

油絵科一年生の作品展示は、授業の課題で描いた絵を1、2点飾っただけの者が多く、全体的にやる気が感じられず、つまらなかった。それはもちろん浪人生のヒガミという色眼鏡がかかった感想かもしれないが。

『自分はなれなかったけど、晴れて美大生になったなら——もう受験という制約から解放されたなら——もっと積極的に〈自分の作品〉を作ればいいじゃないか。なんだよ、こんな中途半端に〈受験絵画〉を引きずったような、消極的なものばっかり描いて……』

というのが、僕が一年生の教室を回っていた時にずっとつぶやいていた心の声だった。

そんな中で、熊澤さんの展示はひときわ異彩を放っていた。まず彼女は教室（ただし美大の油絵科などの教室には、もともと机も黒板もないので、一般の人にはアトリエと書いた方がイメージしやすいかもしれない）の広い壁一面を、一人で占有していた。そこに、大小様々な紙に描かれた絵が所狭しとびっしり貼られている。水彩紙、大判の模造紙、スケッチブックやクロッキー帳から剝がしたもの、包装紙の裏など、紙の質もバラバラだった。

そこに熊澤さんは、主にオイル・スティック（太いクレヨン状の油絵具）でグリグリと筆圧強く描く。鮮やかな全色調（いわゆるレインボー・カラー）を使うのだけれど、のめり込んで止めどなく描くので、線が幾重にも重なり、色が殺し合いを始める。ベースの紙は執拗な加筆によってゴワゴワになり、一部破れたところまである。最終的に全体の色調は、だいたい暗く沈んだ絵になった。その重苦しく息苦しい独特の色彩感覚は、去年予備校で描いていたものから基本変わっていなかった。

モチーフ（画題）は様々だった。やせ細った人間がいたり犬がいたり、繁茂した植物があったり——どれも空想で描かれたものだろう。それらが漠然と町や自然を思わせる風景の中にあるのだが、その空間が必ず激しく歪んでいた。熊澤さんの真意はわからないながら、それによって見る者が受ける印象は、不安や孤独や恐怖だった。

中でも今回最も時間をかけたと思われる大作は、見る者の感情を強烈にかき乱さずにはおかなかった。「地獄の逆巻く炎に巻き込まれ、悶え苦しむ人間たちの図」のように感じられた——そんな古い宗教的な絵の焼き直しという意図はないのだろうが。熊澤さんの絵はかなり抽象画に近づいた荒々しいものなので、はっきりと意図を読み取るのは困難ではあった。

いずれにせよそれを描いている時の熊澤さんの、常人の域を超えた集中力はありありと感じられた。そのすべてが、大学の義務的な課題として描かれたものではなく、この芸祭の展示のために自主的に描かれたものであることは明らかだった。

「ノートにも書きましたけれど、予備校の時描いてた絵の雰囲気はそのままに、それがのびのびとパワーアップしてる感じが、すごいなあというか……正直言って羨ましいなあと思いました」

僕が熊澤さんに対して敬語なのは、彼女の繊細そうな性格のためもあるが、少し変わった経歴のため、僕らより二つは年上らしいからだった。

「ほ、本間くんに……そ、そう言われるのは……うれしい……」

これは正直、そう言われる僕も嬉しかった。アリアスが割って入った。

「熊澤さんごめんなさーい、アタシ遅れて来たから展示見そびれちゃって。でもなんか想像できるー、熊澤さんが美大で、なんて言うの——水に入った魚？　みたいにガシガシ描いてる姿。

そういえば去年講評会で熊澤さんと二朗くんって、よくセットで語られてたよね、天才ペアって」

しばらく熊澤さんの返事を待ったが、予想通り無言のままだったので、僕が答えた。

「あれは否定的な意味でも使われてたけどね。そういうのめり込んで描くタイプは、冷静さに欠けるから受験では要注意だって」

「それ言うのはいつもハセヤンでしょ。一番偉いクロさんはいつもベタ褒めだったじゃない、『いやー良い絵だ！』って。もっともあの二人、何かにつけて意見対立してばっかだったけどねー」

「それがさあ」

僕は苦笑いしながら言った。

「その長谷川さんのクラスに、僕は今年からなったんだよね」

「えー、よりによってー！　二朗くんはクロさんと相性良かったのにー、なんでー！」

「それは……長谷川さんが自分のクラスに僕が欲しかったというより、僕に冷静さが必要だから教え込もうっていう、油絵科全体の方針なんじゃないかな。ショック療法として、クールな戦略を教える長谷川さんを僕にぶつけようっていう……」

「うーん、二朗くんに冷静さが加わったら鬼に金棒かもしれないけど……。でもハセヤンって性格すっごく悪いじゃーん」

「それは」

僕はニヤニヤしながら言った。

「アリアスは個人的によく知ってるのかもしれないけどねえ……」

「え、その話、知ってんの？」

「高村から聞いたよ」

「いやいやだから、アイツが何言ったか知らないけどォ、何度かいっしょに展覧会とか連れ回されて、そのあとご飯食べただけだってー。それでつまらない男ってことがよーくわかったってだけの話ー」

「まあそれは信じてるよ。あの真面目なだけの長谷川さんじゃあ、アリアスの相手は務まらないだろうからねえ」

ここらへんで僕らは、熊澤さんを放ったらかしにしてしゃべり続けていたことに気がついた。二人で彼女を見ると、今の話が男女のきわどい話であることを理解してか理解せずか、さっきよりもいくぶん大きく首を前後に動かし、目をギョロギョロさせた。

パフォーマンスが始まる予定の16時30分には、グラウンドの観客はさっきの倍くらいに増えていた。それから5分くらい押して、メガネをかけた男子学生が風に揺れるスクリーンの前に現れ、声を張り上げて前口上を始めた。

「本日はァ、パフォーマンス『プロメテウス頌歌～今われわれがなすべきこと～』にお越しいただきィ、誠にありがとうございまァす！　本パフォーマンスはァ……」

以下要約すれば――このパフォーマンスは、この夏長野県で行われた「信州アートフェスティバル」に参加した成果を見せるものである。油絵科の助手が学生有志18名を引き連れて、約一ヶ月合宿した。その間、舞踏家のワークショップや農業実習など様々な体験をした。大自然の中で自らを見つめ直し、全員でこのパフォーマンスの構想を練った――とのことだった。

前口上の男が引っ込むと、スクリーンに何やら外国語の文字が映し出された。まだあたりは暗くなりきっていなかったから、その白い文字は淡く浮き出ているだけだった。たぶんそこにいる観衆全員が読めなかったと思うが、おおかたプロメテウスと書いてあるのだろうと予想は立った（今調べたらギリシャ語で *Προμηθεύς* ――確かにこんな判読が完全にお手上げな感じだった）。次にその文字の上部に、コロナや黒点が鮮明に見える、燃えさかる太陽の写真がオーバーラップした。どうやら複数台のスライド・プロジェクターを用意しているようだった。

音楽――というか音響も始まった。電子音楽の一種であり、特に最初のうちは静かに始まったので、おそらく当時先進的な人々に人気があったアンビエント・ミュージック＝環境音楽というやつだったと思う。わかりやすいリズムやメロディがあるわけではないが、心地よいモヤ～っとした音が響いている――みたいなものだった。

最初の演者である二人の男がしずしずと現れた。上半身裸で、適当に裁断したような麻布を腰に巻いただけの衣装だった。なんとなく原始人や未開人をイメージしたものだろう。

一方はすごく背が高く、一方は背が低い凸凹コンビだった。彼らはゆっくりした動作で地面に腰を下ろし、背の高い方が、手にしていた木製の器具を自分の目の前に置いた。

まずはその器具をなにやらセットしているらしい動作が続いた。しばらくの間それが何かわからなかったが、セットが終わり、おもむろに使い始めると、すぐにわかった。それは火を起こす原始的な道具だった。

弓状のものを前後に動かすと、中心に立てた木の棒が、巻きついた紐の仕掛けで回転する。背の高い男は最初はゆっくりと、次第に激しく弓を動かし始めた。木の棒はけっこう高速で回転する。遠くてよく見えなかったが、背の低い男は、おそらく木のクズなどを回転する棒の根元に持っていくことで、着火の手助けをしているようだった。

スライドはマグマを吐き出す火山や、ウミガメが泳ぐサンゴ礁、苔むした原生林など、雄大な自然を映したものに切り替わっていった（しばらく見て、大小様々な画像を投影するために、計6台のプロジェクターを使っていることが分かった。大学中の備品をかき集めたのだろう）。地球の歴史を早送りで見せる趣向のようだった。それに被せて、時々白い文字も現れる。ほとんどが外国の文字で、僕には読めなかった。アルファベットだけではなく、サンスクリットや漢詩らしいものもあった。日本語もあったが、たぶん日本書紀か古事記で、僕にはよく意味がわからなかった。

なかなか火は着かなかった。5分間はそうやって虚しい弓の前後運動だけを見させられただろうか――ようやく、煙らしいものがチラチラと空中を漂い始めた。観衆からは小さく「お、きた」といった声が上がった。

しかしそこからが長かった。白い煙はじょじょに増えていったが、なかなか決定的な火のオレンジ色に染まらない。

弓の動かし手は明らかに疲れてきた。弓の動きが変則的になってきたことでわかる。速度が遅くなったかと思うと、やけくそのように速くなり……の繰り返し。二人に焦りが見え始め、時々演者ではなく素の学生の顔に戻って、なにやら小声で相談し合っている。

「これいつまで続くのー」

誰もが思っていることを、バカ正直なアリアスが真っ先に口にした——一応僕への耳打ちの形だったが、周囲に丸聞こえだった。

「まさかこのまま終わるんじゃないでしょうねぇ。あたしサッチンだけ見にきたんだけどぉー」

気がつけばさっきから、投影されているスライドに変化がない。ずっと鍾乳洞の写真のままである。着火が思ったより長引き、着火するまで映す予定で用意していたスライドが尽きたのだろう。遠巻きに見ていた客の中には帰り出す者もいた。

すると突然、演者二人はバッと身を起こし、猿のような素早い動きでお互いの持ち場を交代した。これにはさすがに観衆からは呆れた笑いが起きた。

体力を温存した交代選手はしゃにむに弓を動かした。煙はさっきよりも勢いよく上がり始めた。助手に転じた背が高い方は、煙の発生源を両手で囲い、口を尖らせて息を吹きこんでいるようだった。「佐々木、がんばれ！」などという、パフォーマンスのフィクション性を台無しにする学生ノリの声援もあった。

それからしばらくして、オレンジ色の光がパッと手の囲いの中で灯った。

そこからは意外と早く、二人がかりで投入され続ける細かい枯れ枝に、火はメラメラと燃え広がった。客の間では『これでとにかく何か進展する』という安堵感が広がり、気の早い者はもう「ブラボー」と言って拍手した。


火の発生がきっかけになって、スクリーンの左右の陰から新たな演者たちがゾロゾロ登場してきた。やはりみんな適当に裁断したような麻布を思い思いに身にまとい、肌が露出したところは軽く白い粉が塗られていた——だから全身がベージュ色に統一され、生身の人が彫塑のように見える効果があった。中には衣装というよりは負傷者の包帯や三角巾、あるいは罪人の拘束具を連想させるようなものもあり、体にまとわり付いた布のせいで歩くのもままならない者もいた。

そしてみんなスローモーションのような緩慢な動きをしていた。当時はよく知らなかったが、それは日本独自の身体表現——土方巽が1960年代に提唱した暗黒舞踏の流れを汲んだものだったのだろう。西洋的な華麗な踊りのあえて真逆をゆく、田植えや関取の四股からヒントを得た、常に低い姿勢で大地を踏みしめるような鈍重な踊り。姿勢が低すぎて四つん這いになり、芋虫のようにモゾモゾ蠢(うごめ)いている者もいた。全体として「不気味な亡者の群れ」という風情だった。

まずは発生したばかりの火に対する人々の反応から始まった。ひたすら恐れる者。遠巻きに様子をうかがう者。好奇心をもってゆっくり近づく者。そして、恐る恐る最初に火を受けとる者……。

当然よく探したのだが、それらの群衆劇の中に佐知子の姿は見つからなかった。みな顔を白く塗っているし、照明はスライドの投影と、少しずつ数が増えてゆく松明（たいまつ）の火だけだったから、判別するのは難しかったが。

いや、先に書いてしまえば――佐知子の登場はずっと後ろだった。それなりに長く複雑なパフォーマンス劇だったので、前半の内容はさらりと書くに留めよう。

要はたぶん「火の受け渡しと拡散にまつわる、人類の歴史的悲喜劇」といったところだった。終始無言劇で、かと言って分かりやすいエンターテインメントとしてのパントマイムとは違い、抽象的な体の動きで何事かを暗示させる〈高級な〉類のものだったから、正直言ってよく分からなかったのだが。それでも、古い教会に灯るキャンドルのスライドに合わせて賛美歌が響き渡り、湯気を吐く蒸気機関のスライドに合わせてガシャンガシャンという機械音が鳴り響けば、この無言劇が今どこら辺のことを表現しようとしているのか、だいたいの想像はついた。

佐知子の登場はそんな漠然としたストーリー上、複葉機が空を舞う第一次世界大戦を経て、大型爆撃機が登場する第二次世界大戦に突入し、人類の歴史がますます混迷の度を深めていったあたりのタイミングだった。

遠雷のような不気味な音響が空に満ち始め（〈空に〉というのは演者たちがみな上を見上げてキョロキョロし始めたから）、人々は不安に駆られ散り散りに逃げ、ステージ（といっても高低差のないグラウンドだから、スクリーン手前の空間という意味だが）には誰もいなくなった。そこに突然の雷鳴のごとき大音響！　スクリーンに映し出されるのは、広島・長崎に落とされた原子爆弾のキノコ雲を写した写真の数々――。

大音響の余韻が長く尾を引き、それがようやく消えて静寂に戻った時、スクリーンの陰から一人の人物が登場した。山小屋で使うような灯油ランプを掲げ、あたりを警戒しながら現れた、メガネをかけた青年。最初に前口上をやった上級生だった。白塗りでも麻布の衣装でもなく、上下とも白っぽい普通の服を着ていた。演技もおどろおどろしい暗黒舞踏風とは異なり、自然体だった。

安全が確認されたようで、スクリーン裏の誰かを呼び寄せる仕草。そうしてメガネの男に手を引かれ、おずおずと姿を現したのが佐知子だった。佐知子が登場した瞬間、アリアスは「えっ」と短く叫んだが、それは僕の心の声と完全に同期していた。

佐知子は髪をバッサリ切っていたのだ。

つねに肩に触れるくらいの長さはあった髪が、まるで少年のような短髪になっていた。いや、少年とも違う――連想したのは、ナチスに協力したパリの女性が、見せしめに丸刈りにされた白黒写真だった。あんな風に誰かに暴力的に切られたような、無造作を通りこした痛々しさがあった。遅れてきて隣にいた高村が、あっけにとられたようにつぶやいた。

「いやあ……オレも知らなかったよ。昨日見かけた時は、髪、普通にあったけどな……」

やはり顔に白塗りはなく、簡素な白いワンピースを着た佐知子は、どうやら少女役といったところで、熊のぬいぐるみを胸にぎゅっと抱えていた。何かに怯えて身を固くした少女を、年長の男がなだめ、手を引き、歩むように促している。おそらくチルチルとミチルやヘンゼルとグレーテルのような兄妹という設定なんだろう。

しばらく「不安な暗闇の中をランプの光だけを頼りに、おそるおそる歩む二人」という無言劇が続いた。

やがてスクリーンの奥から、何か音が聞こえてきた。二人は耳をそばだて、身構える。スクリーンの左右奥にある暗闇に目をこらすと、腰をかがめ、カラカラと音を立てながら、後ろ向きで近づいてくる者たちがいる。兄妹は慌てて後ずさり、物陰に身を潜めるジェスチャーをした。

近づいてきたのは、最初に火をおこした凸凹二人組で、今度は白い作業用ツナギを着ていた。音の正体はそれぞれが抱えた電工ドラムで、それを回転させながら、遠いところから実際に電源を引っ張ってきているようだった。二人は電工ドラムをステージの中央に、左右対称を守ってどかっと据え置いた。

背の高い方がスクリーンの方に行き、裏に用意しておいた大きな裸電球を持って戻ってきた。それをおもむろに電工ドラムのコンセントに差しこむと、暴力的なまでに眩しい光が四方八方に放たれた。あれはガラスが透明でフィラメントが丸見えの、５００ワットくらいの特殊な電球だったろうか。男はコードを持った手を誇らしげに高く伸ばし、光の玉を自身の周りにグルグル回してみせた。

電気の発明ということなのだろう――しかし発明は言うまでもなく、普及も第二次世界大戦前のはずだが、そこらへんは多少前後してもいいという演出上の考えだったのだろうか。

電球を羨ましそうに見上げていた背の低い男は、意を決したようにスクリーン裏に行き、ポータブルのレコードプレイヤーを抱えて戻ってきた。プラグをコンセントに差し、それからレコード針を慎重に落とした。安っぽいスピーカーからはいかにも懐メロといった前奏が鳴り響き、続いて始まった歌唱は、戦後初のヒット曲といわれる「リンゴの唄」だった――さすがに僕でさえ選曲が直接的すぎるんじゃないかと思ったが。

往年の女性歌手の伸びやかな歌声に誘われるように、スクリーンの陰から再び全身ベージュ色の不気味な人々が、低い姿勢のままゆっくりと現れた。みな、にかーっとした気持ち悪い笑顔で、手に手に何らかの電化製品を大切そうに持っていた。

人々は二つの電工ドラムの周りに群がり、最初の者がおそるおそるプラグを差し込んだ。彼が持つ長い蛍光灯が点灯した時には、人々はその白すぎる新しい光に驚き、逃げかけた。蛍光管は神経質なリズムの明滅――フリッカー現象――を起こしていた。それにやがて慣れた人々は、再び電工ドラムの周りに集まった。そこからは早く、我先にと自分の持つ電化製品のプラグを差し込み始めた。二つの電工ドラムにそれぞれ四つあるコンセント口は、あっという間に塞がった。

果物の入ったジューサーミキサーを間欠的に回す者。抱えた扇風機の首振り機能に合わせて首を振り、「あ〜〜〜」と声を震わせる遊びに興じる者。電子レンジのタイマーをいじっては「チン」という音をしつこく鳴らし続ける者。クリスマスの飾り付けに使う色とりどりの明滅する豆電球を身に纏う者。業務用掃除機でグラウンドを掃除したり人の衣装を吸ったりする者。そして、おそらく美大の備品であろう様々な電動工具…………。

人々は電気の魔力に取り憑かれたように、電工ドラムの周りにひしめき合った。コンセント口は足りなくなり、他人のプラグを抜いて自分のものを差し込むエゴイストが出てくる。方々で起こる諍い。じきに電源タップをたくさん持ち込んで騒動を収める、一見人徳者が現れる。そして心配になるくらいのタコ足配線が、みるみるうちに増殖されていく。

数台のラジカセに電気が供給されてからは、音楽がその場を支配するようになった。ラジオのチューニングがせわしなく変えられた。据え置きの大きなスピーカーからもミュージカルの「ザッツ・エンターテインメント」の華やかなイントロに始まって、様々な音楽が多重録音で被さってきた。ハードロックのエレキギターが上げる唸りに、演歌のコブシが対抗した。しだいに厚みを増してゆく雑音の塊の奥に、マイケル・ジャクソンの「スリラー」やマドンナの「ライク・ア・ヴァージン」など、当時のヒット曲だけはからくも聞き取れた。

半ば予想していたが、屋根に取り付ける八木アンテナを高く掲げる者を引き連れて、テレビを抱えた者がついに登場した。たまたまなのか狙ったものか、電源を入れていきなり映ったのが、『夕やけニャンニャン』のエンディング・テーマを歌うおニャン子クラブだったので、おどろおどろしい暗黒舞踏とのギャップから笑いが起きた。

そんな狂騒的な不協和音の中、舞台用の照明に取り付けられたセロファンの円盤がクルクル回り、ベージュ色の一群を赤、青、黄……と原色にせわしなく染め上げた。それらの演出はあまりにも露骨に「高度資本主義の痴呆的な享楽」を表現していた。


「相変わらず理屈っぽいのやってんなあ」

突然隣にすっと来た誰かが、僕に聞こえよがしに言った。見ると無精髭を生やした大男が、ビールのロング缶をあおっている。歳は30過ぎに見えた。

「お兄ちゃん、ちょっとタバコ切れちゃってさあ……1本恵んでくれない？」

大男は一応すまなそうに言った。僕はパフォーマンスを見ながらタバコをふかしていたのだ。

「こんなやつですけど……これで良ければ」

僕はポケットから皺のよった薄緑色の小さい紙箱を取り出した。

「お、バットか。オレも昔吸ってたよ、懐かしいなあ」

ゴールデンバットは、当時70円だったろうか——一番安い銘柄のタバコだった。フィルターなしの両切りなので、まだタバコを吸うのが下手だった僕は、唇にたくさん葉っぱが付いて閉口したものだが、安さには代えられなかった。それに、コウモリが二匹配置された懐かしいモダン・デザインも気に入っていた。

大男は慣れた手つきで白い円筒をトントンと叩いてタバコ葉を詰め（品質の悪いゴールデン

バットはこれをやる必要があった）、自分で火を着けた。

「やっぱりバットはうまいなあ……」

満足そうに煙を吐き出した大男は、それからハイライト、セブンスターとタバコの銘柄を変えていった自分の遍歴を語り始めた。「それは一種の堕落であり、初心は忘れるべきではない」といった話だった。僕はそれほど集中してパフォーマンスを鑑賞していたわけではないけれど、『ちょっと図々しい人に捕まってしまったな』と思いながら、適当に相槌を打った。その鬱陶しさは、顔中に無数に残ったニキビ跡の細かい凹みが醸している印象だったかもしれないが。

ステージの方では、佐知子の兄役のメガネの男に変化が現れ始めていた。しだいに人々の喧騒に好奇心がめばえ、怖がる妹をなだめすかしながら、人々の方にゆっくりと近づいていった。数ある電気の幻術の中で、特に兄が足を止めたのは、耳障りな高音とともに弾け飛ぶ火花による、輝かしい放物線の軌跡だった。ある者が溶接された金属の塊（廃棄された学生の抽象彫刻を流用したと思われる）を、先端の円盤が高速で回転する手持ちの電動工具——ディスク・グラインダー——で一心不乱に削っていたのだ。

今度は逆に妹が、火花に魅せられた兄の手を引っ張る番だった。しかしもう兄を引き止めることはできなかった。親切な者が現れ、兄にもう一台のグラインダーを手渡した。妹は止めるように懇願したが、兄の気持ちはもう決まっていた。しつこくすがる妹は振り払われ、突き飛ばされた。地面に倒れた妹を顧みることもなく、兄は喜々として二つ目の火花を威勢よく散らし始めた。おそらく金属の塊の方にあらかじめ小型マイクが仕込んであったのだろう——グラインダーの研削音はしだいに耳をつんざくほどデカくなっていった。

スピーカーからの重層的な不協和音も、いよいよ耐え難いほど不快な響きになっていった。色々な音響を足しているけれど、ベースにはビートルズの「ア・デイ・イン・ザ・ライフ」の終局部の騒音を、引き伸ばして使い始めていることがわかった。二台ある舞台用の照明は目まぐるしく色を変えながら、狂ったようにのたうち回ってそこら中を照らした。

カタストロフィーがすぐそこまで迫っている——という演出だろう。妹役の佐知子は、恐れおののきながら地面を這って後ずさり、もはや恍惚とした狂人の表情となった兄への未練を断ち切って、スクリーンの奥へと走り去った。

騒音が最高潮まで達したところで、音がピタリと止んだ。同時に人々が持っていた電化製品もすべて、光と音と動きを失った——おそらくドラムコードの大元を二台とも抜いたのだろう。続けて予想通り、ビートルズの例の曲の最後——アルバム『サージェント・ペパーズ・ロンリー・ハーツ・クラブ・バンド』の最後を締めくくる——オーケストラの「ジャーン！」という響き。そしてその長い余韻。


暗闇の中で人々は電化製品を持ったまま、石化したように固まっていた。しばらくして、糸を切られたマリオネットのスローモーションのように、一人、また一人と、地面にゆっくりと崩折れていった。そうやって結局全員が地面の瓦礫のようになって動かなくなると、どこからかユンユンユンユンユンという耳鳴りのような電子音が聴こえ始めた。そしてスクリーンに一つのスライドが投影された。

しかしスライドは大きくピントが外れていたので、最初なんだかわからず、スタッフの技術的なミスかと思った。そのうち、少しずつ手動でピントを合わせていることに気づいた。ピントが合ってゆくと、それが新聞の紙面であることがわかってきた。さらにピントが絞られてゆくと、まずは上部の一番大きな見出し文字が読めてきた。

〈ソ連で原発事故か〉

今調べたら、それは日本でチェルノブイリ原発事故の第一報を伝えた、1986年4月29日の朝日新聞一面だった。ほぼ半年前のことだから、あの日の驚きは――人によっては衝撃は、誰もがまだ新鮮なままだっただろう。他に、

〈北欧に強い放射能〉

〈タス通信「偶然の出来事」〉

〈大気からコバルト検出〉

といった小見出しがあった。その紙面に完全にピントが合うと、スクリーンの別の場所に、またピントのボケたスライドが投影された。それが別の紙面であることは予想がついた。案の定、翌日のやはり朝日新聞一面だった。

〈最悪事故、炉心が溶融〉

これがとんでもない事態であることを伝えるため、見出し文字はさらに大きくなっていた。他にも、

〈二千人超す死者?〉

〈放射能が拡散〉

〈数万避難と西側筋語る〉

といった、人々の不安を煽らずにはおかない言葉が躍っていた。

さらにチェルノブイリ事故の続報を伝える不安に満ちた紙面の投影は続き、大きさの違う紙面がランダムに五つ並んだところで、それらすべてにかぶさるように、大きなスライドが投影された。赤い小さな丸の周りに、赤い扇型が三つ――レントゲン室のある病院で見かけることがある放射能マークだった。

ずっと鳴っていたユンユンユンユンという音が一段と大きくなってきた。『とするとこれは、放射能を音で表現しようとしたものか』と考えていると、スクリーンの陰から佐知子が再び現れた。

地面に倒れている人々に驚き、それからハッとして、兄を血眼で探す。片手にグラインダーを持ったまま倒れている兄を見つけ、とっさにすがり付く。肩を激しくさすり、それでも動かない兄を見て、その死を悟る。しばらく兄の胸に顔をうずめたまま、佐知子は動かなかった。このまま妹も死んで終わりなのかと思うほど、長い間があった。しかしやがて佐知子は、傍らに落ちていた熊のぬいぐるみを拾い上げ、ゆっくりと立ち上がった。

佐知子の表情は、さっきまでの少女役から一変していた。何かに取り憑かれたように、鋭い眼光は遠い一点を見すえたまま動かなかった。そしてユンユンユンユンという不安をかき立てる電子音に合わせるように、ゆっくりと体を動かし始めた。

そこからは完全に佐知子の独演となった。

それはなんとも不思議な踊りだった。もちろんバレエではないが、さっきまで人々がやっていた暗黒舞踏とも似ていなかった。モダンダンスという範疇に入るのかもしれないが、明らかに我流なので、やはり美術寄りのパフォーマンスと呼ぶべきなのだろう。強いて名付ければ〈我流・放射能の舞〉とでもなるか——それを佐知子は堂々と演じ始めた。


「このコ可愛いな」

突然隣の大男が言い、残り少なくなったらしいビール缶を大袈裟にあおった。

「それに踊りもいい。すごく気持ちが入ってる。才能あるな」

実は僕は、佐知子の踊りは素晴らしいのか、それとも噴飯ものの素人芸なのかわかりかねて、自分事のように冷や冷やしていた。なのでこの少し鬱陶しいと思ってしまった男の、きっぱりとした太鼓判は頼もしかった。それで少しいい気分になったんだろう——僕は言った。

「実は一応、僕の彼女なんです」

大男はキョトンとした顔を向け、それから「一応ってなんだよ」とビール缶で僕の肩を小突き、「ホントかよ、この色男が」と言って笑った。

「これぞアレだ、この間のビテチョウの〈美術の超少女〉って感じだな」

「ああ……」

これは適当な相槌ではなく、本当に思い当たるところがあった。

略称ビテチョウ――『美術手帖』は、現代美術を専門に扱う日本でほぼ唯一の月刊誌だ。その最近の特集に「美術の超少女たち」というものがあった。硬いイメージの雑誌だったので、その軽そうなタイトルは、当時それなりに物議を醸したものだった。

要は若手女性アーティストの特集だが、それ以前の女流画家のしっとりしたイメージを払拭するために、超少女という造語を用いたのだろう。世間では新人類と呼ばれる人々がもてはやされていた時代ならではのノリである。そして佐知子が突然なった極端な短髪は、確かにその特集で大きく取り上げられていた、あるボーイッシュな女性アーティストを髣髴とさせた。

しかしそれだけではなく、現に今踊っている佐知子の様子は、以前の佐知子を知っている僕にとってはなおさら、超少女とでも言いたくなるものだった。少女のまま少女性を否定し、超えてゆく――その矛盾や分裂自体がエネルギーになっている――そんな意味において。

そう、最初ゆっくりとした動きで始まった佐知子の踊りは、しだいに熱を帯び、エネルギッシュになっていった。この華奢な体のどこにそんな激しいものが潜んでいたかと思うほどに。ぬいぐるみを振り回し、遠心力のあまり放り投げてしまっては、慌てて追いかけてすがり付き、今度はいっしょに泥まみれになって慈しんだりしていた。そこに死体役が転がっていようが、水たまりがあろうが、佐知子はお構いなしだった。特に大きな水たまりに体ごと突っ込んだ時には、激しく水しぶきをあげながら、釣り上げられた大きな魚のようにのたうち回った。

これにはさすがに隣の大男も「お前の彼女、とんでもねえな……」と、半ば苦笑ぎみにつぶやいた。

佐知子はぬいぐるみを水たまりに浸けて洗ってやり、ついでに自分の顔も泥水でジャブジャブと洗った——もちろん即興だろう。後半になるに従い、もはや踊りとは呼べない別の何かになっていった。強いて言えば、麻薬をキメて興奮したロックミュージシャンがステージ上でやる狼藉に近かっただろうか。それが放射能に侵された肉体の断末魔の表現なのか、ただ一人生き残ってしまった人類の精神的苦悶の表現なのか、よくわからなかったが。

そうやって佐知子が激しく動き回っている最中に、スライドの方に変化があった。黒地に赤く光る大きな放射能マークはそのままに、その他のスライドが、今度は今まで映してきたものを逆に遡り始めた。つまり人類と地球の歴史を遡っていく趣向になる。

また例の凸凹二人組がスクリーンの奥から現れた。今度は顔にガスマスクを付け、二人で重そうなボンベを台車に載せて引きずってきた。それはどうやら、金属溶接用ガスバーナーのセットのようだった。

二人はノズルの先端に点火し、なにやら火の具合を調整していた。青く鋭い炎から——それが正常な燃焼なんだろうが——あえて不完全燃焼を起こさせ、オレンジ色の炎をメラメラと吐き出させた。それはちょっとした火炎放射器のようになった。

背の高い男がボンベを引きずって移動しながら、背の低い男がその炎をスクリーンの下の方に浴びせかけた。スクリーンの布は予想以上にメラメラと燃え始めた。あらかじめ布に油のようなものを染み込ませていたのかもしれない。

スピーカーからはしっとりした女性ボーカルのバラードが流れ始めた。知らない洋楽だったが、歌詞に〈グッド・バイ〉が何度も出てきたこともあり、『そろそろエンディングか』という雰囲気になった。さんざん暴れていた佐知子は、その曲でふと我に返ったように動きを止め、スクリーンの方を振りかえった。

スライドは最初に映写されたもの――燃え盛る太陽――のところまで遡り、そこで止まっていた。そこに大きな放射能マークが被っていた。そのことに何か意味を持たせていることは明らかだった。

その二つのスライドを、スクリーンを燃やす現実の炎が下から舐めてゆく。そのまた手前には、熊のぬいぐるみを片手で持ち、肩で荒く息をしながら呆然と立ち尽くす、佐知子のシルエット。パフォーマンス全体の出来はよくわからないが、少なくともこの最後のシーンだけは、構図といいタイミングといい完璧だったと思う。

スクリーンが一番上までほとんど燃え尽き、音楽がフェイドアウトした。そのタイミングで、地面でずっと死んだふりをしていたベージュ色の人々がむくむくと立ち上がった。中央で一人立っていた佐知子も前を向いた。出演者全員が横一列に並んだところで、グラウンド全体がゆっくりと白色の光に包まれるように照らされ始めた。グラウンドに常設された大型の照明が点けられたのだ。グラウンドは徐々に、多摩美生がナイターで草野球でもやるような、白々しい日常に戻っていった。

演者一同は両隣りと手を繋ぎ合い、それを高々と上げ、それから深々とお辞儀をし、客は拍手という、演劇でお決まりの一連の終わり方があった。それから列の中央で、佐知子の隣の兄役の男が、前口上よりずっと短く感謝の言葉を述べた。彼がチラシに〈作・演出〉とクレジットされていた田中雄一という人物であることはだいたい当たりがついた。

隣の大男は僕の肩をポンポンと叩き「いやいや、良い目の保養になったよ。ありがとうな彼氏くん」と言って、上機嫌そうに立ち去った。

＊

肩から大きなバスタオルを被りビーチサンダルを履いた佐知子が、僕らの方に歩いてきた。

「お疲れー！　すごかったー！　感動ー!!」

アリアスがまっ先に叫んで、両手を広げて迎え入れた。しかし佐知子は全身泥水で汚れているし、アリアスは高そうな服を着ているので、肩は抱くが体はちゃんと離れている、中途半端な抱擁となった。

「こんなビショビショになっちゃって大丈夫？　寒くない？」

ハイヒールを履いたアリアスと並ぶと二人の身長差はかなりになり、ずぶ濡れの佐知子はなおさら、庇護されるべき可哀想な幼女のように見えた。

「待ってる時は寒くて死ぬかと思ったけど、今はぜんぜん。いっぱい動いたから暑いくらい」

「でもすぐ冷えるから、早くどっかでシャワー浴びた方がいいよ。あ、でもその前に」

アリアスが気を利かせて、佐知子の体を僕の方に向けさせた。とっさのことで僕は、「ああ……久しぶり……」という、アリアスに比べてなんともテンションの低い第一声となってしまった。

「うん……来てくれたんだ。ありがとう」と言って、佐知子は笑顔を見せたので、僕の緊張はだいぶ和らいだ。

「うまく言えないけど、とにかく……踊り、すごく良かったよ」

「ありがとう……」

「やっぱり長野に行った成果はあったね。それも、とんでもない成果が。あの時はあんなこと言って悪かった……」

佐知子は無言のまま首を振った。


夏の初め——佐知子が長野の合宿に行く少し前に、僕らはなんとも後味の悪い口喧嘩をしてしまった。

僕の方は予備校の一学期が終わり、すぐに明日から夏期講習が始まるという夜だった。場所は西荻窪にある僕の狭いアパート。

佐知子は少なからず興奮して喋っていた。これから行く合宿も含む信州アートフェスティバルという催しが、いかに意義深いものであるか。いかに充実したプログラムが用意されているか。会場である、大手ウィスキー工場が水源確保のためにまるまる所有している山が、いかに自然豊かなところであるか。いかに生態系の維持に配慮しているか。どういう人々が、どういう思いでこれを運営しているか——。佐知子は夢見るような表情でとうとうと語り続けた。

僕はといえば、十分に美しい海と山がある佐渡には帰省できず、東京というコンクリートジャングルに閉じ込められたまま、今年も一夏過ごさなければならない運命が待っていた。受験に失敗し、美大生になれなかったばっかりに——。

佐知子ももう少しこちらを気づかってくれて良かったと思う。それを忘れるくらい、合宿への期待が膨らんでいたのだろう。

「せいぜい日本の素晴らしい田舎を満喫してくればいいさ」

とうとう僕は悔しまぎれの嫌味を言ってしまった。

佐知子は反論した。しかし僕は気が収まらず、さらによく知りもしないのに、その信州アートフェスティバルとやらが謳うエコロジーがどうのという部分の偽善性を指摘し、「受験絵画なんて惨めなものは早く忘れて、素敵な、本物の〈芸術の世界〉に飛び込んで行けばいいじゃないか！」と畳みかけてしまった。

「そんなふざけた気持ちで行くんじゃないもん！」

佐知子は悲しそうな顔をして「なんでそんなこと言うの……」と言って、うつむいたまま黙って部屋を出ていった。僕の部屋に電話がないこともあり、それ以来お互いに連絡をとっていなかった。

「なになに、二人ケンカでもしてたのー？　まあそれはそうと、サッチンいつ髪切ったのよ？」

相変わらず高村は調子がいいが、僕らの間のややこしそうな雰囲気をとりあえず払拭しようとしたのかもしれない。

「昨日練習してて、長い髪がやっぱり邪魔だなって思って、思いきって昨日の夜、自分で切っちゃった」

「自主的だったんだ。てっきり先輩のイジメかと思ったよー」

「なに言ってんのー、サッチン可愛いから短い髪も似合ってるって。最近の流行りよねー」

そう言ってアリアスが肩に手をかけた時、佐知子はブルッと身震いをした。

「やっぱり寒いんじゃない！　風邪ひくって。早くシャワー、シャワー」

「わかった、じゃあちょっと行ってくるね。後片付けが済んだら『ねこや』って模擬店で打ち上げやるんだって。そこで合流しよう。関って名前で大きなテーブル予約してるみたいだから、みんな先にはじめてて……」

そう言うと佐知子は、明らかに寒さで肩を震わせながら、撤収作業をしている仲間たちの方に去っていった。

「こんな真面目なヤツ見たあとに言いにくいけどさあ……」

佐知子が完全に立ち去ったのを見計らって高村は、下を向いてニヤニヤしながら言った。

「サッチン、ノーブラだったよな……」

「アンタってサイテー！」

アリアスは間髪容れずに叫んだ。

「いやだからァー、目のやりどころに困ったって話さァ。ほら、オレって正直者だから、みんなが思ってることを口に出さずにはいられないんだよね」

「まあ僕も……そりゃいろいろ驚いたけどね。ノーブラも含め……」

別に高村を擁護する必要はないのだけれど、僕もこの際正直に言ってみた。

「あれはどうしたって目がいっちゃうよ……」

白いワンピースの生地は薄手だったから、泥水でびしょびしょに濡れてからは、それが体にぴったりと張りついた。僕がしばらく触れていない体のそこここが、うっすらと透けて見えた。佐知子の踊りをストリップショーのような視線で見る者がいても、責められないほどの際どさは確かにあった。しかし演じられているのはあくまでも大真面目な、人類の行く末を憂うような内容なのである。そのギャップを感じない方がむしろ不自然ではあった。

「まあねえ……とにかくサッチンは変わったわ。昔は外のベンチに腰かける時も、汚れを気にするようなコだったのにねえ……」

アリアスは溜息まじりに言った。

「なんでものめり込んじゃうタイプなのよ。そこがサッチンのいいところだけど。……まあそういう意味では、今回のはちょっとどうなの？　って気がしてきた、やっぱり」

「というと?」

「だから――」

アリアスは高村をギロリと睨みつけた。

「アンタみたいな男たちをタダで喜ばしちゃったってこと。あーあ、もったいないったらありゃしない。きっと真面目でのめり込むサッチンの性格につけ込んで、あんな薄い服着せて、あんな汚いことさせたのよ。その理由っていうのが、どーせ〈ありがたいゲージュツ〉ってやつでしょ? 『よりナチュラルにー』とか言ってさ。詐欺よ、ゲージュツ詐欺。あー、なんか頭くる」

「じゃあ、アリアスはタダでは体は見せない、と」

「当たり前でしょ、金積まれたって脱がないわよ。女子美の校門出ると、怪しいスカウトマンにしょっちゅう声かけられるのよね。ああゆうのに引っかかって、最近週刊誌で脱いだ先輩がいるみたいだけど、気がしれないわ」

人がいなくなってゆくグラウンドでしばらく立ち話をしていると、数台の原付バイクがグラウンドに乗り入れてきた。

高村が手を振って声をかけると、一台がこちらに来て止まった。高村の説明によると、昼間ここで50ccバイクのレースがあり、高村も出場していた。レースといってもあくまでも遊びで、まだ走り足りない連中が、パフォーマンスの終了を待って乗り入れてきたものらしい。「模擬店に行って飲むのにはまだちょっと早い」という高村の判断で、しばらくバイクで遊ぶことになったが、単に高村が乗りたかっただけだろう。

グラウンド4周ばかり、高村の華麗なライダーぶりを見させられ、それで気が済んだらしく、今度は僕の番になった。無免許でノーヘルだったが、公道じゃないから平気と強く勧められた。もちろん乗ったことがないので、転倒して壊したら大変とも思ったが、「先輩の誰かが置いていった、校内専用のみんなのバイクだから平気」とのことだった。確かに、蛍光ピンクのペンキで雑に塗られたプラスチックのボディはそこら中が割れ、一部が布テープで雑に補修されていて、公道を走るのは憚られた――というか、そもそもナンバープレートが付いてなかった。「自由な美大の治外法権っぷり」を象徴するシロモノではあった。

アクセルとブレーキだけ簡単に教わって送り出された。最初のうちは慎重に走ったが、確かにおばちゃんでも乗れることが売りの乗り物だから、すぐに慣れた。見れば高村はこちらを見ているわけでもなく、アリアスと楽しそうにお喋りをしている。まあ、そういう時間が欲しかったのだろう。ならば――と、僕は鬱屈しがちな気分を吹き飛ばすべく、アクセルのグリップを大胆に回した。

高村のような性格なら美大ライフはさぞや楽しかろう――そう思わずにはいられない時間だった。直前に佐知子の官能的とも捉えられる踊りを見たこともあって、僕は明らかに青春の感傷に浸っていた。さらにスピードを上げ、両頬で冷たい風を切りながら、僕は佐知子と最初に出会った日のことを思い出していた。

僕にとって佐知子との初めての出会いは、あまりにも鮮烈なものだった。しかし彼女にとってはそうではないことを、僕は知っている。その出会いの日は僕にとって、他のいろいろな意味でも忘れがたい日だったので、長くなるかもしれないが、ここで詳しく書いておきたい。

＊

その日とは、僕が高校三年生で――いわゆる現役で――東京芸術大学の油画科を受けて、実技一次試験で落とされた日だった。

学科試験としての全国共通一次試験とは別に、実技一次試験としてデッサン（半日間）とデッサン（一日間）というものがあった。それが終わると数日後にいったん合否の発表――要するにふるい落としがある。この関門を無事通過した者だけが、実技二次試験の油彩画（二日間）を描くことができる。二つの実技試験の倍率はそれぞれ6倍くらいで（つまり6人に1人が通過する）、その二つを通過して最終的に合格となる倍率は、「6×6＝36倍」という計算だった（つまり36人に1人が最終的に合格する）。

田舎で高校の美術の先生に一年半くらい、放課後個人的なレッスンを受けてきただけの者である。36倍という、当時倍率日本一と毎年ニュースにもなっていた国立大学に、やすやすと合格できるとは思っていなかった。けれど不可能とも思っていなかった。そして『せめて実技一次試験くらいは通過できるだろう』と思っていた。高校の美術部で彫った木版画が全国的な賞をもらったこともあり、それくらい腕に覚えはあるつもりだった。

なので東京芸大構内に立てられた実技一次試験合格者発表の掲示板に、自分の受験番号がないとわかった時、それなりに——もし他人の目がなければ、その場で膝が折れていたくらいに——愕然とした。

しばらく掲示板の前で途方に暮れたのち、肩を落としながらとぼとぼと芸大の校門を出た。行きにも見た古色蒼然としたレンガ造りの門柱が、帰りにはやけに威圧的に見える。同じ方向を歩いている者のうち、6人に5人は自分と同じ心境であろうことを想像できる、心の余裕はなかった。

いわゆる視野狭窄という状態になっていたのだろう。——その視野に突然、四角い形が現れた。僕は驚いて立ち止まった。一瞬何のことかぜんぜん理解できなかった。

「よろしくお願いしまーす」

少しずつ理解できてきた——それは美大受験をするために浪人生が通う、美術予備校の入学案内パンフレットなんだろう。それを差し出しているのは、優しく微笑む若い事務員風の女性だった。僕は自動人形のような手つきでそれを受け取るほかなかった。

気がつくと校門から上野公園の方に向かう歩道には、そのようなパンフレットを抱えた美術予備校職員らしき人たちが、それぞれ5メートルくらい間隔を空けて点々と立っていた。来る時も同じ歩道を歩いてきたはずだが、その時はあまりの緊張や興奮状態で、まったく目に入っていなかったのだ。

いつまでも立ち止まっているわけにもいかず、僕は歩き出した。5メートル歩くと、当然また別のパンフレットが差し出される。僕はもう何も受け取らず、足早に通り過ぎることにした。「僕は落ちました」と説明して歩くような真似がどうしてできるだろうか。すでにもらってしまった一冊も捨てたかったが、そんなことをしたらかえって悪目立ちしてしまうので、ここではできないと思った。

そのまま上野公園を斜め右方向に突っ切れば上野駅だったが、僕はまっすぐ歩いた。駅から芸大に向かう人たち——これから合格発表を見に行く人たち——と、もうこれ以上すれ違いたくなかった。どう取り繕っても自分の表情が不合格者の顔以外になれないことがわかっていたから。

まっすぐ歩くと大きな博物館があった。それは国立科学博物館で、屋外展示としてシロナガスクジラの実物大模型が空中を泳いでいた。そのあたりは人通りが少ないことを確認すると、僕は適当な植込みの縁を見つけて腰をかけた。

しばらく呆然といろいろなことを考えた。自分が試験で描いたデッサンのことや、将来の展望のことなども考えたが、当面の身の振り方も考えざるを得なかった。一次試験は受かって、二次の油彩画の試験を受けるつもりだったので、受験生用の安宿はまだたっぷり予約を入れていた。それを今日のうちにキャンセルすべきだろうか。田舎の両親にはいつ電話しようか……。

ふと、座布団代わりに尻に敷いていたパンフレットのことを思い出した。そのページを開き、中身を見ておくべきか……。今それを見るのは、心の傷口に自ら塩を塗るようなものであり、怖かった。

しばらく迷っていたが、結局意を決して、尻の下から引き抜いた。

表紙には千駄ヶ谷美術予備校とある。扉をめくると見開きいっぱいに、色鉛筆が白い床に散らばった〈素敵な写真〉があり、その上に「限りない創造性の扉を開こう!」というキャッチコピーが躍っていた。つまりちゃんとしたデザイナーに作らせた、お金をかけたパンフレットだった。

まずは日本画科のページから始まった。その指導理念やカリキュラム表など文字のページがあり、それをめくると、生徒の優秀作を載せた図版のページが4ページ続いた。水彩絵具で淡く着彩された静物画や、鉛筆による静物や石膏のデッサン。どれもとても繊細できれいな絵だったが、自分が描きたいタイプの絵ではなかった。僕はもっと力強い絵が好きだった。だから感心しつつも『やっぱり日本画科の絵ってどこかナヨナヨしてるんだよなあ……』などと思い、ページをめくった。

次が油絵科だった。その図版のページを開いた瞬間、僕は思わずパンフレットをバタッと閉じてしまった。最初の左ページに1点だけデカデカと載っていた絵が、よりによって僕が一番嫌いなタイプの絵だったから。

このタイプの絵は実技一次試験の会場で散々見ていた。パンフレットに載っているのは油絵で、僕が試験会場で見たのはデッサンだが、その基本的な性質は同じだった（念のため――美大の受験には基本的にカンニングという概念はない。他の人が描いているものを覗くことはいつでも可能だし、自分の描いているものを隠す手立てもない)。

〈基本的な性質〉とは何かというと——その時の僕の主観を洗いざらいにぶちまければ——ただ表面的な小手先だけで描いていて、まったく気持ちがこもってない、不自然で空虚な絵——ということになる。僕は怒りで顔が紅潮していただろう。

6倍という難関でありながら、僕が実技一次試験の通過をほぼ確信していたのも、そのような〈ダメな絵〉を試験会場でたくさん目にしていたからだった。みんな精神的な貧血症にかかっているように見えた。『なんだ、東京もんが描く絵、恐るるに足らずじゃないか。生き生きとした生命力のある絵を描けてるのは、この40人くらいいる試験会場の中で自分だけじゃないか。だから僕は少なくとも一次は通るだろう』と確信していた。

しかし実際には落ちた。何度確かめても自分の受験番号は掲示板になかった。それは厳然たる事実だった。

日本画科も同じページ構成だったから、だいたい事情は摑めていた——最初に一枚だけ大きく掲載された生徒作品が、その科の去年の最優秀作——イチ押しの作品であることは(そのあとは1ページに2点か4点の掲載になっていた)。僕が最も認めたくない絵が、東京の美術予備校で最も認められているのだ。その事実は僕の胸中に重たい暗雲を垂れこめさせた。

ここが人生の一つの分かれ目だった。僕は「全部くだらない!」と叫んでパンフレットを地面に叩きつけ、そのまま新潟行きの列車に飛び乗ることもできた。そして二度と東京の美術大学に行こうなんて考えず、別の人生を歩むこともできた。

しかし、そうはならなかった。しばらくして、僕は再びパンフレットのそのページを開いた。意を決して、その絵を正面から見すえてみることにした。その全体を見、細部を見た。

水が半分入った大きなビーカーにゴムホースが突っ込んであったり、クシャクシャのビニールに包まれた石膏像が倒れていたりする、まったく魅力的でないモチーフを組み合わせた静物画だった。

『まったく潤いや温かみがない、見ていてちっとも気持ちよくならない絵だ……。油絵のくせに、神経質な細い線でチマチマ描いてる……かと思えば、いい加減に塗って絵具が垂れてるところもある……。なんなんだ、この統一感のなさは……見ていてイライラする』

そう心でつぶやきながらも、別の言葉が脳裏に浮かんでいた。本当はその言葉の方が強かっただろう。しかし露わにしてしまったら最後、自分が自分でなくなるような恐怖があり、封印していたのだ。

その言葉を、僕はおそるおそる心で唱えてしまった。

『でもやっぱり……こういう風に描かなきゃ大学に受からないのか？』

途端に心の中で何かが変わった――「心のフォーメーションが変わった」と言えばいいのだろうか。陰と陽、凹と凸の反転――手袋が同じ形のまま裏返しになるような感覚。今まで正しいと思っていたものが間違いに、間違いと思っていたものが正しく見えてくる。具体的には、今見ているパンフレットの絵がだんだんと正しく見えてきて、自分が数日前に試験会場で描いたデッサンが間違って見えてくることを意味していた。

それは激しい心の痛みを伴うものだった。今まで自分が信じてきたものがまったく無価値なものとして、ガラガラと音を立てて崩壊していくのだから。僕は身じろぎもせず、その絵を数分間見つめ続けていた。

まだ引き返せた——まだ「けっ、やっぱり間違ってるぜ、こんな醜い絵！」と叫んで、パンフレットを叩きつけることはできた。

しかし、僕はそうしなかった。その代わりに僕は、今僕の運命を変えたらしいこの絵を描いた人物の名前——それは絵の下に印刷されていた——小早川崇という文字を自分の目に焼きつけた。

『なるほど、東京の美大を受験するってことは、こういうことなんだな。よくわかった。この小早川崇とやらと同じような、神経質で屈折した、いやらしい〈東京流の絵〉を描いてやろうじゃないか。こういうのを〈毒を食らわば皿まで〉って言うんだろう……』

僕は立ち上がった。パンフレットをひっくり返し、裏に地図が載っていることを確認した。

『うだうだ考えていても仕方ない。今すぐここに見学に行こう！』

校門を出た道で配っていたパンフレットを全部受け取っていたら、10種類以上の美術予備校を比較検討できたかもしれない——そのことには気づいていた。しかし今さらあの屈辱的な道に引き返す気持ちには到底なれなかった。

東京の地理はまだほとんど頭に入ってなかったので、上野駅から千駄ケ谷駅まで行くことさえも苦労した。それからパンフレット裏表紙のすっきりしすぎてわかりにくい地図を頼りにウロウロ歩き回り、ようやく千駄ヶ谷美術予備校にたどり着いた。普通の東京在住者の2倍は時間を要しただろう。

＊

外壁はすべて白いタイル張りの、真新しいビルだった。大きな窓には、見たことのない質感の磨りガラスがはめてあった。今にして思えば80年代によく建てられた機能的な箱型のビルに過ぎないが、上京者の目には充分におしゃれで未来的なビルに映った。

突然開く自動ドアにギクッとしたりして、おそるおそる中に入った。予想と違い、中はしんと静まり返っていた。

入って正面に受付の窓口があり、その奥の事務室で働いている人々の姿が見えたが、入ってきた僕に気づいている様子はなかった。声をかけるべきか迷ったが、声をかけたら最後、入学の手続きまで後戻りができなくなる気がして、身を隠すように暗い一角の方へ足早に歩いた。たまたま向かったそこは、薄暗い階段の踊り場だった。上に登る階段と、地下に降りる階段という二択になった。そこで僕はさっき電車の中で読んでいたパンフレットの後ろの方にあった、地下大石膏室というものを紹介する見開きページを思い出した。

佐渡の高校の美術室には、頭像あるいは胸像の石膏像が5体くらいあって、それぞれ5枚以上は木炭でデッサンしていたから、石膏像にはそれなりに親しみを抱いていた。しかしそんなものとは比較にならないくらい巨大な石膏像が、ここにはいくつもあるらしかった。なにせ「予備校では他に類を見ない大型石膏室」という謳い文句だったので。僕が油絵科の教室を見学するより先に、まずそこが見たくなったのは自然な流れだった。

地下に向かって降りていくあいだ、人の気配はまったく感じられなかった。芸大実技一次試験発表の日ということで、みんな出払っているのだろうか。一番下まで着くと「大石膏室」と書かれた扉があった。

重い扉を音を立てないように押し開けると、中は眩しい大空間だった。高い窓から白い光が柔らかく降り注いでいた（表から見た特殊な磨りガラスは、この光を作るためのものだったのだろう）。眩しいにもかかわらず、空調は切ってあるようで、3月初旬のコンクリートの地下室はじんわりと底冷えしていた。

石膏像にはただただ唖然とする他なかった。当時大型石膏像で唯一名前を知っていた「ミロのヴィーナス」は、台座を含めて3メートル以上の高さがあったと思うが、それさえここでは中位の大きさだった。なんといっても大きいのは、やけに筋肉質で力強い老人の座像――ミケランジェロの「モーゼ」だった。これは台座を入れて5メートルはあったか。大きさもさることながら、作り手の熱く固い意志のようなものが感じられて、僕はしばらく目が釘付けになった。両隣りには同じくミケランジェロの「瀕死の奴隷」と「ロンダニーニのピエタ」という、悲劇的雰囲気の傑作もあった。これら古典作品がもたらす感動は、僕に大学受験失敗などという小さな問題をしばし忘れさせてくれた。僕は今でもミケランジェロを尊敬しているが、それはこの時の、作者名も知らない状態での出会いが大きかった。

他にも「円盤投げ」や「聖ジョルジョ」の全身像などがあったが、やはり目立つのは、大石膏室の奥でモーゼと対峙するように屹立していた「サモトラケのニケ」の巨像だった。その翼を広げた首のないギリシャの女神像は、ルーブル美術館の至宝として広く知られている。

もう一つ僕が驚いたのは、すべての石膏像の白さだった。高校の美術室にあった5体は、経年でどれも茶色と呼びたいくらい黄変していた。加えて歴代の先輩たちがつけたであろう、運搬時の手垢による黒ずみもひどかった。それはそれで骨董のような味わいもあったが、明部と暗部の差さえはっきりしないため、立体感がよくわからず、デッサンするのにとても苦労した。『あれに比べてここのは、陰影の微妙な様子がよくわかる、なんたる白さだろうか。これならさぞやデッサンはスイスイとはかどるだろう。ああ、今すぐ描きたいくらいだ……』

見ると、広い大石膏室にポツンと一つだけ、カルトン（デッサンのための画板）を架けたイーゼル（絵を描くための三脚）が立っていた。

近づいてみると、それはニケを描き出したばかりの状態のデッサンだった。おそらく描き出して30分以内といったところか——専門用語でいうと、まだアタリを付け始めただけの段階ということになる。

イーゼルの手前には座面がプラスチックの丸イスが二つあった。一つは人が座るためのもので、もう一つは今使っているデッサン用具を置くためのものだった。その下の床には、今使っていないその他すべてのデッサン用具が収められた道具箱が、開いた状態で置かれていた。それは釣り人がよく使うような――つまりポップアップみたいな仕掛けがあって、収納の間仕切りが多い――プラスチック製のもので、そこに様々な道具が几帳面に収められていた。僕はそれらの道具に強い興味を覚えた。なぜなら、僕が見たこともないようなものがそこにたくさんあったから。

僕のデッサン用具といえば、木炭だけだった――正確にいえば、木炭を消す食パンと練り消しゴム、それに画面を抑えたり擦ったりするのに使う、木炭の粉で黒く汚れたガーゼもあったが。それが高校の美術の先生が指定してくれたデッサン用具のすべてだった。

この道具箱には木炭の他に、大量の鉛筆が入っていたが、そもそも鉛筆があること自体が驚きだった。僕の常識では「木炭デッサンをやるのは油絵科と彫刻科、鉛筆デッサンをやるのは日本画科とデザイン科」だったので。しかも見たことのない青い軸をしたもので、西ドイツのステッドラー社製であることはあとで知った。どれも芯を異様に長く尖らせた削り方をしていて、よく見ると、5Hなんていう硬いものから8Bなんていう柔らかいものまで揃えてあった。『鉛筆の濃淡なんて筆圧でつければいいのに、なんでこんなに種類が必要なんだ。もはや病的じゃないか』

さらには、とうていデッサンとは関係ないようなものまであった。ボールペン、サインペン、筆ペン、そして何やら専門的なペンの数々。黒や白のインクや絵具、そのための筆や刷毛やパレット類。名称も用途もわからないものたち――。

僕は探偵のように慎重な手つきで、道具箱の中身を荒らさない程度にくまなく検分した。とはいえ、ある程度は知っていたのだ――芸大の試験で周りの受験生たちが使っている道具をチラチラ見ていたので。『なんて邪道な道具を使っているんだろう』『実力がないのを道具で誤魔化そうとしているだけさ』と、その時はタカを括っていた。しかしそう思っていた自分が一次試験で落ちたという、厳然たる事実があった。

『悔しいけど、あの時バカにしていた道具たちの正体を、ちゃんと突き止めておかなきゃならない』

僕に正々堂々たる木炭一本のデッサンを指導してくれた高校の先生は、東京の美大を出ていなかった。新潟大学の教育学部美術科を出た、白髪混じりの気さくなおじさんだった。東京の美大受験現場からは遠く、情報が少なく古かった点は否めない。今こそ僕は自力で、東京との空間的・時間的距離を急いで縮めなければならなかった。

ふと、イスに置いてある一つの道具が気になった。透明なプラスチックでできた小さな下敷きみたいなものだった。四方が黒い枠で囲まれ、中央にできた透明な長方形には、黒く細い線が縦横3本ずつ印刷されていた。つまり格子状になっていて、全体を16個の長方形に分割していたわけだ。

しばらく観察して、その用途はだいたい推測できた。描こうとするモチーフの前にそれをかざして、その透明な窓越しにモチーフを覗くのだ。僕はそれを手に取り、その窓越しにニケを実際に覗いてみた。

「なるほど……」と思わず口に出た。

この窓の長方形は、木炭デッサン専用の紙である木炭紙（商品名はＭＢＭ。フランス製で、日本はこれがほぼ独占している）と縦横の比率を同じくしているのだろう。持っている手を近づけたり遠ざけたりすれば、画面の中にモチーフをどれくらいの大きさで入れるべきか選べる。さらに天地・左右のバランスも決めれば――すなわち構図が決まる。

次にやるべきは、形をなるべく正確に描き写す工夫だが、ここで透明な窓を16分割している黒い線が役立つのだろう。木炭紙の方にも同じように、画面を16分割する線をうっすら引いておけばいいのだ。実際目の前の木炭紙にはその線が引いてあった。あとはその線を基準にして、窓の中に見えるものと木炭紙に描いているものを何度も見比べながら、その二つがなるべく同じ形になるように頑張ればいいのだ。

『まったく便利な、そして卑怯な道具があるもんだ』

今ならばそれは、画材屋で普通に売っているデスケルという商品であることを知っている。しかしその時の僕は、ただ嘆息するしかなかった。この道具があれば楽々とやれることを、僕は片目をつぶって、木炭と親指で苦労しながら時間をかけて不正確にやっていた。高校の先生から教わったデッサンにおける測量法みたいなもので、たぶん明治から続いている素朴なやり方だろう。どうやるかは――説明すると長くなるので割愛するが。

描きかけのデッサンも興味深い状態にあった。なんというか、勢いのある前衛書道のような状態だった。木炭で引かれた線もあるのだが、なんといっても目立つのは、幅の広い刷毛で、何かザラザラした薄墨みたいな液体をザッ、ザッ、ザッと威勢良く大胆に塗っている部分だった。

その液体の正体は意外とすぐに推測できた。イスには小型の乳鉢と、ベンジンの小瓶と、黒く汚れた陶製の絵皿が置いてあったからだ。きっと乳鉢を使って木炭を細かい粉状に砕き、それをベンジンで溶いて、薄墨のように使っているのだ。衣服のシミ抜きに使うベンジンはあっという間に乾き、あとに何も残さない性質を持つ。だから水のように紙をゴワゴワさせずに済むのだろう。墨や絵具と違って、ベンジンで溶いた木炭の粉は定着させる接着剤的成分がなく、紙に完全には定着しないから、あとで練り消しゴムを使って消すこともできる。実際、一部の箇所に練り消しゴムで消された跡があった。

絵にベンジンなんて使ったことはないが、木炭デッサンには毎日のように親しんでいたので、それくらいは類推できた。あまりに邪道なテクニックと思ったが、ここまで来れば逆にあっぱれと感心する他なかった。

僕は再びデスケルの窓からニケを覗きながら、描きかけのデッサンと見比べてみた。すると「あ……」と思わず声が出るような発見があった。

一言でいえば窓の中のニケと紙の上のニケが、印象としてすでにソックリなのだ。

紙の上のニケはまだ描き出したばかりだから、それだけ見たらデタラメな抽象画か前衛書道のようにしか見えない。しかし窓の中のニケを見たあとで見ると、まさにそれはニケの最も大切なエッセンスだけを、優先的に描いたものであることがよくわかる。専門的にいうと「ムーブマンを描いている」ということになる。

〈ムーブマン〉というフランス語は、「動勢」と訳されることが多いが、その漢字の通り「絵画における動きや勢い」といった意味だ。また「彫刻作品の芯を貫く力の大きな流れ」といった意味もある。いずれ美術用語によくある、感覚的すぎて厳密に定義しにくい言葉なのだが。

元は彫刻作品である石膏像を、絵画の一種であるデッサンに移し替える作業ともいえる石膏デッサンでは、このムーブマンのことをとかく指導される。僕も高校の先生からそういう指導は受けていた。

しかしムーブマンは描き出しからいきなり描くべきものとは教わってなかった。石膏デッサンは何よりも、形を正確に描き写す地道な訓練である。ムーブマンのような直感的なものを初めから描いたら、形が狂ってしまう。デフォルメが許される即興的な絵画とは違うのだ。ムーブマンはある程度形が正確に取れ、陰影を本格的につける段階になって初めて意識すべきものだった。「表面だけではない、その彫刻全体の気の流れを感じ取って描け」みたいな、ともすると精神主義に近づくような話だった。

なのにこのニケの描き手は、なぜそのムーブマンからいきなり描き始められたのか。天才だからか。――たぶん違う。秘密はきっと、このデスケルという秘密兵器にあるのだ。

この16分割されたマス目のお陰で、おそらく形の正確な描き写しは最低限保証されている。その保証があってこそ、いきなり直感的な描き方ができるのだ。すなわち――窓枠に収まったニケを凝視して、そのムーブマンを見つける。その流れが、16分割の枠のどこを通っているか覚える。そして同じ枠線がうっすらマークされた木炭紙に一気に描き写す。

そのための幅の広い刷毛であり、速乾性の液体に溶かした木炭の粉なのだ。なぜならムーブマンはある程度の幅を持っていることが普通だからだ。――かくしてそのデッサンの描き出しは、大胆な前衛書道のような姿になる。

僕はすでにイスに座って、デスケルをいじくり回していた。さらには、置いてあった刷毛も手に取ってみた。左手に持ったデスケルの窓からニケを覗きながら、右手に持った刷毛を空中で動かした――刷毛の先端が描きかけのデッサンを撫でる、そのギリギリ少し手前で。

僕だったらニケのムーブマンをどう捉え、どう描くか――。答えは一つではなく、無数の捉え方があるはずだった。僕はそれをいくつも試してみた。熱中して刷毛を空中で振り回す僕の姿はさながら、オーケストラの指揮者の真似をしている滑稽な人みたいだっただろう。

その時突然、背後のドアが開く音がした。

僕は『しまった！』と心で叫んだ。このデッサンの描き手――これらのデッサン用具の持ち主――が戻ってきたことは明らかだった。最初のうちはそれを用心して、遠巻きに観察するだけに留めていたのに、だんだんと図に乗ってしまった。しかし後悔しても仕方ない。僕はイスから立ち上がり、観念して振り向いた。

制服を着た女子高生だった。しかし完全に下を向いたまま歩いてくるので、垂れた前髪に隠れて顔は見えなかった。僕のことに気づいていない様子だった。

「あの、その……すいません！」

相手がすぐ近くまで来たので、僕は両手にデスケルと刷毛を持った間抜けな格好のまま、先制して謝った。

「デッサンの道具が、いろいろと珍しくて……」

相手は立ち止まって顔を上げた――それが佐知子だった。僕が真っ先に驚いたのは、その大きくて綺麗な瞳ではなく、それが濡れていることと、その下の頬を伝う涙の跡があることだった。

僕は完全に頭が混乱して、とりあえず慌てて両手の道具を、イスの元あった位置に戻した。そしてもう一度佐知子を見ると、呆然とした表情には、ほとんど変化が見られなかった。

ややあって、佐知子は視線を下の方に落とした。そしてぽそりと呟いた。

「そのパンフレット……」

視線の先に目をやると、そこの床には〈千駄ヶ谷美術予備校〉と印刷された大きな封筒が置いてあった。

「あ、これはさっき……」

僕が言いかけると、佐知子の表情に微妙な変化が起きた。

「もしかして、あなたも今日、芸大落ちた？」

「は、はい……」

〈あなたも〉の〈も〉の意味をぐるぐる考えながら僕は答えた。佐知子は「ふっ」と短く息を吐き、微かな笑みを浮かべて言った。

「悔しいよね。やっぱり。落とされるのって……」

そして手で頬の涙の跡を丹念に拭い始めた。拭い終わると、さっぱりとした笑顔になっていた。僕はここでようやく、佐知子がとても可愛い顔をしていることに気がついた――それまでは緊張でそれどころではなかったのだ。

「もしかして、東京の人じゃない？」

「はい……佐渡から来ました」

意外な質問に戸惑って、訊かれていない地名まで答えてしまった。

「佐渡って、あの島の？」

「はい……」

佐知子は一度下を向いて、声を立てずに少し笑ったようだった。それから再び顔を上げた時――その柔和な表情は、まさに天使そのものだった。

「4月から――」

佐知子はさっと握手の手を差し伸べてきた。

「一緒にがんばりましょう！」

僕はおずおずと手を差し出した。今思えばこの握手は、原住民と文明人のファースト・コンタクトのような、ちょっとした滑稽な趣きがあっただろう。

おそらくこの時点で、僕はすでに千駄ヶ谷美術予備校に通うことを決めていた。都内には他にいくつも美術予備校があるというのに、それらを一つも下見せずに。

ただし「可愛い女の子に会って、浮ついた気持ちになった」というのとはちょっと違う——と言わせてもらいたい。田舎者にとって東京の美術予備校なんて、本当に右も左もわからない世界だった。そんな五里霧中の不安の中で、たまたま生まれたこんな契機は、しばしば絶対的なものになる。

もっとも佐知子の〈一緒に〉という言葉は「千駄ヶ谷美術予備校で」という意味ではなく、「同じ浪人生として」という意味だったかもしれない。

芸大に落ちて悔し涙を流す、可愛い顔して負けん気の強い人であることは想像できた。そして、4月からの浪人生活に対する決意を新たにするために、空調を切られた寒い地下の石膏室で、一人ニケを描き始めた——そういう真面目で前向きな性格なんだろうということも。〈一緒に〉は、そういう頑張らなければならない浪人生同士としての、広い連帯感の表明だったのかもしれない。

それはわかっていたけれど、僕は「千駄ヶ谷美術予備校で、一緒に」という意味に受け取ることにした。それはそう考えた方が、さっさと予備校が決められるから好都合で……。

いいや、やはり「浮ついた気持ちになった」と、ここは正直に書くべきか。なんせ女子の手を握るなんて、小学校のフォークダンスか何か以来だったから。その小さな手の柔らかい感触は今でもよく覚えている。

2

『ねこや』という模擬店には焼き鳥の煙がもうもうと立ちこめていた。模擬の店——つまりニセモノの飲食店だから、換気扇なんて気の利いたものはない。しかし夜になると急に降りてくる山の冷気を防ぐため、出入り口は透明なビニールシートで覆われていた。目がしみるほどの煙に耐えられなくなった客が、それを時々細く開けたりしていた。

高村の説明によれば『ねこや』は芸祭で一番広い模擬店で、いくつかの体育会系サークルが合同で運営しているらしかった。言われてみれば横縞のラガーシャツや空手着を着た店員が忙しそうに立ち回っている。注文を通す声はわざとらしいくらい野太い。それなりに伝統のある模擬店であることは、毎年使い回されているらしいベニヤ壁の黄ばみと、もはや地層化しているおびただしいマジックの落書きでよくわかった。

僕、高村、アリアス、それに熊澤さんの四人で、「関」の名前で予約されていた大きなテーブルに座った。部外者なので遠慮して片隅を選んだ。そしてとりあえず瓶ビールでこぢんまりと乾杯した。熊澤さんは、パフォーマンスが終わって帰りかけているところを僕が捕まえて、半ば強引に誘ったのだった。彼女がお酒の席を好まないことはなんとなくわかっていたけれど、で誘った。

「僕、知り合いがあんまりいないから、熊澤さんがいると心強いんですが……」という言い方

それは本心だったたし、考えてみれば熊澤さんとちゃんと話したことがなかったから（それは誰しもそうだっただろう）、彼女の力がこもった展示を昼間見たばかりの、この機会を逃すべきでないと思ったのだ。

初めて飲むという熊澤さんのビールの感想を、僕ら三人はかたずを飲んで見守った。普段ほとんどしゃべらない人だから、小声で「に……苦い……」の一言が聞けただけでも、僕らは大いに盛り上がった。

「ところで、クロさん元気？」という高村から僕への質問を皮切りに、やはり話題は予備校の話になった。まだ予備校に在籍している僕を気づかってくれた共通の話題ということだろう。

「元気だよ。去年よりまた少し髪が薄くなった気はするけど」

パリに留学経験のある伊達男――50代の主任講師の少なくなりつつある頭髪の話は、とりあえず酒席を和ませる話題だった。

「あの髪型ヘンだったよねえ、横から無理やりてっぺんに引っ張ってきてさ。パンフレットに載ってた若い時の写真――ほら、あのセーヌ川かなんかでポーズ決めて撮ったやつ――毛がフサフサしてハンサムだったもんね。自分がハゲって認めるのはプライドが許さないんだろうなあ」

高村の軽口にアリアスが噛みついた。

「なに言ってんの、あの髪型がいいんじゃない。努力してる感じがいじらしくて、可愛くて。髪型もそうだけど、全体に漂ってるあの雰囲気――クタクタに疲れてんだけど、がんばってギリギリんところで踏ん張ってる感じ――あれこそ中年男性の色気ってもんよ。クロさんの髪型笑ってるヒマがあったら学ぶべきね、あの渋さから。アンタなんかよりクロさんの方がよっぽど若いコに人気あんだから」

「それは認めざるをえない。でもそれって、気前良くおごってくれるからじゃない？」

「まあ……それも大事」

「去年の銀座の個展の時とか、すごかったもんね。二次会で高そうなワインをバンバン頼んで、全員分払って。あれ何万円になったんだろ」

「絵がいっぱい売れたからいいのよ。いかにも売れそうじゃない、クロさんの絵ってオシャレで」

「でもすごく安定感のある絵でもあるよね――」

僕も会話に入ってみた。

「なんて言うか、いかにも昔の芸大を出た感じのオーソドックスさ。売れるのはわかる気がする」

「そうねえ……フレンチレストランに飾ってあっても、社長室に飾ってあってもいい、オールマイティな感じはするわねえ」

黒川先生（愛称・クロさん）は、千駄ヶ谷美術予備校（略称・千美）の油絵科で一番年長の講師であり、かつ去年の僕の担任だった。

予備校講師をやりながら「国画会」という団体展に毎年大作を出品し、三年に一度くらい銀座の画廊で個展を開いているらしかった。画風は一見抽象的な印象だったが、人物や花といったモチーフはちゃんとわかるので、やはり具象画の範疇だっただろう。幾何学的な画面構成に特徴があり、しかしアリアスの言う通りパリ由来の軽妙洒脱なセンスもあって、構成主義的な堅苦しさはなかった。

去年僕らが見に行った個展は小品を数多く並べる趣旨のようだったが、初日にもかかわらず、キャプションには半数以上のものに売れた印である赤い丸のシールが貼られていた。そこに小さく記載された価格をざっと合算して、僕ら若造は溜息をついたものだった。

「それにしても二朗はクロさんにずいぶん気に入られていたよなあ」

「それはまあ……確かにね。僕が田舎者で、絵が古臭いからでしょ」

「そうじゃないだろ。ほら、例の〈絵心〉――」

高村が言っているのは、僕が千美で初めて参加した講評会での、クロさんのセリフだった。そこで僕はクロさんのお陰で、みんなから一風変わった注目のされ方――予備校デビューとでも言うのだろうか――をしたのだった。

千美に入学すると最初にいきなり、クラス編成のためのコンクールがあった。コンクールというのは、実際の実技試験を想定して時間制限を設け、採点して順位を発表する――普通の予備校でいえば模擬試験にあたるものだった。一学期につき二回ほどあり、そのたびに美術予備校生は極度の緊張を強いられ、一喜一憂するのだった。

時間が来ると試験終了の笛が鳴る。生徒たちはすぐさま絵筆を置き、完成していようがいまいが絵を所定のところに提出し、道具を急いで片付け、いっせいにアトリエから退去させられる。そして1時間ばかり外で待たされる。その間アトリエの中では、講師たちが審査するのだ。

1時間くらい経つと、再びアトリエに招き入れられる。生徒たちはザワザワしながら、アトリエで一番広い壁の方を見る。歓喜や落胆の声がチラホラ聞こえる。

壁には一面、絵がズラリとかかっている――正確にいうとかかっているわけではなく、置いてあるだけだが。壁には奥行き10センチもない棚のようなものが作り付けで二段あり、そこに絵を置いているのだ。床に置かれた絵も含めて上・中・下段――三列に絵がビッシリ並べられている。

二浪目にもなるとすっかり慣れてしまった、コンクールから審査、そして講評会にいたる流れだが、この最初の時は、何がどうなっているのかまったくわからなかった。そして自分の絵が見当たらないことに、ただただ嫌な予感がした。

僕のうろたえをよそに、講評会は始まった。講師は8人くらいいて、絵をかけた壁の前に立っていた。それに相対する生徒は80人くらい。前の者は低い丸イス、中間の者は普通の丸イスに座り、それより後ろの者は立って聴いていた。僕はこういう時こそひるんではいけないと思い、あえて最前列の真ん中に座っていた。

最初は一番年長らしい講師——つまりクロさん——の総評だった。

「全体的に低調と言わざるを得ない」

という苦々しい口調から始まった。この時の課題は、二日間かけて、パイプイスに座った着衣の人物を描く油絵だったが、それは今年の芸大油画科の実技二次試験をそっくり模したものだった。

「君たちが今年芸大を落ちたのは、ある意味当然と言えるね。この中で合格の可能性が少しでもあるのは……」

クロさんは壁の方を振り返り、講評会の時講師が必ず手にしている細い角材（正確に書けば——約1・5センチ角、長さ約1メートル、軽い木質——とだいたい決まっていた）で絵を載せている細い棚をコツコツと叩き、「ここまでか……せいぜいここら辺まで……ってところだろう」と言った。

だいたい想像はついていたのだが、絵は成績の良い順に、上段の左端から並べられているようだった。クロさんが角材で示したのは、2位までか、せいぜい4位までだった。そのあともひとしきり苦言を呈してから、クロさんは他の講師たちに交代した。

講師の個性は様々なようで、生まれついての笑顔で「黒川先生はああ言うけど、僕はみんなそれぞれよく描けてると思うよー。ただしねー」といった感じで、とりあえず柔和に入る人もいた。自分のクラスを持っている専任講師は4人いて、あとは非常勤やアルバイトで、それぞれの立場で責任の重さに差があり、それはコメントの内容に反映しているようだった。

全体の傾向を語る人。成績上位者の優れた点だけ言う人。中段・下段の成績不振者の欠点だけあげつらってゆく人。例えば「手前の人物と背景の自然な空間の繋がり」や「座っている人の骨盤の表現」といった一要素に焦点を絞り、良い例と悪い例を指し示して行く人……などなど。

僕は人生初の講評会なので、すべてが新鮮だったし、勉強になる言葉も数多くあり、基本的には素直に聴いていた。しかし同時に、自分の絵が壁に飾られていないことに、ほとんど泣きそうな気分でもあった。もううすうす気づいていたのだ——アトリエの隅の方にある、裏返しにして束ねて立てかけてあるキャンバスの一群——あの〈選外〉の中に自分の絵があることは。僕の涙腺はかすかに疼き続けていた。

そんな講評会の中で早くから話題になっていたのが、やはり1位になった絵のことだった。しかしその絵の描き手の名前を呼ばれることは中盤までなく、初めて呼んだのは長谷川という若い専任講師だった。

「これ描いた小早川、どこにいる?」

僕は小早川という名前にビクリと反応した。

「ここです」

やけに落ち着き払ったその声は、教室のかなり後ろの方から聞こえてきた。生徒たちはいっせいに後ろを振り向いた。

「さすがだな。オマエが今年芸大に受からなかったのが信じられないくらいの出来だ」

みんなの視線が集まった中心を探すと、そこにはいかにも東京のお坊ちゃま然とした男が、ニヒルな笑みをうっすら浮かべて立っていた。

「どうなんだ、本番ではこれくらい描けなかったのか？」

ニヒルな男は顔色一つ変えずに答えた。

「さあ、どうでしょう。自分ではよくわかりません」

「オマエのことだから、本番でもこれくらい描けたんだろうなあ……。うーん……」

長谷川先生は眉間に角材の先を当てて、悩むポーズをした。

言われてみれば、あのパンフレットで一番大きく掲載されていた絵と、同じタッチや雰囲気をしていた。それにこの小早川という男の絵は、受験生が描く絵の典型中の典型で、究極的な無個性という面もあった。あちらは無機質な静物画で、こちらは生身の人物画だから、すぐに気づかなかったが。

そもそも僕は、あの日上野公園でその名を目に焼き付けた小早川崇という人物が、この予備校にまだいるとは思っていなかった。当然芸大生になっているんだろうと、漠然と思っていた。

「確かに完璧に近い。どこにも欠点らしい欠点は見当たらない。こうやって他と比較して点数つけたら、やっぱり1位になる。でも、オマエが芸大に落ちた理由も、なんとなくわかるんだよなあ。なんかこう……優等生過ぎるところが鼻につくというか……。上手いのはわかるんだけど、嫌われるというか……」

別の講師が脇から言葉を添えた。

「芸大の最終審査っていうのはね、点数だけじゃないんだよ。最後に全員で協議するものだから。時には教授同士激しい議論になることもある。そこが未知数で難しいんだ」

「今年こそはウチからようやく、芸大の現役合格者が出ると期待してたんだがなあ……」

長谷川先生は角材で床をコツコツと神経質に叩いた。

「小早川はかなり良い線まで行ったはずなんだ。実際それは審査に立ち会った知り合いの助手から内々に聞いているんだが……結局、浪人ってことになっちまったなあ……」

若い見た目からそうかと思っていたが、小早川という男はつい先月まで高校生の、自分と同じ一浪であることがわかった。パンフレットの一番目立つところに、浪人生を差し置いて高校生の絵が選ばれるということが、かなり異例の抜擢であることは、美大受験に詳しくない当時の僕でさえなんとなく想像できた。

「ちょっといいかな？」

クロさんが割って入ってきた。

「小早川、オマエに見せたい絵がある」

そう言って、クロさんはアトリエの隅の方——〈選外〉の絵の束の方に歩いて行った。裏返しになったキャンバスをしばらくあらため、その中から1枚を引き抜き、戻ってきた。戻ってくる途中ですでにちらりと表側が見えたのだが——それは僕の絵だった。

クロさんはしばらく考えてから、小早川の右隣の絵——2位の絵——を外し、代りにそこに僕の絵を置いた。

急に心臓が高鳴り、顔が上気して熱くなった。無視されなかった嬉しさはあるが、それよりも恥ずかしさが勝っていた。僕は並べられた二つの絵をまともに見上げることができなかった。その差は歴然だった。小早川のような過剰なまでに細かくシャープな絵と並べられたら、僕の絵は泥で描いた未開人の絵のようだった。

「小早川、オマエこういう絵をどう思う？」

「良い絵ですね。僕には到底描けません」

小早川はさらりと即答した。

「そうだ、良い絵だ。それが本当にわかっていればいい。……彼にあってオマエにないものが何か、わかるか？」

今度は少し考えてから、小早川は答えた。

「素直さ、でしょうか」

「うーん、それもそうだが――」

クロさんは棒で僕の絵をビシッと指して言った。

「一言でいえば、〈絵心〉だ」

教室全体がしんと静まり、小早川の次の返答を待つ空気になった。

「確かに――それは僕にはないでしょう」

「絵心がなければ絵描きにはなれん。絵描きになれないとあらかじめわかっている人物を、芸大は入学させたりはしない」

「おっしゃることはよくわかります。問題は、僕が絵描きになりたいかどうか――ですね」

小早川の声が終始冷ややかだったから、熱を帯びたクロさんの声は空回りな感じで、少し気の毒な気さえした。

「そうだ。いや、オマエは全部わかってる。あとは自分で決めることだ」

クロさんが悲しそうに眉間に皺を寄せると、それは額の方に幾重にも波及した。その皺がぱっとなくなり、今度は語調をガラリと変えて言った。

「これを描いたのは誰だァ」

クロさんは僕の絵を壁から外して、裏に僕が木炭で書いた氏名を読み上げた。

「本間二朗くん。どこにいるかな?」

僕は控えめに手を挙げた。

「はい……」

近寄って僕の顔を覗きこむクロさんの顔は、今までのしかめっ面から打って変わってにこやかで、さらには慈愛みたいな表情さえ湛えていた。

「ボクの見たところ、君はけっこう長いこと絵を描いてきてるんじゃないかな?」

「はい……油絵は中学一年からやってます……あの……ほとんど独学ですが……」

予備校でみんなを前に声を発することが初めてだったから、緊張しないわけがなかった。それにクロさんは僕の絵を胸の前で持ったままなので、正面を向いて答えるのが苦痛で仕方なかった。

「だろうなあ――我流が板についてるから。出身はどこ？」

「新潟です」

「ほう。新潟のどこ」

「佐渡……です」

この状況でその地名を告げるのは、かなり勇気のいることだった。

「佐渡か。昔スケッチ旅行に行ったことがあるなあ。あそこは独特な歴史と文化があるところだね」

「はあ……たぶん……」

クロさんは僕の絵を持ったまま、ゆっくりと歩き出した（受験で使うF15号キャンバスは、縦構図だと幅53センチ――ちょうど持ち歩きやすいサイズだった）。そして教室全体に向かって、よく通る声で語り始めた。

「この本間くんと同じように、地方から上京して、今回初めて予備校のコンクールに参加したって人もけっこういると思う。そういう人は、今不安で、戸惑っていることだろう――ここに並んでいる絵が、どれも見慣れないタイプのものだから。でも安心して欲しい。それはごく表面的な印象に過ぎない。今この本間くんの絵を、1位の小早川の隣――2位の場所に置いてみた――」

そう言ってクロさんはまた僕の絵を、その空いているスペースに収めた。

「確かに場違いな感じはする。古臭くて、田舎っぽくて、まだ部外者という感じだ。だから審査では点数がほとんど入らなかった。しかしそういうギャップも、ボクは大した話じゃないと思うんだ。この絵と、隣の小早川の絵には、本質的な上下の差は大してない。ただ小早川の方が、受験用の絵とは何かをよく心得ているに過ぎない。しかしそれにも限界がある。問題はその先なんだ。その先には、やはり絵心とでも呼ぶしかない、神秘の領域がある。まあ、新学期早々こんなことを言うのには理由があってね――」

クロさんはここで一呼吸入れた。

「小早川の絵は数年前なら、確実に芸大に受かっていたと思う。小早川が落ちたことに、ボク自身も驚いている。それが何を意味するかってことをいろいろ考えたんだが……。要は、表面的なテクニックを競う受験絵画というものが、もはや行き過ぎて、今曲がり角に来てるんじゃないかってことなんだ。この間ね、芸大の○○先生と国画会の会合で会って話したんだが、彼はそういうことを言って、ずいぶん嘆いていたよ。自分たちは本当に絵心がある学生こそ採りたいんだ、けれど現在の受験システムが高度になりすぎて、その見極めが難しくなってしまった、なんとかしなければ――てね」

クロさんはゆっくりと歩き回りながら喋っていたのだけれど、再び僕の前に来たところで止まり、僕にウインクした。あとでわかったことだが、それは滞欧経験のあるクロさんの癖で、別に性的な意味はなく誰にでもやるのだが、初めてされた時はちょっとドギマギしてしまった。

「本間くん、君はボクのクラスに入れておいたから」

どうやらさっき審査をやりながら、生徒たちを四つのクラスに振り分ける作業も済ませているようだった。

「君はまだ受験のための絵がわかっていない。それは当然だ。そういうものに触れたことがないんだから。しかしそれはたぶん、すぐに習得できるだろう。君みたいに絵心がちゃんと備わった人間ならば。僕が一年間みっちりシゴいてやろう。もしちゃんとついてこれたなら——君は来年、芸大に合格できる可能性は大いにあると思う」

　このどこの馬の骨ともわからない田舎者に対する、主任講師によるえこひいきが過ぎる言葉に、教室が静かにざわつくのを感じた。僕はたぶん紅潮している顔をクロさんにも生徒たちにも見られたくなくて、うつむいたまま頷くしかなかった。


　講評会が終わり、大きなステンレスの流し場で筆を洗っていると、後ろから突然、「絵心くん」と声をかけられた。

　驚いて振り向くと、そこには小早川と、隣に佐知子が、にこやかな表情で並んで立っていた。

「いや、失礼。本間くん……だったよね」

　僕はあたふたするだけだった。

「友達になってくれないかな。どうやら僕は君からいろいろ盗まなきゃならないものがあるようだからね」

　今思えばずいぶんキザな言い回しだが、この時はそんなことを思う余裕もなく
「あ、あ……もちろん……こちらこそよろしく……」

などと答えるのが精一杯だった。今度は佐知子が自分のことを指差し、目を細めて訊いてきた。

「ねえねえ、あたしのこと覚えてる？」

「もちろん……地下の石膏室で……」

「やったー、覚えててくれたー。あの時は下見に来てたんだよね？　あたしあの時制服だったから、もう気づかれないかなあって思ってたー」

と言いながら、佐知子は小早川の腕をきゅっと軽く摑んでいた。それでようやく鈍感な僕も『ああ、なるほど、二人は付き合っているのか』と悟った。

新学期早々失恋でショック——というほどのことでもない。確かに佐知子との出会いに導かれての千美だったし、初日のガイダンスと、続いて二日間あったコンクールの間じゅう、ついつい彼女を遠くから目で追っていたことは確かだ。しかし彼女に偶然近づいてしまった時は、逆に目をそらし、無視していたのだ。それは自分にとってしょせん高嶺の花——下心など抱くだけ無駄とわかっていたからだ。

佐知子にいかにも東京っぽい彼氏がいることはなんとなく予想してたし、それがこの小早川という男だと知っても、さもありなんだった。僕の主観では佐知子は千美で一番可愛かったが、それが最も成績優秀で、しかも容姿も悪くない男と付き合うのは、あまりに妥当なことだった。それに並んだ二人は実際お似合いだった——まるでファッション雑誌に載ってる「原宿で見かけたベスト・カップル」のスナップショットのように。

要するに僕は不戦敗だったのだ。だから、そのあと二人とは千駄ケ谷駅まで一緒に歩き、さらに佐知子とは新宿駅までの短い間二人きりになり、いろいろと話したが、嫉妬が疼くということはなかった。ただ普通にお互いを知り、仲良くなっただけだ。

また僕は二人と話しながら、こういう想像もした。あの日佐知子が地下の大石膏室で泣いていたのは、実技一次試験に落ちた悔しさだけでなく、彼氏である小早川と別れ別れの境遇になることの嘆きもあったんじゃないか――と。今日の講評を聞く限り、小早川は芸大に現役合格する前評判が高かったことがうかがわれたので。

ともあれこうして僕は、千美における自分にとっての最重要人物となる二人と、新学期早々に知り合ったのだった。

＊

『ねこや』では千美の昔話が続いた。一般に美術予備校の話は盛り上がるものである。あれは一種、戦友的心理なんだと思う。

とにかく美術予備校では来る日も来る日も大量の絵――デッサンか油絵――を描かされる。その成果は毎週末の講評会で細かくチェックされる。そして定期的にやってくるコンクールのたびに、失意や歓喜といった激しい感情のアップダウンに見舞われる。体もそうだが、なによりも心が疲れる。

そんな一年間を共に過ごしてきた者同士は、本来はライバルであるはずだが、「ともに受験という強大な敵と戦ってきた仲間」という意識の方が強くなるものだ。特に一番人数が多いため連帯感が生じるのか、一浪同士は全体的に仲が良くなる傾向がある。そして、多浪になるに従い孤独の影を帯びてゆく――というのは、二浪目で痛感し始めていることだった。

「今にして思えば、クロさんとハセヤンのバトルは面白かったなあ……」

〈ハセヤン〉とは長谷川先生のアダ名である。僕は使わなかったが、高校の時から千美に通っていた連中はだいたいそう呼んでいた。

高村が懐かしそうに言う通り、クロさんと長谷川さんは講評会でしばしば意見が対立し、時には生徒たちそっちのけで強い言葉の応酬を始めた。そのたびに生徒たちは『また始まった』と思うのだが、詳しく言えば『待ってました!』というタイプと『またか、ウンザリ』というタイプがいただろう。僕はどちらかというと前者だったろうか――二人の対立にはそれなりに興味深いものを感じていたので。

長谷川さんは芸大の大学院を出たばかりだから、なんといっても若かった。そして考え方がクールだった。「受験はしょせん作戦だ」というプラグマティックな考え方を持っていた。

対してクロさんはロマンチストだった。時によくわからない精神論も説く人情家タイプ。「美大に入って、その先こそが重要だ」「そのために、基本を疎かにしてはいけない」といったことをよく語った。

長谷川さんは千美出身で、クロさんは千美で長く教えているから、つまり長谷川さんはクロさんの元教え子だった。20代半ば——予備校講師として新米だし、美術作家としてもこれから自分を売り出していきたい時期なので、長谷川さんは何かとピリピリ尖っていた。講評会におけるクロさんの、鈍重ともいえるニュアンスたっぷりなコメントに、長谷川さんはしばしば横槍を入れた。

「黒川先生、そういうことを言うと、生徒はかえって混乱すると思うんですよね」

「良い絵とかおっしゃって、不完全な絵をよく持ち上げますけど、受験というシビアな現実の前では、それはしばしば甘えに結びついてしまうと思うんです」

長谷川さんがクロさんに突っかかる時は、ちょっと大袈裟にいえば、師匠越え、あるいは父親殺しといった、何か暗い炎のようなものを感じることがあった。

「ハセヤン、一回顔真っ赤にして怒ったことあんでしょ？　アタシは現場見てないけど」

「グラフィック展の時だろ？　あれはホントひどかった！」

「実はあん時、ハセヤン案外可愛いとこあるじゃんって思っちゃったのよねー。それがそもそも失敗のもとー」

アリアスと高村が言っているのは、去年の秋の講評会での出来事だった。長谷川さんは『渋谷パルコ』が主催する「日本グラフィック展」に応募して、ちょっとした賞をもらったばかりだった。

それはもともとはイラストレーションの賞だったように思うが、純粋美術（それを〈アート〉とカタカナ表記し始めたのも、このグラフィック展の役割が大きかったと思う）も取り込み、その二つの境界をなくそうという意図がある公募展だった。加えて当時の好景気による広告業界の活況や、日比野克彦氏などスター作家が輩出したこともあり、華やいだ印象を世間に振りまいていた。良くも悪くも当時の日本らしい催しだったといえるだろう。僕ら予備校生も時代の先端の空気を吸いたいがため、長谷川さんの入賞作を見るのを口実に、連れ立って渋谷パルコに行ったものだった。

秋にあったコンクールの講評会で、例によってクロさんと長谷川さんの意見が対立した。いろいろ問答をしているうちに、二人ともヒートアップしていき、ついに長谷川さんは言うに事欠いて、「黒川先生の考え方はもう古いんです！」とズバリ直言してしまった。

「ほう……。長谷川くんは何やら渋谷でやっている展覧会で賞をもらって、今は気が大きくなっているようだが――」

クロさんは不自然な分け方の髪をさらりと手で梳く挑発的な仕草をしながら言った。

「慢心にはくれぐれもご用心、だ。ああいう一時の流行りはあっという間に廃れるからね」

長谷川さんの顔は見る見るうちに赤くなった。

「僕だって……グラフィック展が良いなんて思ってませんよ……。だけど他にマシな公募展がないから出しただけでしょう。それ言ったら……国画会に未来なんてありますか！」

「長谷川――」

クロさんはあえて、数年前の先生と生徒の関係に戻った呼び方をした。

「未来なんて、どうなるか誰にもわからないようなことは、どうでもいいんだよ。大切なのは、現在の目の前のことを、いかに堅実に一つ一つ積み上げていくかってことだけさ――」

それから生徒たちの方を向いて付け加えた。

「これはみんなもそうなんだよ」

「だから僕だってこうやって積み上げてるんじゃないですか！」

長谷川さんはもはや涙目になっていた。

「でもそれは本当に堅実に――かな？　ちょっと流行に乗って、浮ついていないかね？　あのパルコってところは商業施設だろ？　一瞬で使い捨てられる商業イラストレーションと、長い道のりの芸術は、まったく別ものだよ」

「だから！　……そんなこと言ってるからクロさんは古いままなんですよ‼」

長谷川さんは例の細い角材をカランと床に投げ捨て、そのまま教室を出て行ってしまった。

長谷川さんを黙って見送ったあと、クロさんはゆっくり振り返り、後ろ頭を掻きながら呟いた。

「アイツには今晩一杯奢らないとダメかな……」

啞然としている僕ら生徒たちは、さながら公開親子喧嘩の観客だった。

予備校に限らず大学など美術の専門教育の現場では、こういうことは陰に陽によく起きていることなのだろう。つまりほとんどの教師が作家との二足の草鞋を履いている。というより、収入の割合のいかんにかかわらず、プライドの比重は作家の方に大きく偏っていることがほとんどだ。その二重性が事をしばしばややこしくする。

長谷川さんをまだ一人前の作家と見てないようなクロさんの口調は、確かに失礼だったかもしれない。しかし先輩作家の助言として一理あった、とも僕には思われた。グラフィック展で見た長谷川さんの作品は、まだ美術に詳しくなかった当時の僕の目から見ても、最新流行の尻馬に乗ろうとしたところが見えたから。具体的に言えば——海外の少し前の美術動向である新表現主義が日本的に解釈され大流行していたニューペインティングの尻馬——だった。「受験はしょせん作戦」と同じように「芸術はしょせん作戦」と長谷川さんは考えているのだろうか……と、生意気にも僕はグラフィック展の会場で考えてしまった。

「あん時アタシたまたま——ていうかしょっちゅうだったけど——講評会サボって、非常階段でタバコ喫ってたのよねー。そしたら突然ドアが開いて血相変えたハセヤンが現れたから、最初アタシを叱りに来たかと思って、思わずタバコ投げ捨てちゃったわよー」

ここからしばらく、アリアスと高村の息の合った掛け合いが続いた。

「それで仲良くなったんだろ？」

「そん時はそんなんじゃないってばー。ただあっちがイライラしてタバコ喫い出したから、おそるおそる『なんかあったんですか？』って訊いて、それからなんだかんだ30分ばかしお喋りしただけ。結局『いいよなあ、オマエはお気楽で』とかなんとか言って、ハセヤン機嫌直して出てったわ。バカ女もたまには役に立つってことかしらー」

「ふ〜ん、そっから始まって、ラブホテルまで……」

「だからァ、行ってないって言ってるでしょ！」

「まあでもハセヤンもギリギリセーフだよな、アリアスが大学生になるまで待ったんだから。

一応、自分の生徒っていう商品には手を出さないっていう……」

「ホント、アンタが想像してるようなデートと違うから。まず展覧会に誘われるわけよ。アタシは基本展覧会なんか興味ないけど、それでもハセヤンの解説つきで回るのは、それほど悪いこっちゃないの。皇族が専門家の解説聞きながら展覧会見る感じ？　あっちも自分の知識をひけらかせて満足なんじゃない？　それからそこそこいいレストランに行って……」

「あれだ——赤プリでフレンチ……」

「いちいちうるさいわねえ……違うけど、まあ確かにそんなもんよ。予備校講師の給料は悪くないもんね、高っかい授業料親たちからぶん取ってるから。でも残念ながらハセヤン、そっからの会話が面白くないのよー」

「そりゃそうだ、ハセヤンが熱く語れることなんて受験テクニックくらいしかないだろう」

「ふん……アンタのその想像、あながち外れてないわ。二軒目のバーであっさーい人生観さんざん聞かされて、出たところで『じゃあ、次はホテルでも行こうか』って誘われて、どこの女がホイホイついてくと思う？」

「こう見えて気高いアリアスは落ちなかった——と一応信じておくけどさ」

「こう見えてとか一応とか、なんなのよ」

「まあまあ……でも実際はみんなアリアスみたいに気高いわけじゃないんであってさ。よく聞くだろ？　講師が生徒をパクパク食う話。それも予備校で一番可愛いコとか美人とか。そりゃ受験っていう閉じられた価値観の中で、憧れが芸大生か芸大出たばっかかの講師一点に集中すんだから、ウハウハの入れ食い状態だろうさ。あーあチクショー、そのためだけに芸大行きたかったぜー！」

高村は悔しがるポーズでテーブルに突っ伏した。

「なんというか……」

僕はこのタイミングで話に入ってみた。

「自分の今の担当講師の……そういう下半身事情を想像してしまうのって、なんかゾワゾワした気分になるね……」

「そうよねー、ごめんねー。とにかくハセヤンは講師としては一流でも、男としてはダメダメってことをアタシから報告して、この話は終了ー」

突っ伏したままの高村が顔だけこちらに向けて訊いてきた。

「で、結局どうなのよ？　長谷川クラス。つまり、二朗とハセヤンの相性っつうか」

「どうなんだろう――」

なかなか答えづらい質問だった。

「言ってることは具体的でわかりやすいし、良い先生だと思うよ――特に他の生徒に対してはね。ただ僕との相性でいうと、必ずしも良いとはいえないかなあ……言ってることは頭ではわかるんだけど、体がついていかないというか」

「まあそんなところだろうなあ。オレみたいなヤツはハセヤンと相性良かったけどね。例えばほら、ハセヤン、多摩美の入試問題の予想ズバリ的中させたじゃん。オレなんか直前にそれに賭けて、それで受かったようなもんだから。でもオマエはそういうのと違うよな」

「しょうがないよ、このクラス分けは僕に対するショック療法みたいなもんだからね。実技二次でとんでもない絵を描いちゃったから、僕はもはや病人扱いで、リハビリ施設送り——新しい担当医は冷徹な長谷川先生——て感じかな」

アリアスが入ってきた。

「そうそう、いろんな人から聞いたんだけど、二朗くん、本番でちゃんとした絵描いてたのに、完成直前で全部潰して、なんかすごい……変わった絵を描き出したんだって?」

「まあ、ね……」

「ねえねえ、どんな絵描いたの?」

「それは……」

僕は言い淀まざるをえなかった。

「強いて例えれば、今日見た熊澤さんの展示——あの絵と似ているかな……」

予想していたことだが、最初の「苦い……」以来一言も喋らない熊澤さんを気づかって、話を振った面もある。

「いや、直接似てるわけじゃないけど、性質として共通点がある絵、かな……」

熊澤さんはただニコニコしながら、ずっとコップを両手で包むように持ち、苦いだろうビールをチビチビと舐めていた。

「つまり今回の熊澤さんみたいに、美大に入ってからのびのび描くべき絵を、美大に入る前に描いちゃって、当然のごとく落とされたバカが僕ってこと」

「なんとなくわかるわー。二人は千美の二大天才だったもんねえ。ついゲージュツをバクハツさせちゃったんだー」

「まあ、当たらずといえども遠からず……」

「オマエよく、ほとんど完成してる絵をぶっ潰して、また新しい絵を猛スピードで描くっての、やってたよな。端から見てる分には『度胸あんなあ』って思って面白かったけど、必ずしも成功するとは限らない、イチかバチかの賭けだったよな。本番でもアレやっちゃったんだ」

「やるまいやるまいって抑えてたんだけど、最後にどうしても抑えきれなくなって。今はとにかく、長谷川さんにそれを禁止されてるよ。どんなに気に入らなくても、絵は途中で潰しちゃいけない、最後まで描けってね。でもずっとスランプで、どうしても潰したい絵になっちゃう――でも潰せない。それが辛くてね。そういうこともあって、最近は予備校を休んでるんだ……」

「休むのは悪くないさ。予備校にずっといると頭おかしくなりそうだからな。やっぱあそこは一種の監獄だよ。……認めたくないけど、小早川が受験直前に予備校来なくなったのは、賢い選択と言う他ないな。あの計算高い〈息抜き作戦〉はまんまと成功したもんなあ」

「小早川くんにあやかったつもりはないけど、どうしても耐えられなくなって休んでみたら、あの頃の小早川くんの気持ちが少しわかった気がしたよ。美大受験を遠くから冷ややかに眺めてる感じ――。でも遠ざかりすぎて、もうあそこには戻れないかもしれない……」

「ええ！　何？　それって二朗くん、芸大あきらめちゃうってこと？　そんなのもったいなーい！」

「まだ決めたわけじゃないけど、今はちょっと頭が混乱してるんだ……」

「まあいいさ、まだ秋だもんな。受験まで時間はたっぷりあるから、今はゆっくり休めばいいよ。二朗のことだから、そのうちまた絵が無性に描きたくなるさ」

*

確かにこのところずっと疲れていた。

しかし最初から疲れていて、予備校を監獄のように感じていたわけではないのだ。むしろ最初の頃は楽園のように感じていたのだ。僕はそのフレッシュな初心を思い出そうと努めていた。

佐渡では一応島で一番と言われている進学校に通っていた。といっても田舎のことだから、大学に進む者はさほど多くはなかったが。そこで僕はほどほどの成績を収めていた。国語や歴史は得意だったが、数学や物理はチンプンカンプン――たぶん美術系に進む高校生によくあるパターンだろう。教室で50分間小さな机に縛り付けられ、ぜんぜん頭に入ってこない数式とにらめっこさせられるのは、ひたすら苦痛でしかなかった。

だから放課後小さな机から解放され、広々とした美術室でやる石膏デッサンや静物画には、無上の喜びがあった。僕はよく背が高い方のイーゼルを使い、立ったまま描いたが、それはイスに縛られていない感覚が好きだったからだ。大袈裟に言えば、仁王立ちして絵が描ける放課後の美術室は、僕の自由と独立の砦だった。

ましてや美術予備校では、朝から晩まで絵を描いていられる。それが許されるどころか、推奨されている。これを楽園と言わずして何と言う――そんな気分だった。

そんな喜びに包まれた春から夏にかけての時期は、当然吸収力も高かった。美術に――そしてもっと広く文化に――あるいは東京的なるものに飢えた、乾いたスポンジ状態だったから。我ながら『自分は今いろいろなものをグングンと吸収している』という実感があった。

もちろん春の時点で僕の絵は下手で、未熟だった。具体的に言えば、形が甘い――いわゆるデッサン力不足だった。

高校の頃は、絵は勢いこそ大事という信念を勝手に抱いていて、形を正確に写し取ることをさほど重要と思っていなかった。「形が少しイビツなくらいが絵として味わい深い」という絵の評価軸が、佐渡時代僕の周りの大人たちになんとなくあったことも大きいだろう。しかしどうやらそういう考えは、ここでは通用しないことがわかってきた。僕は形の誤りを講師たちから指摘されるたびに、『もっと慎重になって、もっと厳密に形を写し取ろう』と素直に自分に言い聞かせた。

そうするとどうしても、絵の自然な勢いはなくなってゆく。しかし僕はそれを良しとした。おそらく僕が我流で培った絵の勢い信仰みたいなものは過剰だったのであり、抑制されるくらいでちょうどいいんだ——僕は自発的にもそう思うようになった。

僕は他人（ひと）の描きかけの絵や、使っている画材をよくマジマジと見た。それは少し失礼な行為だったろうが、クロさんは僕のような上京したての者に、それを大いに勧めていた。主任講師のお墨付きをもらった僕は、堂々と失礼な行為をしてアトリエを回った。

そうして観察した他人の技法やスタイルは、すぐに実地に真似ようとした。他人が持っている、それまで未知だった道具や材料も少しずつ買い込んだ。

中でも一番大きな変化は、油絵具だけでなく、アクリル絵具を覚えたことだった。アメリカで1950年代に開発されたこの新しい絵具は、たぶん僕の絵の描き方に根本的な変化をもたらした。

水性だが乾くと二度と水に溶けなくなり、油絵のような厚い重ね塗りも可能な絵具。油性のものは水性のものを弾くが、その逆はない——その化学的性質を利用して、まず水性のアクリル絵具で描き、途中から油絵具に完全に切り替える。アクリル絵具は当時画材屋に貼ってあるポスターなどで盛んに「万能」を謳っていたが、厳密に言えば誇張だった。油絵具特有のヌルヌルした流動性や、ギラギラ輝く光沢性や透明性は望めなかった。だから前半の下地作りの段階だけに使うのだ。

そうすると絵の仕上がりが驚くほど速くなる。油絵具だけなら一ヶ月かかるような重厚な絵肌が、なんならほんの二日間で作れるようになる。いかにもトリッキーな時間の短縮法だったが、受験絵画は「限られた時間内でどれだけ多くのことが達成できるか」というスピード勝負の世界だった。だから多くの生徒がこの方法を採用していたし、僕もそれに倣った。

6月にあった二度目のコンクールでは、僕の絵は例の壁に作り付けられた棚の〈中段の真ん中あたり〉という成績を収めた。前回が〈選外〉だったことを思えば、講評会でクロさんが言った通り大躍進だったのだろう。僕はなるべく顔には出さないように努めたが、本当は天に舞いあがらんばかりの気分だった。

絵は少しずつ上達していった――それは客観的に見れば確かにそうだっただろう。しかし内心にはもう少し複雑なジレンマを抱えていた。これは本当に上達なんだろうか――本当は変質なんじゃないか――そういう疑念だ。この辺の事情を説明するために、夏が始まる直前に母親が上京してきた時の話をしよう。

上京の目的は三者面談だった。僕が予備校で三ヶ月描いてきた絵を並べたアトリエで、クロさんは母に、僕のことをいろいろ褒めてくれた。これは本当にありがたかった。いかにも農家の人間らしい、母の気弱で不安そうな表情を見て、きっとクロさんは『ここはとにかく安心させるのが一番だ』と思ったのだろう。

面接が終わり、二人で近くの喫茶店に入った時、母はためらいがちの佐渡弁で言った。

「……なんというんか、よくわからんけど……オマエの絵は確かに上手くなっただっちゃ。なったんけど、なんかこう……怖くなったいうんか……気持ち悪くなっただっちゃねえ……。お母さん、オマエの前の絵の方が好きだっちゃねえ……」

母がそう言う気持ちはよくわかった。中高時代、母は僕の絵の数少ない、そしてとても熱心なファンだった。完成した新しい油絵を見せるたびに、母は「オマエはホント、気持ちいい絵を描くだっちゃねえ」としみじみ言ってくれた。

そして大切に額装して鴨居の上――祖父の遺影と同じ並び――に飾っては、嬉しそうに眺めていた。

そんな煤けた和室の飾りとして馴染む、当時の絵に比べたら、僕の絵は都会的になった。それは同時に、神経質で無機質で病的になることを意味した。もうあの〈鴨居の上〉に飾っても、違和感があるだけだろう。要するに、上野公園で一目見て激しい拒絶反応があった、パンフレットの小早川のあの絵に近づいていったわけだ。それが受験絵画としての標準化ということだったし、実際それは成績の向上にダイレクトに繋がった。

しかし僕は完全に〈小早川〉になれるわけでもなかった。僕のたぶん素朴、粗野と形容されるような絵の個性は、深いところまで染みついていて、一生取れそうになかった。しかしうまくすれば持ち味として活かせるはずのものでもあった。

なのでやるべきは接ぎ木のような試みだった。素朴、粗野という台木に小早川という穂木を接続して、なるべく融合させるのだ。それは時に、我ながら面白く魅力的な画面を生んだ。しかし時に、両者が拒絶反応を起こし、絵がしっちゃかめっちゃかになって終わった。そういう不安定な危うさを――ジレンマを、僕の絵はつねに抱えていた。

そのような受験のために描く絵の話とは別に、僕にはある急激な変化が起きていた。それをなんと説明したらいいか迷うが――とりあえず「僕はだんだんと〈美術系の人間〉になっていった」と言っておこうか。

まずは単純に、美術に関する知識が増えていった。

予備校で習うのはひたすらデッサンと油絵という実技だけで、美術史や芸術論といった座学はなかった――受験の課題にないのだから当然なのだが。しかし毎日の実技指導のおりにも、週末の講評会のおりにも、講師の口から古今東西の画家の名前が出てくることはよくあった。生徒同士の会話にも作家名は出てくる――こちらは今海外で人気のあるアーティストの名前が多かったが。あとは「北方ルネサンス」とか「もの派」といった美術の動向の名称もある。そこで知らない固有名が出てくると恥ずかしい思いをし、自ずとあとで調べるようになった。

西洋美術史の簡単な本を買い、日曜日には都内の美術館によく行った。『ぴあ』を片手に道に迷いながら、銀座の小さい画廊を回ってみることもあった。

画集というジャンルもあった。池袋の西武デパートの最上階にある西武美術館の出口近くには、『アール・ヴィヴァン』という画集専門店が入っていて、佐知子と小早川に初めて連れていってもらった時は驚いたものだ。内装はシックな黒で統一され、難解な現代音楽がBGMとして流れていた。黒い棚にきれいに並べられた分厚い画集は、洋書だからページの半分が読めない英文で、にもかかわらず目玉が飛び出るほど高かった。僕はとても手が出せなかったが、小早川は涼しい顔で何冊も買っていた。

僕の場合、なんといってもお世話になったのは『美術手帖』だった。最新号は予備校の事務所で昼休みに閲覧することができた。そして古本屋で100円くらいで投げ売りされている、60年代や70年代のバックナンバーをよく買った。それをアパートの布団に寝転びながらパラパラと眺め——美術批評特有の難解な文章も時にはがんばって読み——美術史の点と線を自分なりにつなぎ合わせてゆく。勉強というよりはパズルゲームの感覚だった。

そうやって近代から前衛を経て現在に至る縦の時間軸と、国や作家の個性の差という横の広がり——その二つからなる「美術」の輪郭を、おぼろげながらも思い描こうと努めた。一番気楽でお金のかからない独学法だっただろう。

マルセル・デュシャンを知ったのは、僕の中で大きかった。デュシャンは20世紀初頭に、古臭い絵描き連中を「油絵に使うテレピン・オイルの匂い愛好家」という意味で〈鼻の芸術家〉と呼んで軽蔑したが、20世紀終わりになっても素朴で粗野な絵を描いている僕こそ、その最悪な張本人だった。そんな僕はデュシャンを嫌って当然のようだが、自分とここまで違うと、いっそ興味が湧いた。便器をひっくり返して展示したのも、モナリザに髭を描いたのも、単なる悪ふざけでないことは徐々に理解できてきた。そしてデュシャン以降に急速に変化していった美術の流れ——「現代美術」にも、一定の理解を示せるようになった。そういう時「素朴で粗野な描き手としての僕」は、いったん脇に置かれる感じなのだが。そういう二重性は不思議と可能だった。

このような「乾いたスポンジの驚くべき吸収力」という現象は、主に最初の半年間くらいに起きたことだったろうか。これは『早くみんなに追いつかなければならない！』という、田舎者特有の焦りもあっただろう。たぶんその甲斐あって、半年後には高校時代から千美に通っていた、実家通いの連中と僕とのギャップ——田舎に生まれ育った僕のハンディは、だいぶ埋まったように思われる。これは生物の保護色や擬態のような、本能に似た何かだった気がするのだ。周りの環境になるべく早く溶け込み、馴染もうとする、社会を持った人間ならではの本能。

そうして気がつくと——僕はなんだか〈美術系の人間〉の仲間入りをしていた。

それは美術の知識の増加が原因になっているが、結果はそこからもう少し別のものも生む。ひと言でいえば「良かれ悪しかれ選民意識が芽生える」ということだ。

それは例えば昼休みに現れる。僕ら予備校生は外食なんて贅沢はめったにできないから、たいてい近所のコンビニエンス・ストア（当時は24時間営業ではなかった）でカップ麺や調理パンを買うか、弁当屋の二択だった。雨の日以外は外にある千美の駐車場で、地面にケツをつけて食べる。ただしこれをやるのは千美の一部の学生——ケツなんて汚れても大丈夫な、全身絵具や石膏の飛沫がこびりついた作業用ツナギなどを着た、油絵科や彫刻科（それらをファイン系と呼んだりする）が主で、デザイン科などは別だったが。

そうやって節約昼ご飯を食べ、食後の一服をふかす。タバコは酒とともに、予備校生になって早々に覚えてしまった。そこでダラダラとお喋りをしている間じゅう、すぐ目の前の通りを行き交う、パリッとしたスーツを着た会社員たちを漫然と眺めることになる。あちらもこちらをチラッと見たりする。単にギョッとする人もいれば、あからさまに差別的な視線を投げつける人もいるが、総じてそれは異物＝ストレンジャーを見る視線だ。

その時、見えない壁が見えた気がするのだ。そして『ああ、僕らはあちらの〈一般的な社会〉にはもう属していないんだな』と思い、一抹の寂しさとともに、足を投げ出したツナギにこびり付いた絵具を愛おしく撫でる――。

格調高くいえば、ヴェルレーヌの有名な詩句「選ばれてあることの恍惚と不安と二つ我にあり」というやつだ。あの時代からここら辺の事情はあまり変わっていない。

美術の本場が欧米にある――ということも大きいのだろう。日本社会や日本の歴史から自分がちょっと浮いた感覚がする。このなんとなくの感覚を強いて言葉にしてみればこうなるだろう――『自分は日本社会の一部と手を切った代わりに、欧米を中心とした国際的な芸術の世界と繋がっている。芸術という価値体系は、日本という価値体系より広く、深いんだ』。要するに、ただ美術をやっているだけで、日本社会を見下す人生態度になる――生真面目で、規律に厳しく、我を出さないことが美徳とされる日本社会を。

僕が強調したい点は、それが個展を開き、人から芸術家と呼ばれ、成功してお金持ちになる――そういう実績の遥か以前から芽生えるプライドだということだ。そしてこの厄介な〈美術系の人間〉という人格は、短く見積もってわずか半年で出来上がる、付け焼き刃的なものであることも、自分の体験から証言しておきたい。

固い話になってしまった。しかしこの話を別の語り口でやれば、〈僕はだんだんと、自由を謳歌する、調子のいい美術系の若者の輪の中に入っていった〉ということになる。予備校の訓練自体は厳しいものだったが、その周辺には楽しい時間と人間関係があった。そのエピソードを書き出せばキリがないが、ここでは僕が高村と仲良くなっていった時のことを書くに留めておこう。

僕の田舎者っぷりが極端だったからだろうが、何人かの一浪生たちが寄ってきて、僕をいじるようになった。具体的に言うと、自分や兄弟が要らなくなった服を、僕にくれるようになった。そうやって僕を都会風にアレンジする遊びが、小さな仲間内で流行った。実際服が少なくて困っていたし、東京で着るべき服を自分で選ぶ自信がない僕が、素直に感謝したからだと思う。中には着るのが憚られる派手なものもあったが、考えるのはやめてそれも着た。

そのうち、その仲間の一人である高村が「今度は二朗の髪型をなんとかしようぜ」と言いだした。この、クラスで一番のお調子者がそう言いだしたことに、一抹の不安もあったが、何事も断らない方針をここで変えるのもなんだった。

授業の終わったアトリエで、みんなに寄ってたかって髪を切られた。初めのうちは佐知子やアリアスも僕の髪にハサミを入れたが、後半はノリノリの高村の独壇場になった。

「オレ上手いから、任せろってー」

という言い方がいかにも軽く、こちらを不安にさせた。しかも鏡がないので、自分の髪が今どうなっているのかわからない。ただ床に大胆に切られた髪の束が落ちてゆくのが見えるだけだ。あと、右にばかり長い髪の束が多いのも気になった。そのうち見物している者の口から、

「えええー、高村そうしちゃうのー？」

とか、

「うわー、やっちゃったー！」

といった声が、笑いとともに聞こえ始め、僕の不安は最高潮に達した。

最後に整髪料「デップ」をたっぷりつけられ完成。おそるおそる流しの鏡の方に行くと、その中にはパンクだかニューウェーブだか知らないが、アブノーマルなライブでマイクに向かってがなっていそうな男が映っていた——髪型だけが。気弱そうな僕の顔とは永久に調和しそうになかった。右の側面がほとんど刈り上げで、左の方に偏ってトゲトゲの髪がいくつも突きたっていた。

絶句状態の僕を、みんなはわざとらしく褒めそやした——そうでもしないと僕が泣き出しそうだったからだろう。高村は自分のヘアカットの腕前を自画自賛し続けた——『絶対に謝罪しないぞ』という気構えで。佐知子とアリアスははしゃいで、さらに化粧することを勧め、アリアスは自分の化粧ポーチの中身を真剣に物色し始めたが、さすがにそれからは全力で逃げた。

それから一ヶ月あまり——髪（もちろん立てたりしてない）が伸びて非シンメトリックな髪型がなんとなく馴染むまで——街なかを歩くのが恥ずかしかった。ようやくそういう時期が過ぎた頃に、高村は言った。

「ゴメン、あん時はやっぱ刈り上げすぎたわ」

「やっぱりそうだよね……」

僕は答えたが、実はその頃には少し気持ちが変わっていた。珍妙な髪型で街なかを歩かされる、その一種の罰ゲームは、東京の新生活の刺激的な通過儀礼にはなっていた。高村は無意識にそれがわかっていたんじゃないか――そう思うようになったのだ。

ともあれあの、人の心に土足でズカズカと上がりこむような横暴なヘアカット以来、高村は誰よりも馴れ馴れしく口がきける友達になっていた。

3

『ねこや』に話を戻そう。

佐知子たちのグループは僕ら四人より30分くらい遅れてやってきた。しかしその直前に、ちょっと印象的な一幕があった。

とりとめもなく予備校の思い出話をしていて、何かの話題が一段落し、しばらく沈黙が生まれた時、熊澤さんが突然「じ……」と言葉を発した。

「自由に……」

あまりに唐突だったので、三人とも驚いて彼女の方を見た。彼女はまっすぐ前をむいたまま

「描きなさい……」と続けた。

僕はまずはなんのことかわからなかったけれど、しばらくして『はっ』と気づいた。

「ああ！　芸大二次の、油絵の試験問題ですね」

熊澤さんは一回だけしっかりと頷いた。

そういえばここにいる四人のうち、芸大の実技一次試験のデッサンに合格して、二次試験の油彩画に駒を進めたのは、僕と熊澤さんだけだった。アリアスが面白そうに言った。

「知ってるー、芸大の油ってそうゆう出題だったんでしょー、モチーフも何もなくて、ただその言葉だけってー。なんなのよ『自由に描きなさい』ってー、いきなり過ぎだよねー」

ようやく僕は気づいた——なんで熊澤さんがそのことを突然言ったのか。本当は10分以上前に言いたかったのだけれど、会話に割り込むのが苦手で、今遅れて言ったのだ。つまり「今日見た熊澤さんの展示——あの絵と似ているかな……」とか「美大に入ってからのびのび描くべき絵を、美大に入る前に描いちゃって」とか僕が言った、あのあたりのタイミングで言いたかったことなのだ。他の話題に移ってからも、ずっとそのことを考えていたのだろう。熊澤さんはそういう人だった。

「わかります、あの試験問題があったからこそ、混乱したっていうか……」

熊澤さんは何か言いたそうにこちらをじっと見ていた。

「そして、熊澤さんもそうだった——ってことですね？」

熊澤さんは今度は二回、強く頷いた。

もう少し熊澤さんとその話を続けたいところだったが、そこにパフォーマンスをやった佐知子たちのグループがドヤドヤと入ってきて、そのまま中断された。大人数の彼らは、晴れの大舞台のプレッシャーから解放された高揚感で、全体的に声が大きくテンションが高く、四人でしんみりと昔話を語っていた僕らとはかなり温度差があった。

どこかの科から持ってきたと思しき作業台を四つくっつけた、店で一番大きなテーブル席は、またたく間にぎゅうぎゅう詰めになった。それでもまだ席にあぶれる人がいて、エアーキャップ（通称・プチプチ）で作ったクッションをビールケースに置いただけのイス一つに、仲良し女子二人が座るようなところもあった。しかし立ちこめる煙や寒いすきま風も含め、そういう悪条件をむしろみんなで楽しんでいる風情があった。

偶然の流れだったのだろうが、佐知子はテーブルを挟んで僕とだいたい正面の席に座ることになった。お互いのことはよく見えるが、この喧騒の中、会話するのはちょっと無理な距離だった。佐知子が僕ら四人の方に小さく手を振って、ちょっとすまなそうな顔をした。『今はとりあえずこっちのグループの方にいるけど、あとでそっちに行くね』という合図だったのだろう。

「よ、また会ったな、色男」

と言って、空いていた僕の隣にどかっと座ってきたのは、さっきグラウンドでタバコをあげた大男だった。〈色男〉はもちろん皮肉である。僕の容姿は田舎臭く、にもかかわらず垢抜けた彼女がいることを皮肉っているのだろう。

「オレは馬場っていうしがない絵描きさ。よろしくな」

と言って握手を求めてきたが、その息はすでにかなりアルコール臭かった。

「オマエは一年生かい？」

「いえ、その……二浪生です」

「あっはっは、なんだ浪人生か」

さすがに内心ムッとしたが、それはやはり外側にも出ていたようだ。馬場氏は急に取り繕うように、僕の肩を何度も強く叩いた。

「いやいや悪い悪い、悪気はないんだ。なんせ――オレは何浪したと思う？」

僕の顔を覗き込んだが、僕の答えは待たなかった。

「六浪だぞ？　六浪して、結局美大に行けなかった男だ。オマエなんてまだまださ。はっはっは」

馬場氏の叩く手にはさらに力が加わり、もはや痛いレベルだった。しかし気がついたことはあった。多摩美の芸祭にいる年長者は多摩美のＯＢ、なんとなくそう思い込んでいたが、そんなことはないのだ。現に自分がここにいるように、部外者だってたくさん芸祭にはいるんだろう。

僕は自分の疎外感に囚われすぎていたようだ。そして言われてみれば馬場氏は〈六浪して美大に行けなかった〉〈しがない絵描き〉という自嘲的な自己紹介がしっくりくる、くたびれた雰囲気を全身に纏っていた。

「なんだ、縁起の悪い奴が隣に来ちゃったなって思ってるだろ」

「いえ、まさかっ」

内心を見透かされたような気がして、僕は強めに打ち消した。

「バカヤロウ、逆に縁起が良いんだよ、天才が隣に来たんだからよ。がっはっは！」

最後の高笑いはいかにも豪放だったが、取ってつけたような唐突さもあった。


ようやく全員に酒が回ったようで、さっきの兄役の学生——おそらく名前は田中——がビールグラスを割り箸で叩きながら、

「静粛にー！」

と何度も声をあげた。あまり通る声ではないので時間はかかったが、それなりに場が落ち着いたところで言った。

「それでは関さん、乾杯の前に一言お願いします」

ずんぐりした体型で、口の周りも顎も髭を伸ばしっぱなしの、なんとなく可愛い熊を連想させる男が立ち上がった。歳は30過ぎだろうか。チラシに〈監修〉とクレジットが入っていた関典之という人に違いない。

「えー今日はしょっぱなから若干冷や汗もののハプニングもありましたが——」

ここでゲラゲラという内輪受けの笑いが起こった。

「それでもなんとか無事に最後まで、パフォーマンスをやり切ることができました。これもひ

とえに、夏の合宿からずっと頑張ってきた、学生諸君一人一人の努力の賜物だと思います。まずは演者、スタッフのみんなに拍手ー」

拍手とともに「ひゅうひゅう！」という声がひとしきり盛り上がり、そのピークが過ぎるのを待って関氏は続けた。

「しかしいいかみんなー、これが表現である限り、自己満足で終わってはならない。幸い本日はここに、美術評論家の蓮沼信一郎先生が来てくださってます」

学生たちの拍手に会釈で応えるのは、白髪混じりの長髪をオールバックにして、トレンチコートを着た（模擬店はコートを脱ぐには寒かった）、おそらく50代のダンディな男性だった。蓮沼信一郎という名前は『美術手帖』でよく見かけるので、僕もこの人の文章はいくつか飛ばし読みくらいはしたことがあるのだろうと思った。

「先生、わざわざこんな山奥の学校までご足労いただき、ありがとうございます。先生にはあとでたっぷりと忌憚ないご意見を賜りたいと思います。……おい田中、オマエも何か言え」

やはり田中という名であった学生は、手を強く振って『いや、僕はいいです』という意思を示した。

「しょうがねえなあ……。みんなわかっているだろうけど、この大学院一年の田中くんこそ、今回のパフォーマンスの真の作者であります――僕はちょっとお膳立てをしてやったまでのことで。この四ヶ月にわたるプロジェクトは、途中何度も空中分解の危機がありました。それをどうにかこうにか学生たちを纏め上げ、最終的にここまで形にしたのは、この田中の力量です。

田中、よくやった、お疲れ。はい拍手ー」

そんな感じでようやく乾杯となった。

興奮冷めやらずしつこく乾杯を続ける学生たちを尻目に、隣の馬場氏が僕にしっかり聞こえる音量でつぶやいた。

「ふん、今や多摩美の助手長か……。関もすっかり偉くなったもんだぜ。ゆくゆくは助教授、そんでもって教授ってかァ……」

それを聞いて僕は、馬場氏と関氏が同じような年恰好であることに気がついた。

「アイツはオレと予備校の同期でよ。アイツは一浪してあっさり多摩美に行ったんだけどな。昔は仲良かったんだよ、これでもな。アイツ、多浪してるオレのところによく遊びに来てくれたもんさ……」

若さが弾けているようなこの酒席には似つかわしくない、場末の飲み屋のくたびれたオヤジのような口調だったが、正直僕は嫌ではなかった——充実感に酔いしれている学生たちの輪に入っていけるわけでもなかったので。

「昔アイツは絵は下手糞だったんだよ。デッサンは取れない、色感も悪い。でも努力家で、必死に頑張ってた。そこが良かったのよ。なのに大学三年の時にボヤッとした抽象画の方に行きやがった。卒制（卒業制作展）も見に行ったけど、あれはただの逃げだって、オレには一目見てわかったね。あんなんでよく大学院受かったと思うが……まあ、多摩美のレベルがその程度ってことさ……」

「はあ、なるほど……」

僕は適当に相槌を打った。酒が回ってクダを巻き始めていることは明らかだったから、途中で何か疑問を挟んだりせず、喋るに任せた方が無難な気がした。悪口を言われている関氏は――と見ると、学生たちに囲まれて楽しそうにしているだけだった。

「そうやって大学院を出て……でも出たところでどうなるってこともないからな……アイツはアイツでしばらくバイトに明け暮れてたようだな。それから急になんか思い立ったようで、知り合いを頼ってヨーロッパに行って、二年ばかしあっちをプラプラしてたらしい。そんで帰ってきてしばらくして、個展やるって連絡があったんで、見に行ったわけ。そしたらよお……」

馬場氏は自分の口の周りを両手でモジャモジャするジェスチャーを加えた。

「偉そうに髭なんか生やしてやがんの、いっぱしのアーティスト気取りで。そんで、あの描いてた下手糞な抽象画はきれいさっぱりなくなって、代りにギャラリーに大量の土持ち込んでんの。枯れ木なんかが立っててさ……土にテレビが何台も埋もれててよ……そんでなんかわからん映像流してるわけ。あっちで何見てきたか知らんが、今までの恥ずかしい過去を全部封印して、ガラッとイメージチェンジよ。ムカつくんで『こりゃなんだ』って訊いたら『ビデオ・インスタレーション』だとよ。『これからはこういう表現が世界的主流になる』って涼しい顔してオレに講釈垂れるもんだから、一発どついてやったさ……」

「どつくって……ケンカでもしたんですか？」

「ケンカなんかなんねえよ、アイツ太ってるだけで筋力ないから。二次会の居酒屋出たとこで軽く締め上げてやっただけさ」

と言って相手の襟首を締め上げるポーズをした手首は、確かに太かった。そこを注視する僕に気づいて、馬場氏は腕を少しまくってみせた。

「おう、これか。毎日木工やってっからな。まずは展覧会の仮設壁作って、あとは日展とかのお偉いさんの額縁とか彫刻台作り……。くだらん仕事だが、食っていかなきゃしょうがねえからな……」

馬場氏はしばらく自分の筋の浮いた筋肉を愛おしそうに撫でながら、話し続けた。

「ま、結局オレの怒りなんて的外れだったわけで、逆にそっからがヤツの快進撃でな。銀座の画廊の『レスポワール』っつー新人選抜展に選ばれて、原美術館の『ハラ・アニュアル』にも呼ばれて……そのあと『美術手帖』の新人特集だろ。そんでもって来年はとうとう、セゾン美術館のグループ展に『もの派』の大御所に混じって展示するっていうじゃねえか。一方でよ、その間ずっと多摩美の助手に収まって安定収入だしな。まさに順風満帆、我が世の春だろうさ……」

関氏の作品は見たことがないから、馬場氏のこれらの言葉がどれほど的を射てるかわからなかった。しかし馬場氏が語れば語るほど頭に定着してゆくのは、関氏のことではなく、馬場氏自身の成功者に対するひがみや、美術の流行についていけない時代遅れな感性や生き方の方だった。

「見てみろよ、あそこの蓮沼って評論家」

馬場氏は目の前の瓶ビールの束に隠れて、テーブルの向こうにいる半白髪の男性をコソコソと指差した。

「例の『美術手帖』の新人特集でよ、関について論評書いたのがあの御仁よ。そりゃもう歯が浮くような大絶賛で、『日本の美術界が長らく待望していた、真に革新的な作家である』なーんて調子よ。そんでもって関がこういうイベントに呼んだら、ちゃーんと奴さん遠路はるばる来るわけよ。こういう風に持ちつ持たれつ、作家と評論家は繋がってるわけで……、要は癒着よ、癒着！　日本の美術界なんて全部よォ！」

最後の〈癒着〉のところは声が大きすぎて、さすがにテーブルの向こう側に届いてしまったようだった。関氏がグラスを持った手を伸ばしながら挑戦的に言った。

「おい馬場、相変わらずいい調子のようじゃないか」

馬場氏も勢いよくグラスを持った手を伸ばし、テーブルの中央でガシンとぶつかりビールが飛び散る、手荒い乾杯となった。

「おう、あとでそっち行くからよ。今日はとことんオマエと議論したい、ガッハッハ！」

またしても腹の底から出てくるような哄笑だった。関氏を囲んでいる純朴そうな学生たちは、一様に『この人誰？』といった不審な眼差しを馬場氏に向けた。隣で話している僕も仲間に見られているのは明らかで、僕は再び胃がチクチクと痛んだ。

＊

これからしばらく『ねこや』の大きなテーブルで人々がお喋りをする記述が続くのだが、ここであらかじめ断っておきたいことがある。僕は話をちょっと作ってしまうだろう——ということだ。

僕もみんなも、とにかくビールをひたすら飲み続けた。最初に関氏が「ここは全部オレが奢る、みんな大いに飲んでくれ！」と宣言して喝采を浴びた勢いのまま、テーブルには次から次へとビールの大瓶の束が、新しくドスン、ドスンと現れ続けた。僕はこの場の疎外感を早く忘れたくて、やけに速いピッチで飲んでしまったようだ。時間とともに酔いは進み、記憶は曖昧になってゆく。加えてテーブルの離れたところから聞こえてきた話は、よく聞こえないことも多かった。

そういったことをそのまま正確に書くことは、僕にとってかえって至難の業だ。ある程度記憶の補填などをして、読みやすく整えると思うが、ご容赦願いたい。

「しっかしヤバかったよなー」

という声が脇の方から聞こえてきた。

「実験では、うまくいったです」

見れば、パフォーマンスで終始火を司っていた例の凸凹二人組だった。このテーブルでは一番年長の学生に見えた。背が高い方は日本語が不自然だったので、どこかからの留学生なのだろう。

「やっぱり実験の時は乾いてたんだよ」

「あの日は、晴れてましたから、コンクリートは、乾いてた。早く、火が着きました」

「それが今日のグラウンドはビショビショだったもんなあ。あの水たまり見たときは嫌な予感がしたけど……」

「予感は、その通りでした」

「冷や汗が背中をタラタラ流れたなあ。このまま永遠に火が着かなかったら、この劇どうなっちゃうんだって。いや、オマエが用心でアレ持っててホント助かったわ」

「ライターですね」

「出番前にそんなん要らねえよって笑ったオレが間違ってた、スマン。……それにしてもオマエ、うまく隠したよなあ。両手で風を防ぐような仕草して、こっそりジッポをシュッて。あれ、お客さん誰も気付かなかったんじゃないか」


「なんだよ、あの原始人の火起こしはズルだったのか」

僕と同じく聞き耳を立てていた高村が小声で言った。

「確かに、聞きたくなかった話だね……」

すると高村はニヤニヤしながら言った。

「火と言えばさあ……オレたちもよくキャンバスを百円ライターで燃やしたよなあ」

「ああ……フィキサチーフで。僕もちょっとやってみたけど、高村とかはよくやってたね……」

フィキサチーフというのは、完成した木炭デッサンを紙にしっかり定着させるために吹く、スプレー缶の商品だった。強い有機溶剤を使っているので、あっという間に乾く特徴があった。臭いがきつく、引火性が高い。

「確かにオレはハマってた。多摩美の入試でもやったもん。それでけっこう良いマチエールが出来てさ。ホルベインの透明メディウムが熱でただれて良い感じになるんだよな。オレなんかそのお陰で合格したようなもんだから」

本来油絵に吹くものではないフィキサチーフを、油絵の画面に垂れるくらいたっぷり吹きかけ、すぐにライターで火をつけると、表面がたちまち威勢よく燃え上がる。その熱で描きかけの油絵具が焼けただれたり、黒い煤が付着したりする。それで画面全体が火事現場のような迫力になるということで――幾人かの男子学生に限られた話だが――千美で流行った。最初の派手な火勢がすぐに収まるところは、フランス料理のフランベのようだった。

「○○くんは消すのに失敗してキャンバスに穴開けてたね」

「アイツバカだからかけ過ぎたんだよ。火が消えなくなって、アトリエ中煙だらけにして、ちょっとしたパニックになったたな。……でさぁ、芸大の油の試験中に放送があったんだって？『火を使うことは禁止します』って」

「あった。それまで緊張感が張りつめてた試験会場で、ちょっとした笑いが起こったよ」

「そりゃ笑うよな、絵を燃やすって、冷静に考えれば正気の沙汰じゃないもん。みんなちょっとずつ気が狂ってたんだよ、受験のプレッシャーで」

「あの放送があったから、今年千美ではもう誰も絵を燃やさなくなったよ」

「けっきょくオレたちが何に必死になってたかっていうと、〈いかに油絵具を早く乾かすか〉ってことだよな。フィキサチーフで燃やすのだって、黒焦げの効果もあるけど、熱で表面がちょっと固まるのがいいんだよな。どだい6時間とか8時間で油絵を完成させろってとこに無理がある」

「佐渡では優雅に描いてたなあって、よく思い出すよ。たかが8号くらいのキャンバスに一ヶ月以上かけてたもん」

「あの火あぶりみたいな野蛮な技法を発明したのは……代ゼミだっけ？」

「たしか代ゼミから千美に移って来た人たちが持ち込んで流行らせたって話だね」

「まあ、そういう妙なものは別にしても、それぞれ予備校ごとに特有のテクニックつーか、画風があったよな。千美はあんまり特徴なかったけど。なんといっても、新宿美術学院の〈新美調〉ってヤツだろ。アレが発明された時は画期的だったんだろうなあ。その頃新美の芸大合格者が一気に増えたんだよな」

「千美の中では小早川くんのテクニックがそれに近かったよね。輪郭のキワをシャープに強調するっていうか……」

「白いところと黒いところのコントラストをパキパキにつけてたな。審査の時目立つんだろ。どこか日本画みたいでもあったし、漫画みたいでもあったな。あんなデッサンの描き方、世界的に見れば邪道なんだろうけど、邪道もあそこまで行けばあっぱれっつーか」

「〈新美調〉と対極的なのが、すいどーばた美術学院の〈どばた調〉だよね。僕の描き方はどちらかというと〈どばた調〉の方に近いんだろうし、やっぱり好きかな。目が落ち着く感じがする」

「二朗の絵はそうだなあ。ずっしりと重たい感じで、味わい深いのが〈どばた調〉」

「愚鈍な感じがするよね。そういう意味で〈新美調〉と〈どばた調〉って、童話の『兎と亀』って感じがする。いや、あの話みたいに、けっきょく亀が勝つってわけじゃなくて、実際最近は兎の方に分があるんだろうけど……」

まずは高村とそんな「予備校絵画」にまつわる話をした。

千美にいた人の話もいろいろした。中でも一番長く語られたのが、四浪の北園さんの話だった。

「アタシ北園さんの絵、好きだったなー」

とアリアスが言った。

「なんてゆうか、ヨーロッパの古い教会の壁にあるみたいな、渋ーい絵じゃなかった？」

「テンペラ――というよりフレスコ画っていうのかな、北園さんが目指していたあの雰囲気は。全体的に彩度が抑えられてて、つや消しの絵肌だったね」

西洋の古い絵画についてさほど詳しくないながら、僕は言った。

「北園さんとは同じ黒川クラスだったから、僕は横で工程をよく見てたよ。確かに独特だった。まず最初に必ず、キャンバスを粗めのサンドペーパーで擦るんだよね。次にシェル・マチエールを乳鉢ですり潰して細かくする。細かくなったシェルをおもむろにアクリルのモデリング・ペーストと混ぜて、よく練って、大きなペインティング・ナイフで左官屋さんみたいに一気に塗る。最初のサンドペーパーがけは、水性のモデリング・ペーストを油性のキャンバスに無理やり食いつかせるためだよね。で、乾かないうちに髪用の小さな櫛で渦のような筋目を全体に入れる。枯山水の砂利みたいにね。その一連の下地作りが、終始落ち着いた動作で行われてて、まるでお茶の儀式なんだよね。よく目をつぶってやってたし、たぶんあれが北園さんの絵を描く前の精神統一だったんだろうと思う」

「北園さんの道具箱って絵具がちょっとしか入ってないことでも有名だったよね？」

「そう、6色くらいしかなかった。それも彩度の低い染料系ばっかりで。赤はクリムソンレーキ、青はインディゴ、緑はサップグリーン、黄色はオーレオリンだったかな」

「だから何を描いても毎回おんなじような色合いの絵になったよな。安定感とか統一感はすんごくあるんだけど……ありゃいろいろと問題があった」

当時の僕らにはすでに老練に見えた先輩に対して、高村は案外厳しかった。

「そお？　アタシは好きだったけど」

「だってさあ……モチーフが牛骨とか流木とか石なら、そりゃドンピシャにハマるよ、あの世界観。でもビニールでもプラスチックでもあの調子で描くじゃん。『中世の修道院みたいな厳かな雰囲気のビニール袋』とか、やっぱ笑っちゃうでしょ」

「それも含めて北園さんはいいの。アタシ北園さんの隠れファンだからー」

「中世もあるけど、ワイエスとモランディも好きだったよね？」

「そうそう、二人の画集を堂々と床に広げて描いてたっけ。あそこまで堂々と元ネタ見せる人も珍しかったな」

「あの迷いのない、一途な態度がいいんじゃない」

「でもやっぱり描き方に融通が利かないから、今年も芸大落ちて、結局、美大受験諦めたじゃん」

「行ったのはどっか専門学校だっけ？」

「国立（くにたち）にある創形美術学校ってところだよね。確かあそこは古典技法が盛んだっていうから、北園さんに合ってるんじゃないかな」

「まあそうだよなあ。あそこまで出来上がった画風で、若いのに混じって受験競争続けるの、なんかもう痛々しかったもん。早く、例えば……貝殻とかアンティークの人形とかさあ、自分の好きなモチーフ描くのに専念した方がいいよ。アリアスもファンだって言うんだから、すぐに絵を売って食っていけるんじゃない？」

「あー、アタシ買うわー」

北園さんと対比的に語られたのが、佐知子の画風だった。

「サッチンの絵は彩度むちゃくちゃ高かったよなあ。それこそ北園さんとは真逆の世界。あっちが寂しい北国の冬なら、こっちはギラギラの南国」

高村が言い、アリアスが軽く反論した。

「南国もそうだけど、やっぱサッチンは都会っ子って思うよ」

「まあそれは認める。高校生の時、日曜に着てくる私服、いつもオシャレだったもんな。小早川とつき合うようになってからちょっとシックになったけど」

「あれだってアルマーニとかよ」

「僕は服のことはよくわかんないけど……」

僕は口を挟んだ。

「とにかくサッチンのお母さんが洋裁やってて、家にカラフルな布の切れ端がいっぱいあったんだよね」

「そう、それをキャンバスに大胆にコラージュしてな。その上に蛍光ピンクとか蛍光レモンの絵具をビシバシ載せるから、サッチンの絵は目に痛いくらいだった」

「でもそれだけじゃないよ。やっぱセンスあったって。模様の合わせ方とか。さすが子供のころからファッションに囲まれて育っただけあるよ。江戸川区の土建屋の飯場で職人たちと一緒に飯食って育ったアタシは、どうしたってこう……下品になっちゃうけどさー」

アリアスは豹柄のボディコンの腰のあたりを自分でさすった。

「まあ、アリアスの言うことは正しいさ——サッチンには都会的なセンスがある。でもそれが〈あった〉になっちゃったんだよなあ……」

高村は少しモジモジしながら続けた。

「だってなあ、それが土になったんだから……」

僕も自然と同調した。

「うん……土だった。あれにはやっぱり驚かされたね……」

「え、なに？　土？」

「アリアス、やっぱり展示見てないんだ」

「夕方着いた時にはもう校舎の方は閉まってたんだもん。なによ、土って」

「二朗から説明してあげて」

「うん、つまり……作品の展示やってるじゃない。あれは全員参加じゃなくて、希望者制なんだよね？　高村のあの静物の油絵も課題だったんだろう？」

「その通り。オレはあんまりやる気ないから、ただ授業の課題を飾っただけ。もっとやる気のないヤツは参加もしないけど」

「なるほどね。で、たぶんやる気のある人っていうのが少数いて、課題じゃない、この芸祭の展示用に新作を作って飾ってた。熊澤さんがそのタイプ。あの壁を一つ占領してた力作は、全部芸祭用に新しく作ったんですよね？」

会話には何も加わらない熊澤さんだが、ニコニコしながら三回も頷いた。

「で、サッチンも新作を出していた。熊澤さんほど大がかりな展示じゃないけど……あれはシーツかな？」

「サイズからするとそうだろうね」

高村も同意した。

「たぶん元は白いシーツだったと思うんだけど、それが元の色がわからないくらい茶色く染まってて。その茶色っていうのが土で……」

「びっしりと固まって……」

「あれは何か接着剤を混ぜてると思うけど、大量の土が付着してて。そういうシーツが壁に垂れ下がってるんだけど……」

「釘で打ち付けられてな……」

「そう……とにかく土だから、当然彩度はものすごく低い」

「昔のカラフルさなんてこれっぽっちもなくて、ただ徹底的に汚れた布がぶら下がってるだけっつう……」

「僕もどう解釈したらいいかわからなくて、助けを求めるつもりでタイトル見たら『再生』って書いてあって、ますますわからなくなって。とにかくサッチンは変わったってことだけはよくわかったよ……」

「さっきのパフォーマンスでも、あんなにきれい好きだったサッチン、泥だらけになってたけど……」

アリアスは『信じられない』という風に首を振った。

「泥水で顔洗ってたもんなあ。長野の合宿で何かに開眼しちゃったのは確かだわなあ……」

「開眼しちゃったって、何によ？　ゲージュツ？」

「ま、そーいうヤツ。あとよくわかんないけど、本質とかさぁ……」

そうして僕らはしばらく黙ってビールを飲んだ。


「そういえば……サッチンってまた芸大受けるのかな。もちろんオレは受けないけど」

高村がつぶやいた。佐知子はコンクールでだいたいいつも〈上段の棚〉の位置をキープしていて、「芸大合格の可能性圏内にいる」と講師たちに言われていた。スタイリッシュな色彩感覚に加えて、デッサン力も安定していたからだ。

そういう実力があり、芸大は落ちて私立美大に受かった人のうち、一部は仮面浪人というものになった。すなわち——とりあえず私立美大に入学し、普通に通うのだが、翌年の3月にはまた芸大を受験する——という方針の人。芸大の受験料と学費が私大に比べて圧倒的に安いことも、その大きな理由付けになっていた。

「確かに多摩美に行くこと決めた時は『また来年芸大を受ける』って言ってたね。でも7月に会った時は『もう受けない』ってはっきりと言ったよ。『多摩美が楽しくなった、きっと多摩美の方が芸大よりいい学校だと思う』って」

僕は知っている限りのことを答えた。

＊

僕らの話題になっていた佐知子は、テーブルの向こうで、何やらずっと真面目な話の輪に加わっていた。要するに、パフォーマンス『プロメテウス頌歌』を作った中心人物たちが、高名な美術評論家である蓮沼氏に、熱心に自作の解説を述べているのだった。主に喋っているのは作・演出および兄役である大学院生の田中で、時々、監修である助手の関氏が助け船を出す、という形だった。

予備校特有の画材や技法といった、芸術にとってどうでもいいセコい話をしている最中にも、テーブルの向こうの人々がしている〈高尚な話〉は耳に入ってきた。そこにはまるで澄みきった天上界と淀んだ下界の落差があった。

僕が特に耳に留めたのは、田中が蓮沼氏に「タルコフスキーの『ノスタルジア』が……」と語りかけたところからだった。

「今回の僕らのパフォーマンスの大きなヒントになっているんです。あの映画、ご覧になりましたか？」

「いや、評判はよく聞くが、まだ見てなくてね」

「そうですか。ぜひ見てください、素晴らしい映画なんです！」

ソ連の映画監督アンドレイ・タルコフスキーがイタリアで撮った『ノスタルジア』は、佐知子と付き合い始めたばかりのころ、二人で小さな映画館に見に行った映画だった。

当時の僕には難解すぎる映画だった。あまりに長回しすぎるカットに何度も眠くなり、意味を理解しようとがんばりすぎて、映画が終わった頃には頭がフラフラになっていた。しかし僕にとって初めて見る本格的なヨーロッパの芸術映画だったから、その鑑賞体験にはショックを伴った新鮮さがあった。『僕の知らない文化はまだまだあるんだなあ』と、世界の広さが体感できた――そういう意味では、映画料金は無駄ではなかったのだが。

エンドロールが終わって場内に灯りがつくと、佐知子の目から涙が流れた跡が頬に二筋できていることに気づいた。僕はおそるおそる訊いた。

「感動……したんだね……」

「わからないけど、最後なんか涙が出てきちゃって……」

『山口さんは感動して涙を流すほど内容が理解できたのか……それに引きかえ自分は――』と、佐知子との距離感を感じざるを得なかった。僕はあまりにバカな田舎者であることを気取られないように、その後の帰り道でも感想は控えめにした――「映像がきれいだったね」といった、誰でも言えそうなことだけに留めて。

そういう因縁のある映画の話だったので、僕は聞き耳を立てたのだ。

「『ノスタルジア』では火が大切な象徴として登場します」

田中は顔を紅潮させながら、高名な評論家に熱弁をふるっていた。

「すぐに風で消えてしまうロウソクの火を、何度も何度も失敗しながら、慎重に運ぶシーンがクライマックスにあるんです。それは一見無意味で、徒労に満ちた行為なんですが、主人公は決して諦めません。今回のパフォーマンスでは、最初に火を起こすのにとても手間取りましたけれど、僕としては失敗というつもりはなく、むしろ演出の狙い通りでした。なんならもっと手間取っても良かったし、いっそ最後まで着かなくたって構わなかった。それくらい火というものは、着けるにせよ守るにせよ、扱いづらい――だからこそ、人類が抱えた課題の困難さの象徴になると思ったのです」

田中はだいたいそんなことを早口気味に言った。隣の佐知子が落ち着いた口調で付け加えた。

「映画の中では、それを主人公に教えた老人が、結局火に包まれて死ぬんですよね。広場にある彫刻の台座の上に登って演説したあと、自分でガソリンを被って。そこはショッキングなシーンなんですが」

「僕らはその二つの火の意味について、ずっと議論してきました。希望としての火と、破滅としての火という、火の両義性について……」

田中はなおも火について熱っぽく語り続けたが、話がややこしくこんがらがっていて、よくわからなかった。ともあれポイントは、原爆・水爆と、原子力発電という、20世紀に人類が手にした究極的な科学技術である原子力エネルギーを巡る話だった。

プロメテウスが神から火を盗んだという古代ギリシャの神話が、いかに現代の原子力エネルギーを予見していたか。それを生み出す核分裂は、太陽の燃焼と似た性質のものであること。そんな宇宙の法則のような大それたものを、神ならぬ人間は本当にコントロールできるのか。しかし神にいたる知への欲望を捨てたら、人間は人間でなくなるのではないか――たぶんそんな話だった。

「というのは、やっぱり私たちにとってチェルノブイリ事故の衝撃は大きかったのです」

田中が話を大きくしすぎたので、いったん佐知子が等身大の話に戻した感じだった。

「ああ……パフォーマンスの最後に出てきたね。あの朝刊を手にした時の衝撃は忘れられないよ」

蓮沼氏が言い、関氏が言葉を添えた。

「しかし日本ではまだまだ対岸の火事という感覚が強いですね。ヨーロッパでは牛乳の汚染なんかが報告されて、多くの人が危機感を募らせていますが。そこらへんは国や地域によってだいぶ意識の差があるようです」

田中も具体的な話に舵を切った。

「そうなんです、原発を多く抱える日本も他人事でないはずなのに。これは関さんに貸してもらった本なんですが――広瀬隆という人が書いた『東京に原発を!』という本がありまして、これを信州の合宿所で回し読みして、みんなすごいショックを受けました。残念ながらまだあまり読まれてないようなんですが、今こそ日本人に広く読まれるべき本だと思います」

それから原発の危険性について、みんなが口々に言いあう感じになった。

「けっ、全部付け焼き刃の知識じゃねえか。本をちょこっと読んだくれえですぐにインテリ面しやがってよぉ……」

隣の馬場氏が憎々しげに言った。さっきからテーブルの向かいの会話に熱心に聞き耳を立てている、僕に聞かせていることは明らかだった。

「わかってんだぞ、テメエらがしょせん高校時代、勉強の落ちこぼれで、絵しか描いてこなかったバカだってことは。ようするにオレと同じさ。美術系なんてみんなそんなもんさ……」

向こうに聞こえかねない音量を遮るつもりで、僕はとっさに言葉を被せた。

「確かに僕も田舎では進学校に入って、それからあんまり勉強しなくなったタイプですけど……それでもこうやって大学生になってから、本を読んで勉強するのはいいことじゃないですか」

「浅知恵をすぐにひけらかさず、ちょっと黙ってろってんだよ。仕込んだネタをすぐ作品に入れこみやがって。そういうのを知ったかぶりって言うんだよっ」

向かいの席からは「メルトダウン」や「放射性廃棄物」や「原子力シンジケート」といった、馬場氏が言うところの知ったかぶりの言葉が始終聞こえてきた。

「あのパフォーマンスはそうやって議論しながら作ったのかね?」

原発の話が一段落してから、蓮沼氏がみんなに訊いた。

「はい。それは関さんの指導でした」

　田中が答え、関氏が話を引きとった。

「ヨーロッパに滞在した時、アーティストが行うそういう討論型のワークショップに何度か参加したことがあるんです。公園の芝生の上でみんなで車座になったりして、徹底的に話し合うんですよね。あれは新鮮な体験でした。誰もが対等な立場で発言できる――こんなどこの馬の骨ともわからない、英語もうまく話せない僕の話も、じっくりと聞いてくれるんです。そうやって一つの問題について様々な論点を出し合い、すり合わせてゆく。必ずしも結論を出すことが目的ではなく、対話のプロセスこそが大事なんだということを、僕はそこから学びました」

「ヨーロッパには古代ギリシャのアゴラで市民が議論したところから始まる、〈広場〉の伝統があるからねえ」

「ええ、それは強く感じました。なので日本に戻って多摩美に呼ばれた時、そういうものを学生に体験させられないかと思い、今もいろいろ模索中なんですが……」

「確かに、私たちも最初は戸惑いました」

　佐知子が真っすぐな声で発言した。

「自分たちが今感じている社会の問題点を洗い出してみようと関さんに言われて……最初は何も浮かばなかったんです。日本はこんなふうに平和で、豊かで……そこで何不自由なく育った自分に、何か強く主張したいものなんてあるだろうかと悩んでしまって……」

「特に山口さんは真面目だから、深く悩んでしまったね……」

田中がいたわるように言った。

「それで関さんは、日本が今、一見平和で豊かに見えるようになった、その経緯を考えてみようという提案をしたんだよね。その時、この韓国からの留学生リーくんが、俄然注目されたんです」

そう言って田中が手を伸ばして肩を叩いたのは、例の凸凹コンビの背の高い方だった。

「あー、どーもー、リーです」

笑顔になると彼の目は線のように細くなった。

「こんなふうに、彼は日本語はまだうまくないんですけど、それでも僕らの輪の中に入って、熱心に発言してくれました。そこで僕たちはいろいろなことを彼から学びました」

「私が無知だったんですが、リーさんから『韓国はまだ戦争が終わってない』と聞いて、本当にびっくりしました。徴兵制で二年間軍隊生活を送った話とか、朝鮮戦争で自分の親族が北と南で分断された話とか……すぐお隣の国なのに、どれも想像を絶する話ばかりで」

「あとはやっぱり光州の話ですね。ほんの数年前のことなのに……」

「たくさんの人、死にました。とても悲しい事件」

「でもその話から、私たちは民主主義というものがいかに大切な、守るべきものかを学びました。そこから関さんや舞踏の先生が話を広げてくださって、今世界が抱えている様々な問題は自分たちと地続きなんだっていう実感が、だんだん湧いてきました。そして自分たちが主体的にアクションを起こしていかなければならないんだっていうことも、わかってきました」

ここで関氏が口を開いた。

「確かにリーくんの存在は討議のレベルを一段上に押し上げてくれたね。同世代の日本人だけで集まると、話がどうしてもタコツボ化してしまう傾向があるから」

「本当に私はすごく狭い、個人的な視点でしか物事を見てこなかったんだなあって反省しました。表現者になるならば、自分一人の殻を破って、外の世界と繋がっていかなければならないんだと、今回のプロジェクトに参加してよくわかりました」

僕が知らない人間関係の中にいるのだから当然ながら、テーブルの向こうにいる佐知子は、僕の知らない〈貌(かお)〉をしていた。以前から生真面目な面はあったので、豹変というほどではないのだが、真面目の質というか方向性が決定的に変わった気がした。それを僕はこの時どう受け止めたか——はっきりと言葉にすることができない。羨望、嫉妬、疎外感、孤独感……そういったものがあるのは当然ながら、『良い人たちと巡り会えて、活き活きと活動できて良かったね』という気持ちも確かにあったのだ。なのでこの時の僕の心境は「モヤモヤした」としか言い表せないものだった。それは佐知子の展示を見た時も、パフォーマンスを見た時も感じたものだったが、人々とのこの会話を聞くことで、モヤモヤした感情はさらに深まっていった。

学生たちの合宿における熱い議論の再演のようなものがしばらく続いた。それを一通り聞いたあとに蓮沼氏は言った。

「関くんもずいぶん熱血漢な弟子たちを育てたもんじゃないか」

「いやいや、僕は弟子なんて持ちませんよ」

関氏が言うと、田中が甘えた声で言った。

「弟子ってことにしてくださいよォ。僕たちはどこまでも関さんについて行きますからァ」

「あのなあ田中……そういうのはもう古いんだよ。美大で誰々に師事とかって、戦前じゃないんだからよォ」

とはいえ、若者に囲まれた関氏はまんざらでもない表情に見えた。

*

隣に座っている馬場氏は独り言のように――あるいはちゃんとこちらを向いて――ちょくちょく僕に話しかけてきた。劣等感が張り付いたような独特にねちっこい口調なので、鬱陶しくはあった。けれどその中に有意義な情報も含まれていたので、やはり聞き流すことはできなかった。

例えば近藤氏という人物を巡る人間関係では、なかなか興味深い話が聞けた。

「ほら、さっきからあそこで陰気に説教してる、頭が半分禿げたおっさんがいるだろ。あれは近藤っていう教授。関はあの近藤さんに付いている助手って形なんだが、あの二人の関係がなかなかややこしくてな……」

〈半分禿げた〉もそうだが、何よりも〈陰気に説教〉に誇張はなかった。蓮沼氏と関氏を学生が取り囲んだ大きなグループの隣に、近藤氏と三人の学生という小さなグループが形成されていた。前者は議論百出、時には笑いも起きる活発な雰囲気だったが、後者はひたすら静かだった。三人の学生とも口をつぐみ、目は伏せ気味だった。お通夜のような——もっと大袈裟に言えば、騒がしい模擬店の中に現れた、光も音も吸い込むブラックホールのような雰囲気だった。三人が自ら望んだか、たまたまその席に当たって貧乏クジを引いたか——それはわからなかったが。

「なんだ、お前はああいう絵を描いておきながら、グリーンバーグも知らないのか」

たまたま喧騒の隙間を縫って、そんな近藤氏の言葉が聞こえてきた。そのあと何度かグリーンバーグという名前が聞こえてきたので、その特徴的な名前は覚えたが、当時僕は知らなかった——20世紀半ばに活躍した、アメリカを代表するその美術評論家のことを。

近藤氏の声は低くくぐもっているので、何を言っているのかよく聞き取れなかった。その中でギリギリわかったことは、近藤氏が三人に説教してるのは、彼らが参加したパフォーマンス『プロメテウス頌歌』のことではなく、彼らの個人制作に対してのようだ——ということだった。彼らは芸祭で絵画作品を展示していたのかもしれない。

グリーンバーグとともに何度も聞こえてきたのが、〈絵画〉の〈平面性〉という言葉だった。オマエの絵画には平面性が足りない——なのか、絵画の平面性についてもっと考えろ——なのか。よくわからないが、とにかく叱責調だったのでそんなところだったのだろう。

「あの近藤って先生はもともと『もの派』の作家でな……って、もの派くらいわかるよな？」

馬場氏は僕の耳元で、ささやく以上の音量で言った。

「はい、なんとなく。石とか木とかをゴロンとそのまま使う……」

「そうそう、それでだいたい合ってる」

馬場氏はまた僕の背中を嬉しそうに叩いた。

「あの手抜きみたいなもんを作るおっさんたちな。でも近藤さんはすぐにもの派の連中と仲たがいして、絵を描き始めたんだ。今じゃちょっとでももの派と関連づけて語られると、すごい剣幕で怒るらしい。で、描き始めた絵っていうのが、またクソつまらなくてな。キャンバスの四角の中に四角があって、また四角があって……って、ロシア土産の人形みたいになってるだけなんだよ。それを飽きもせずに延々と繰り返し描いてんのよ──キャンバスのサイズと色のパターンだけ変えて。ミニマルだかフォーマリズムだか知らねえが、よーやるわ」

「固い抽象画……って感じですね？」

「そう、絵も固けりゃ、頭もガッチガチ。でも近藤さん、70年代の初めごろに一回天下獲ったのよ──といっても、日本の狭い美術界に限った話だけどな。具体的に言やあ、『美術手帖』に毎月のように載ったり、その座談会で人を言い負かしたり──あの人、口は立つからな。そんで確かその頃、美術館にもいくつか作品が購入されたんだよな。そうゆう調子のいい時、ペンと原稿用紙で援護射撃したのが……あっちの蓮沼さんってわけ」

「あー、なるほど。二人は……同世代でしょうか？」

「たぶんな。その頃お互い30歳くらい——売り出し中の若手同士ってわけよ。作家と評論家、手をたずさえて共に戦った、いわば戦友みたいなもんだわな」

「馬場さん、詳しいんですねえ」

「はん……美大に行けなかった奴のひがみ根性で、業界の地獄耳みたいになっちまっただけさ……」

馬場氏はビールが少し残ったコップを手首でクルクル回した。

「それが蓮沼さん、最近若い関に鞍替えしたもんだから、近藤さんとしては面白くない。蓮沼さんの企画で最近群馬の美術館でやった『１９７０年から——日本美術の展望』って展覧会でも、70年代に活躍した美術家をもの派も含めていろいろ選んだのに、近藤さんは外した。そんでもって、関を最年少のホープとして選んで、会場の一番最後の部屋でドカーンと展示させたんだからな。まるで関によって最後、日本の美術界のこれから進むべき道が指し示されるような会場構成にしたわけだ。そりゃ近藤さんとしたらたまったもんじゃない、頭にくるだろうよ」

「師弟の力関係が逆転しちゃった——ってことですか？」

「ふむ、もともと師弟って関係でもなかっただろうがな。多摩美の油絵科の教授で純然たる現代美術やってんのは、近藤さんともう一人くらいのもんだからな。あとは抽象画っつーてもなんとなく具象引きずってたり、どっかの団体に所属してるような中途半端なのが多いから。消去法で助手として入るべきとこが、近藤さんのとこしかなかったんじゃないか」

美大に「なんとなく具象を引きずった抽象」を描いている先生が多いことは知っていた。その言い方でいえば、自分たち受験生が描くことを期待されているのは、その前段階である「なんとなく抽象を予感させる具象」だったから。そのようなどっちつかずの折衷が、日本では最も尊ばれることは、日々予備校で体感していた。その中で近藤氏は、純粋な抽象画の理論に従って制作する少数派なんだろう――と想像された。

「近藤さんは最近めっきり活躍の場がなくなってな。美術界でどんどん過去の人として忘れられつつある。登場する時も早けりゃ、退場させられる時も早いのが、ミーハーな現代の美術界よ。近藤さんはそういう不満を、ああやって学生にぶつけてんだろ。学生にとっちゃあいい迷惑だがな」

見ると三人の学生は相変わらずうつむいて、時々頷きながら近藤氏の話を傾聴していた。

「オレはねえ、近藤さんの作品にはこれっぽっちも興味はねえよ。ただなんつーか……生き様だな。大勢におもねらず、流行に左右されず、己を貫く態度……そこにだけは共感するよ。一本筋が通ってっから」

酔漢の馬場氏が言うことをどこまで鵜呑みにしていいかはわからない。しかし馬場氏の解説を聞いてから、テーブルの向かい側にいる陰と陽に分かれた二つのグループを眺めると、前とは違った様相に見えてくるから不思議である。

「近藤さんは考え方が排他的だから、美術界で嫌われてんだけど、排他的のどこが悪いっつーんだよ。そりゃ信念があるってことだろうがよ。芸術なんてなあ仲良しこよしでやるもんじゃねえ。あの蓮沼なんて評論家は、流行にホイホイ乗っかって、戦友を平気で切り捨てる、調子のいい風見鶏さ。権力争いが得意で、小ズルく立ち回る……要するに中曽根といっしょってことよ！」

時の総理大臣の悪評まで借りて、ひどい言いようではあった。

当の蓮沼氏といえば、熱心な学生たちからひっきりなしに来る質問に答えていて、馬場氏の陰口は聞こえていない様子だった——あるいは聞こえていて、酔っ払いの批判など取るに足らないと無視していたか。

いつの間にかアリアスが佐知子の隣に席を移動していた。賑やかなところが好きなアリアスらしい行動ではある。

「センセイ、ヒョーロンカから見て、こちら、サッチンの踊りはどうなんですかぁ⁇」

水商売のアルバイト仕込みのお酌を蓮沼氏にしながらアリアスは訊いた。

「アタシはすごーい！　天才ー！　って思ったんですけどぉー」

さすがにアリアスは、ちょっと喋るだけでその場をそういうお店の雰囲気にしてしまう魔術を持っていた。ダンディを気取ったさしもの蓮沼氏も、顔のほころびを隠しようもなかった。

「私は前衛舞踏やモダンダンスは専門じゃないから、批評家として言うわけじゃないんだがね……一観客の感想として……いやあ、素晴らしかったんじゃないかなあ」

関氏は相変わらず真面目な表情で言った。

「ええ、信州の合宿で指導してもらった舞踏家からも、彼女は『筋が良い』と言われましてね」

「そう……君には花がある。華やかという意味とは違うんだな……つまり能の世阿弥が言うところの花だね。演者として見る者を引きつける力がある。それと、何かユニセックス――両性具有的な……つまり、どこか少年っぽいところがあるんだな。うむ、見入ってしまったよ」

佐知子は殊勝に答えた。

「ありがとうございます。『自分の体に正直に動け』という舞踏の先生の言葉を頼りに、無我夢中で体を動かしただけなんですが……自分なりに充実感はありました」

「山口さんはホントすごいんですよ」

田中が前のめりな調子で言った。

「その舞踏の先生は隠遁者みたいな方で、電気も水道もないところで暮してるんです。それで最近井戸を自力で掘り始めてて、けっこう深くまで掘ったのに、なかなか水が出てこない。僕らも協力したんですが、掘っても掘っても水は出なくて、みんなだんだん諦めムードになってきちゃって。でも彼女だけは諦めず、先生といっしょに穴の底に潜って、延々と掘り続けたんです。そしたら合宿のギリギリ最後になって、ついに水が出てきて。みんな感動して泣いちゃいましたが、同時に彼女のガッツにただただこうべを垂れるしかなかったです」

「私はただ……土を掘るのが新鮮な体験で、純粋に楽しくなって止まらなくなっただけなんです」

「確かにキミが前に僕らの前で語った通り、生まれも育ちも清潔で管理された都会だったから、反動で自然や野生に飢えてて、信州では水を得た魚のようになったのかもしれない。でもそれだけじゃないでしょ。舞踏のレッスンにしても、やっぱりキミの集中力はすごかったよ。その小さな体のどこにそんなパワーがあるのかって、みんな驚いてたじゃないか」

「小さい体といえばだ……」

蓮沼氏が何か思い出したように言った。

「ローリー・アンダーソンという女性のパフォーマーを知ってるかな？　この間ニューヨークに行った時に、人に勧められて観に行ったんだ。彼女は踊るわけではなくて、音楽が主体のパフォーマンスなんだがね、それでも非常にエネルギッシュなステージだった。なんというか……意思も含めて〈強い〉という印象でね。それを見て『ああ、これからは女性の時代だな』ってつくづく思ったよ。そして彼女は、西洋人にしてはけっこう小柄なんだな。小さな体の中に秘められたエネルギーという意味で、君の踊りはローリーを連想させたね」

「じゃあ、山口さんにはぜひ……」

田中が調子よく叫んだ。

「日本のローリー・アンダーソンになってもらいましょう！」

アリアスも調子を合わせた。

「ローリーなんとかってわかんないけど、賛成ー！」

田中とアリアスは佐知子の頭上で乾杯した。佐知子は終始否定の意味で手を横に振っていたが、照れ笑いして目が細くなったところが子猫のようだった。

蓮沼氏は大人らしく話を纏めた。

「今年は男女雇用機会均等法というものもできて、これからは女性の時代なんだそうだから、君たちには大いに頑張っていただきたい」

みんな佐知子に引きつけられていることがよくわかった。

確かに佐知子には、自分の周りに衛星を周回させる惑星の重力のような何かがあった。押しが強いということはなく、どちらかといえば控えめなので、一見そんな力はなさそうなのに。僕もその目に見えない力に引きつけられた一人だからよくわかるのだ。

それは一般的なイメージとは違うが、やはり一種〈悪女の魅力〉だったのではないかと思うのだ。

*

今でも思い出す真夏の光景がある。僕の人生の中であれほど鮮やかな心の残像は他にないかもしれない。
この年の前年——つまり一浪の夏は、夏休みがたった三日しかなかった。7月の終わりに一学期が終わると、休む間もなく夏期講習が始まり、それは9月の二学期ぎりぎりまで続いた。

夏期講習はあくまでも希望制だったが、多浪生はともかく、一浪生でそれを取らない者はほぼいなかった。とんだスパルタ式という他ないが、その真ん中の頃——お盆の頃に、砂漠の中の小さなオアシスのような、お目こぼしの三日間があったのだ。

その三日間のなか日に、みんなで海水浴に行った。神奈川に詳しい高村が「湘南は混みすぎてる」と言い、佐知子が「子供のころ家族で行って楽しかった」と言う、外房の鵜原という小さな海水浴場に決まった。メンバーは他にアリアス含め男女四人がいた(が、他の人の名前は割愛させてもらう)。小早川は「海は臭いから」という、いかにも小早川らしい理由で不参加だった。

初めての太平洋だった。しかし岩の多い小さな入江と、その中心にわずかにある砂浜は、夏になると友達と自転車で遠出した佐渡の台ヶ鼻灯台あたりの海岸線に似ていて、自分のホームグラウンドに戻った気がした。佐知子の言う通り、客は地元の家族連れがパラパラいるだけの無名の海水浴場。にもかかわらず、砂は日本にしては白っぽく、海は透明度の高い青、濃緑の木々が生い茂った山が間近に迫る、もったいないくらい風光明媚な穴場スポットだった。

砂浜に着くなり僕ら男たちは、取るものもとりあえずTシャツとズボンを脱ぎ捨て(海の家がない海水浴場であることはわかっていたので、みんなあらかじめ下に水着を着てきた)海に飛び込んだ。太平洋の波は日本海に比べ、うねりが大きく滑らかだと感じた。たまたまその日がそうだったのかもしれないが、僕はさかんに日本海と太平洋の波の違いを、感動的にみんなに伝えようとしていた。

僕らがひと泳ぎして砂浜に戻ると、女性陣は水着姿になってオイルを塗っていた。男たちの視線は自ずとアリアスのトロピカル柄の大胆なビキニに釘付けになった。しかし僕は内心、佐知子の白い普通のワンピース型の水着の、あまりに可憐な姿の方に参ってしまった。この日海にいる間じゅう、僕は佐知子の方をあまり見ず、佐知子と視線を合わさなかったと思う。それくらい、真夏の太陽を反射させる佐知子の〈白〉は眩しかった。

日が高いうちは砂浜の方で遊んだ。遊具としては浮き輪が二つと、ビーチボール一つだけだったが、それでも飽きずに楽しめた。それが若さというものだろうが、さらに言えば、都心の美術予備校の夏期講習に通う我々は、遊びに――自然に――夏に、あまりに飢えていた。僕らはひと夏を一日で味わい尽くす勢いではしゃぎ、笑いすぎるくらい笑った。

海での遊びに疲れると、砂浜に腹ばいになり、クーラーボックスで冷やしておいた缶ビールを飲んだ。高村が持ってきたラジカセからは、せめて音だけは湘南っぽくということで、サザンオールスターズが流れ続けていた。今でも「ミス・ブランニュー・デイ」や「Bye Bye My Love」などをふいに耳にすると、その時のコパトーンの甘ったるい香りや、耳をくすぐる砂まじりの暖かい浜風がありありと蘇ってくる。

日が傾いた頃から岩場の方に移動した。男たちは泳ぎ疲れたため、女たちはあまりの日焼けを恐れ、岩場の方にできた山の影を求めたためだった。

そこで男たちはサザエ取りにいそしんだ。言い出したのは僕で、素潜りしてみたら岩の間にサザエがけっこう潜んでいることに気づいたからだ。まれにアワビもいたが、岩から剝がす道具がなく断念した。ウニやナマコもいたが、みんなまだその美味さがわかる年齢ではなかった。

僕は素潜りは子供のころから遊びでやっていた。地元では普通でも、ここでは名人と呼ばれた。つまり人より長く深く潜水できたし、サザエが潜んでそうな岩陰の当たりがついた。結局一時間くらいの間に一人2、3個あてがわれるくらいのサザエが集まったが、半分以上は僕が採ったものだった。

火をおこしてサザエを焼く段になっても田舎者の活躍は続いた。僕は火が着きそうにもない湿った流木を拾ってくる都会者を教え諭し、乾いた松の枝をたくさん集めさせた。こんもりと盛った松葉に火を着ければ、たちどころに威勢のよい火柱が立ち、そこに油分の多い松の枝をくべればすぐに燃え移る——そういうことは庭先でやる焚き火の手伝いで、子供のころからよく知っていた。

日没前の明るい水平線を眺めながら、ぬるくなったビールと食べる、決して多くはない海の幸は、やはり忘れがたい味となった。


帰りの外房線はそこそこ混んでいて、僕らはバラけて座ることになった。ああいう時は瞬時に微妙な駆け引きが起きるものだが、運良く——あるいは周りがそれとなく気を利かせてくれたのか——僕と佐知子は扉の脇にある二人掛けの席に座ることになった。

電車が動き出してからしばらくは、今日の楽しかった海のことを反芻するような、ありきたりな会話が続いた。

話が妙な方向に曲がっていったのは、外房線が上総一ノ宮を過ぎて、太平洋からすっかり離れていった頃だったろうか。佐知子が溜息まじりにつぶやいた。

「あの海水浴場に行ってた小学校の終わりごろまで、ウチの家族はすごく仲良かったんだよねえ……」

僕は急な展開に驚き、おそるおそる訊いてみた。

「今は……仲が悪いの？」

佐知子はちょっと鼻で笑う感じになってから、あっけらかんと答えた。

「それを通り越して、離婚しちゃった。あたしが中三の時」

僕はなんと言っていいかわからず、困った。思えば僕は身の回りで離婚した家庭を一つも知らなかった。

「よくある話だけど、要するにパパは自分の店の従業員と浮気してたんだよね。それも一人二人じゃなく……」

そこから始まる家庭崩壊の話は、僕のような農家のセガレには想像もつかない世界だった。この時すべてを聞いたわけではないが、そのあとに聞いたものも合わせると、だいたいこういう話だった――。

もともと佐知子の両親は、小田急線・代々木八幡の商店街で小さな洋装店を営んでいた。最初はお得意さんの注文に応じて服を作ったりもする、こぢんまりとした店だった。けれど世の中が好景気になるに従い、海外から輸入した高級服やアクセサリーも売るようになった。父親は私鉄沿線に少しずつ店舗を増やし、店名も『山口洋装店』から『ブティックＹＧ』に改めた。そして頻繁にヨーロッパに買い付けに出かけるようになり、家庭にいない時間が増えていった。

そんな中でしだいに明るみに出てきた、父親の乱れた女性関係。母親は心労のあまりノイローゼになる。数年にわたる最悪の人間関係のすえ、弁護士が間に入ってようやく離婚成立。二人兄妹である兄は父親に、佐知子は母親に引き取られた。

佐知子は母親とともに、以前からの代々木八幡のマンションに住み続けている。父親から毎月送られる養育費と、母親が個人的に受注し続けている注文服の仕事で、経済的には困っていないらしい。佐知子は父親とめったに会わないが、兄はしばしば代々木八幡のマンションに遊びに来るらしい。

父親の店は下北沢や自由が丘などにあり、街でその小洒落た広告看板を見かけるたびに、素朴な洋装店を営んでいた頃の家庭の雰囲気が逆に蘇り、胸が痛む。今日行った外房の海水浴場は、父親の実家のすぐ近くで、幼いころから毎年お盆になると、祖母に会いに泊まりがけで来ていたところらしい。その祖母も二年前に死んだ――。

話しているうちに感情が高ぶったのか、佐知子の目から涙が溢れ始めた。

「ごめんね。今はもう、ぜんぜん深刻じゃないの。ただ喋ってると、一番辛かった中学の頃の思い出が蘇ってきて……あの頃みたいに泣けてきちゃうの。つまり条件反射みたいなもん……」

佐知子がうつむき気味だった顔を上げ、無理に笑顔を作ってみせると、涙が真珠のネックレスのように連なって落ちた。

その濡れた瞳とあらためて正対した時、僕はゾクッとした。こういうのを蠱惑というのだろうか——あるいはコケティッシュ。とにかく抗いがたい、暗い、濡れた魅力を佐知子は放っていた。

「うーん……僕には想像もつかない話だけど……きっと辛い青春時代だったんだろうね……」

僕は動揺を隠すために、どうでもいいようなことを言うしかなかった。

「美大受験を決める前までは、けっこう荒れた生活だった。そういう時に、友達に美大生を紹介されて、そういう人たちとよく会うようになって。展覧会いっしょに行ったり、若手作家が共同で借りてるアトリエに遊びに行ったり。いっときはけっこう入り浸ってた。それで美大に行きたくなって、千美に通うようになったんだよね」

つい荒れた生活について想像を逞しくしてしまったが、それ以上は訊かなかった。佐知子が単なる可愛いコではないことは薄々感じていたが、その一端が、両親の離婚が作った〈影〉であることはよくわかった。

こういうことを〈悪女の魅力〉と言うのは、ナイーブすぎる田舎者の感性かもしれないが、少なくとも当時の僕にはそう思えたのだ。

「おいおい、なにサッチン泣かせてんだよー」

高村が隣のボックス席から身を乗り出して覗きこんでいた。

「いやいや、いろいろ身の上話を聞いてただけで……」

「そうなのかー、そうなのかなー、二人なんかアヤシイなあー」

「しっしっ」

佐知子はお調子者を追い払う手振りをした。

高村は「はーい」と従順そうに引き下がるふりをしつつ、僕に下手糞なウインクをして『頑張れよ！』と聞こえよがしなひそひそ声をかけてから、視界から消えた。

「頑張れよって、何を……」

「ねえ……」

そのあとしばらく、高村のせいというべきか、おかげというべきか——気まずい、ただしそれほど悪くはない沈黙が続いた。


「あのサザエが決定打だったんじゃないかなあ。実際あん時カッコ良かったよオマエ。サザエばんばん採ってきてさあ。男のオレも惚れ惚れしたもん」

あとになって高村にそう言われたが、あながち間違いではなかったかもしれない。確かにあの海以来、僕は佐知子と急速に仲がよくなっていった。小早川が夏期講習を受講しておらず、予備校で佐知子が一人きりの機会が多くなったこともある。どう見ても受験絵画を極めてしまったような小早川は、もはや多浪生と同じ扱いで、「夏はゆっくり休みたい」と言っても、講師たちは特に反対しなかったのだ。

予備校の帰りに二人で食事をすることが多くなった。しかしあれをデートと呼んでいいものかどうか——行く先は、僕が行きつけにしていた安くて汚い定食屋や、牛丼チェーン店や立ち食いそば屋だったから。当然すべて割り勘だった。

「山口さんの知ってる店でいいよ。僕よりずっと東京詳しいでしょ？」

と最初に言ったのだが、

「あたしが知ってるのは、女の子といっしょに行くような店ばっかりだから」

量が少なくて値段が高い——ということはだいたい察しがついた。確かにそれはこちらの懐(ふところ)的に困る——それで開き直って、自分が普段行くようなところに連れて行くようになったのだ。

「こういうお店は女の子一人では入れないから嬉しい」

「吉野家って前を通るだけだったけど、こんなに美味しかったんだー」

などと佐知子は言ったものだが、あながち嘘でも演技でもなかったのだろう。「次はもっと珍しいところに」とせがんだだから。

いつか土曜の夜に、新宿駅の脇にある戦後闇市の風情を残す『しょんべん横丁』の、ひときわ汚いモツ焼き屋に連れていったことがある——それでも僕にとってはずいぶん贅沢な出費だったわけだが。僕もそのエリアには人に連れられて一度来ただけだから、慣れているわけではない。店内の淀んだ——客によってはやさぐれた——雰囲気には、終始緊張しっぱなしだった。その場にそぐわない僕らのフレッシュさを、アル中気味の常連客に冷やかされたりした。

それでもなんとか打ち解けつつ、雑な焼き方によるコゲがかえって美味いような、様々な臓物を堪能して店を出た。すると、路上のゴミバケツからゴソゴソ音がしたかと思うと、丸々と太ったドブネズミが何匹も飛び出してきた。これにはさすがに佐知子も甲高い悲鳴を上げたものだ。

けれどその10分くらいあと――新宿駅で別れる時には、「今夜は最後のネズミも含めて、すごくエキサイティングで楽しかった。またああゆうところに連れてって」と笑顔で言ってくれた。

そんな感じで「たまたま今いない、小早川の代理」みたいな、得で楽な役回りを僕は喜んで引き受けながら、夏は穏やかに過ぎていった。

*

関氏と蓮沼氏がいる活気のあるグループと、近藤氏がいる陰気なグループは、隣り合っているのに双方コミュニケーションはほとんどないように見受けられた。しかし一度だけ、その冷たい均衡が破られた時があった。

活気あるグループの方が、ヨーゼフ・ボイスの話をしていた。

これは当然の成り行きだった。なぜなら当時のドイツを――というよりもヨーロッパ全体を――代表していたその現代美術家は、二年前にようやく初来日を果たし、展覧会と討論会を行った記憶も新しいまま、この年の初めに64歳で突然病死したからだ。日本の先進的な美術関係者は全員、ボイスの訃報にショックを受けたと言っても過言ではないだろう。秋になってもまだ一部では追悼ムードが続いていた。

そういうしんみりとした雰囲気の会話が続いたところで、田中は蓮沼氏と関氏に向かって高らかに宣言した。

「だから僕らはヨーゼフ・ボイスの遺志を引き継いでいきたいと思うんです！」

するとと地を這うような、世にも陰気な近藤氏の声が響いた。

「おい、田中」

珍しい展開に、テーブルの全員がお喋りをやめて注目した。

「パフォーマンスが終わって興奮冷めやらぬことはわかるが……その発言はいただけないな。指導教官としては見過ごすわけにはいかない」

「あ……すみません……」

田中は途端にしおれた菜っ葉のようになった。近藤氏は苦虫を噛みつぶすような表情で続けた。

「今年最初のガイダンスで言った通り、私はボイスを認めていない」

田中はオロオロしながら答えた。

「もちろんそれは覚えています。……しかし信州の合宿でみんなと話し合っていく中で、やっぱりボイスの……というかボイス的あり方っていうのは重要だなって話になって……」

「ボイス的あり方とはなんだね」

「それは……なんというか……芸術家が社会を変えていくべきだという……」

「ああいうパフォーマンスをやれば社会が変わると思ってるのかね」

「それは……最初の一歩というか……」

「ふ……」

近藤氏は短い溜息をついてから、嫌なものを吐き出すように語り始めた。

「私に言わせれば、ボイスがやっていたことはケレン味たっぷりな派手なショウに過ぎない。社会問題は派手なショウになる。人々はいっとき感情的に、場合によっては熱狂的になる。それは一種の麻薬のようなものだ。しかしそんなものは長続きしない。社会は移ろいゆくものだからだ。ボイスなんて10年もすればみんな忘れるさ。本当の芸術というのは、そんな虚ろな時代の変化に動じず、千年たってもビクともしないものだ」

近藤氏は周りを睨み回してから、さらに話を続けた。

「みんなボイスに騙されてるんだよ。ここにいる人間はボイスを知ってせいぜい二、三年だろ？　私はもっと前からボイスのことを知っているんだ。60年代からずっと見てきた。だからこそ言うんだが……あれは詐欺師だよ。それもとびきり上手い。純情な奴ほど騙される」

近藤氏のあまりに否定的な言葉に、テーブルは水を打ったように静まりかえった。おそらくその場にいた全員と同じように、僕も「自分にとってのボイス」に思いを巡らしていた。

大した知識はなかった。来日があって美術界でにわかにボイス・ブームが起きていた二年前、僕は佐渡の高校三年生——ボイスの名を聞く環境などまわりに何もなかった。ボイスの名を初めて聞いたのは、上京してすぐに知り合いになった、佐知子と小早川の会話だった。二人は高校三年の時、東京芸大で行われたボイスと学生との対話集会を、こっそり潜り込んで聞いたらしい。その時の様子を佐知子はいかにも楽しかった思い出というふうに語った。

「遠くからだったけど、生で見るボイスはすごくカッコ良かった。でも、ただカッコいいっていうのとも違うなァ……やっぱり特別な光を放ってた。あと、とっても紳士的で」

小早川はいつもの冷ややかな表情で言った。

「それはそうだけど……質問した芸大生がことごとく国辱級のバカでさ。イライラしてすぐにその場を立ち去りたくなったよ」

以来僕もボイスのことはある程度気になるようになった。僕の興味はどうしても対象が〈絵〉だったから、やはり初期のドローイングを熱心に見た。自分が描いたり見てきた絵とは根本的に違うのだけれど、だからこそ、何ゆえにこんな不思議なタッチが生まれるのか興味がわいた。それは確かに「僕のまだ知らない美術」の魅力的な入り口に感じられた。

ボイスのインスタレーションやパフォーマンスの写真も、当時日本の雑誌で見られる限りのものは見ていただろう。死んだウサギに話しかけるパフォーマンス、アメリカに行ってギャラリーでコヨーテと過ごすパフォーマンス……どれも真剣に大切なことをやろうとしていることは伝わってきた。そこから想像される大真面目な人物像には、作品の論理的な理解は置いて、好感や尊敬の念を漠然と抱いていた。つまり――僕は当時日本で美術を学ぶ若者として、よくいるタイプ――レベルの一人だっただろう。

しばらく続いた気まずい沈黙を、隣の馬場氏が破った。

「よ！　近藤さん！　さすがにいいこと言う！」

近藤氏は調子のいい賛同者の乱入に喜ぶ風もなく、きょとんとした目で馬場氏を一瞥しただけで、すぐに田中たち学生の方に向き直った。

「とにかく私は、今の追悼ムード一色に――よく知りもしない連中によるボイスの神格化に、虫酸が走っている。あの格好つけたカリスマ性こそ、ファシズムと同根のものだってことになぜ気づかない？　西武百貨店の資本も、美術ジャーナリズムも手玉に取る、あの興行主としての高い手腕こそ危険なんだ。今後も美術の世界には新たなるボイスが次々と登場してくるだろう。私はそれを警戒する」

「でもボイスは……」

田中はおずおずと反論した。

「確かに青年時代はナチス・ドイツ軍のパイロットで、軍国主義的だったかもしれません。けれど九死に一生を得て、戦後生まれ変わり、世界平和と自然保護を訴える緑の党から選挙にも出てますし……ファシズムとは真逆の立場だったんじゃないでしょうか……」

「お前は何もわかっていない。そんな幼稚なことを言ってるんじゃない」

ここで関氏が間に入った。

「近藤先生のお気持ちはわかります。でも、現代美術を学び始めたばかりの学生に、先生のその独特の芸術哲学は、ちょっと高度すぎるんじゃないでしょうか？」

「高度なことを学ぶために大学院に来たんじゃないのか。違うのか？　田中」

「あ……はい……」

「私は元来、フルクサスやハイレッド・センターのような、人々の耳目を集めることにばかり心血をそそぐ美術活動は軽蔑しているんだ。そういうスペクタクルな表現は、本人たちは拍手喝采を浴びて気持ちいいのかもしれんが、人々から物事を静かにじっくりと考える力を奪う、むしろ悪行だ。芸術とはもっと静かで、さりげなくあるべきものだ。スペクタクルといえば……さっきのパフォーマンスでも、最後派手に火を燃やして安っぽいカタルシスを演出していたが……指導教官としては最悪と評価せざるを得ない」

学生は一様にうなだれていた。そしてとうとう女子学生が二人ほど、声を殺して泣きだしてしまった。

「まあまあ……」

蓮沼氏が『そろそろ自分の出番か』と、重い腰を上げるように語り始めた。

「近藤さんのようにボイスに対して否定的な立場を取る美術関係者は、ドイツ国内にもいてね。神秘主義に偏った考え方を胡散臭く感じる者もいるし、行動が若者がやる社会秩序の騒乱と連動していることを非難する者もいる。確かにボイスは毀誉褒貶が激しい作家と言えるだろう。

そしてまだ没後一年にも満たないわけで、歴史的な評価が定まるには、もう少し時間がかかるだろう。しかし『ドクメンタ』という国際展を成功に導いた立役者であることは確かだろう。20世紀後半の美術に与えた影響には決定的なものがあって、それが覆ることはそうそうないと思うんだがねえ……」

蓮沼氏はいかにも穏健な評論家らしく、客観的評価で話そうとしていた。

「蓮沼くん……」

近藤氏はだいぶ間を置いてから、つぶやくように言った。

「私に言わせりゃ、今や、『ヨーゼフ・ボイスの死は過大評価されている』だよ」

蓮沼氏はニヤリと笑った。

「ボイスの出世作『マルセル・デュシャンの沈黙は過大評価されている』の返礼か。さすがは近藤さん、うまいことを言う」

「私は蓮沼くんと違って言葉を巧みに操る職業ではないんでね。ただ言っておかなければならないことを言っているだけさ——たとえ人に嫌われても……」

近藤氏は学生たちをジロリと一瞥した。

「ウチのゼミの者には今年初めに言ってあるから、私の信念は伝わっているはずだが……コウキセイジュウ、ワガコトニアラズ——だ」

「近藤さん、そんな古い言葉まで若い人に教えているのかい。さすがだな……」

蓮沼氏は苦笑気味に言った。

「わからない人も多いだろうから、私から説明しよう。『紅旗征戎、吾が事に非ず』っていうのは、新古今和歌集を編んだ藤原定家って偉い歌人の有名な言葉でね……朝廷の旗を掲げたり、外敵を倒したり、そういう戦争や政治といったものに自分は関わらないって意味なんだ。それによって、純粋な芸術家としてのプライドを自分は守る——と宣言してるんだな」

「その通り。政治は人を狂わすよ……」

近藤氏の声はこの上なく陰気なものだった。

「私は近藤さんとの付き合いは長いんでね、近藤さんの考えはある程度理解しているつもりだ。近藤さんは本当は誰よりも社会や政治への熱い思いがある。しかし学生運動に身を投じていろいろ大変なことになったお兄さんのこともあって……」

「兄のことは言わないでもらいたい」

蓮沼氏の言葉を遮る時、近藤氏は目をつぶっていた。

「そうか……それはすまなかった。しかし大切なところじゃないか。若い連中に、自分たちと同じ轍を踏ませたくないと思っているんだろ?」

近藤氏は目をつぶったまま答えなかった。

「しかし時代は変わった。今の若い人たちは、我々の時代とは違った問題に、違った方法で取り組んでいるのだろう。そして美術の世界的な潮流も大きく動いている……」

「私はそう思わない……変化しているのは表面的な流行だけ……虚ろな宣伝文句が、現れては消えてゆくだけだ……」

近藤氏はゆっくりと目を開け、語り続けた。

「確かに美術の本流は欧米と言われている。しかし本流が間違えてあらぬ方向に行ってしまうことはままある。そういう時、傍流である我々まで右向け右で一緒に流されたら、美術は全滅する。一つの大きな文化ジャンルが間違った方向に進み、丸ごと滅んだ歴史はいくらでもある。今こそ我々がしっかりと地に足をつけ、本流を守っていかなければならない」

「相変わらずの唯我独尊ぶりだな……」

蓮沼氏はふっと息を吐いた。

「私はアンタのそういうところが昔から好きだよ。それでアンタ自身は損をしていたりもするわけだが……」

それから蓮沼氏は立ち上がり、周りを見回しながら、芝居じみた朗々とした口調で言った。

「学生諸君。君たちはこういう素晴らしい、オリジナルな信念を貫く、世界的にも稀有な先生に教わっていることに感謝しなければならない。侃々諤々と意見を戦わすことができる、この有意義な多摩美の夜を祝して、ここでいったん乾杯したいと思う」

そしてグラスを掲げて短く叫んだ。

「乾杯！」

突然の乾杯の号令だったので、中には戸惑う者もいたが、多くの学生はさっきからの気まずい空気の打開を望んでいたので、それなりに盛大な乾杯となった。

当然ながら近藤氏は乾杯に唱和しなかったが、すかさず蓮沼氏がビール瓶を持って隣に座ってきたので、しぶしぶグラスを差し出した。『まあまあ……込み入ったことはしばらく大人ふたりだけで話そうや……』という蓮沼氏のサインだったのだろう。

これでテーブル全体が注目するボイスに関する議論は、いったんお開きという形になった。

*

天上界がボイスの話題でひとしきり白熱したあと、下界の僕らは再び、予備校や受験の卑近な話に戻っていった。

「とにかくクソなのは構成デッサンってヤツよ……」

隣の馬場氏が酔いどれ口調ながら、一応問題提起をした。

「アレはオレが六浪した終わりの方から始まったんだ。受験はあの辺からおかしくなってきた。あれは……」

馬場氏は太い指を折りながら数えた。

「四年前になるか。芸大の出題が『縦うんメートル横うんメートルの穴を思い浮かべろ』みたいな文章題になったのは。こっちは突然のことで、なんじゃそりゃ⁉ ってな感じよ。頭が混乱しちまって、ぜんぜん上手く描けなくてよ。まったくなんなんだよあの問題は、一休さんのトンチかよ。もうこれ以上付き合ってられねえ！ ってんで、あれで受験をやめる決心をしたね」

この四年前の出題というのは、その奇抜さで後々まで有名だったので知っていた。正確には『長さ4m、幅1m、深さ0・4mの溝と人物を組み合わせて描きなさい。雑誌や持参したデッサンなどを参考にして描いてはいけない。イーゼル移動不可。』

というものだった。

「とはいえ、わかっているさ。オレはもう時代遅れだってことは。それをあの問題で自覚したからこそ、受験のレースから降りたってえのが正直なところさ」

ほとんど酒の勢いだったが、僕はいっそ、この面倒くさい人にも相談に乗ってもらおうと思った。

「実を言うと……僕も受験をもうやめるべきか、今悩んでいる最中なんです。それで……やめた馬場さんからなにかアドバイスはありませんか？」

「なるほどねえ、そういうことか……。じゃあこのオレがズバリ答えてやるよ……」

馬場氏はここで軽く舌なめずりをしたような気がする。

「とっととやめた方がいい。これは断言する」

高村が慌てて言ってくれた。

「ちょっと待ってください、コイツ芸大に行ける実力ある奴なんです。それにまだ二浪目だし、諦めるのは早……」

「オレもそう言われてたよ」

馬場氏はギロリとした視線をゆっくりと高村に向けた。

「行ける実力がある――それは確かにそうなんだろう。ただな、必ず行けるという保証はせずに、予備校講師はそれを軽々しく口にし続けるんだ。何年も何年も。あっちも商売だからな、受講料を払い続ける上客は離したくないのさ」

「それは僕も薄々感じ始めています」

これは率直な気持ちだった。

「わかってるじゃねえか。いいか。日本の受験戦争は狂ってる――学歴社会は不公平だ――そりゃ確かにそうだろう。毎日マスコミが言ってる通りさ。しかし問題はそれだけじゃねえんだ。いわゆる普通大学の受験地獄とはまったく別の種類の地獄が、こ・こ・！（馬場氏は地面を力強く指差した）美術大学にはあるんだよ！」

そう叫ぶと馬場氏はテーブルに突っ伏して黙ってしまった。しばらく待って、高村がおそるおそる訊いた。

「別の地獄って……なんすか？」

馬場氏は突っ伏したまま、むにゃむにゃと語り始めた。

「芸術家としての魂に……傷がつくんだ……それも一生消えない傷が……それがどれくらい取り返しのつかないことか、みんなわかってんのか……」

「魂、すかぁ……」

高村の顔は半分笑っていた。

「オマエ、オレが言うこと、大袈裟だと思ってんだろ……。大袈裟じゃねえんだよ！」

馬場氏はむくりと起き直り、すっかり泡の消えたビールを豪快にあおった。高村はとりあえず姿勢を正して神妙な顔を作った。

「いいか……大学合格という目の前の実利……実際の利益のためになあ、個性という、表現者の一生にとって最も大切な、ナイーブなものを、急ごしらえで作るんだ。そんな不純な動機ででっち上げられた〈インスタント個性〉の末路なんて、簡単に想像つくだろ。数年であっという間に枯れ果てちまうんだ。あとの人生、ずーっと生きる屍さ。そんな危険な種が、18歳やそこらで蒔かれるんだぞ。これを地獄といわずしてなんという……」

馬場氏はまたビールをあおったが、すぐに話を続けた。

「生きた屍が何をやるかってえと、だいたいが予備校の講師さ。それで小金を貯めて、たまに画廊を借りて生気の抜けた個展をやる。それで作家気取りの体面を保って、お茶を濁すだけの人生さ……。オレはそういうヤツを何人も何人も何人も見てきた。どうせオマエんとこの講師もそういった連中の一人さ……」

僕の脳裏にまずは長谷川先生、続けて黒川先生他すべての千美講師の顔が浮かんだ。馬場氏の言葉は、少なくとも的はずれではないと感じられた。

「考えてもみろよ……芸大生が予備校講師をやって、教えた予備校生のうちのほんの一握りが芸大生になって、でもそいつらはせいぜい予備校講師にしかなれなくて、そいつらがまた芸大生を生んで……てえのをグルグルと繰り返してんだ。ハムスターが回すあの輪っかといっしょさ……虚しく同じ場所を永遠に必死に走り続けて……ホントは一歩も前に進んでねえのによ

「……」

「受験産業が悪循環を生んでるってことっすね」

高村は今度は真面目な口調で言った。

「ふむ。予備校だけが悪者ってわけじゃねえんだけどな……全部が共犯関係で繋がってて……。でも大本を正せば、元凶は日本の美術界ってヤツになるな……。ま、ああいう連中だよ……」

馬場氏はテーブルの向かいの蓮沼氏と関氏あたりの席を、憎々しげに顎で指した。

「みーんな付け焼き刃なんだよ。絵も受験絵画で付け焼き刃なら、考えも思想書ナナメ読みで付け焼き刃。付け焼き刃でインスタントにでっち上げる癖が美大入る前についちまうから、美大入ったあとも、出たあとも、ずーっと一生やめらんない。日本の美術界なんて全部嘘っぱちよ。土台から腐ってるから、そこにマトモな花なんか咲きゃあしねえってえの」

「あの……」

僕は無理に言葉を挟んでみた。

「馬場さんの話を伺っていると、なんだか自分の置かれた状況が悪夢のように思えてきます。間違って酷い世界に迷い込んでしまったような……。でも本当にそうなんでしょうか？」

僕は馬場氏の言葉に共感しつつある自分が、少し怖くなったのかもしれない。

「確かにオレの考えは大袈裟かもしれん。信じる信じないはオマエ次第さ。でもな、これだけは言える——膨大なエネルギーの空費なんだよ、美大受験てえのは。最近は入学と同時に筆を捨てるやつも多いんだろう？」

「あーはいはい、僕らの同期で芸大に入ったヤツもそうなりました」

高村が小早川のことを言っていることは明らかだった。

「だろ？　そんで流行りだからって、やれインスタレーションだパフォーマンスだビデオだって……オマエそれぜんぜん素人だったろうがよってな。何年も血の滲むような努力して手に入れたあの絵の技術は、大学生って肩書きを手に入れるための手段に過ぎなかったのかよ……そんなにあっさり捨てるのかよ……ってな」

「あー……僕らの同期はたぶんそれさえもやる気なくて。単に何もかもやりたくなくなって、学校ぜんぜん行かなくなった、ホントどーしようもないヤツなんすよ。カッコばっかつけるヤツで……」

突然馬場氏は、僕の肩に重たい腕を回してきた。

「そーいやよぉ……去年の夏休みに、芸大の油に入ったばっかりの女子学生が、鉄道に飛び込んで自殺したって話じゃねえか。確かその子、多浪してるんだよな。苦労に苦労してやっと入って、たった数ヶ月でよぉ……神様のどういう皮肉なんだよ……。そりゃ自殺の直接の動機は知らねえよ。でもやっぱりそこには、美大受験で燃え尽きたあとの空虚感があったんじゃねえかって、想像しちまうわけよ、オレは。人からその話聞いた時、勝手な想像かも知れねえけど、オレは彼女の気持ちがわかった気がして、泣いてしまったね……」

声質が変わったので、すぐ真横にある馬場氏の顔を盗み見てみると、その小さな瞳にはいっぱいの涙が溜まっていた。

「死屍累々……死屍累々……」

馬場氏は念仏のようにそう何度か唱えたあと、突然大声で言った。

「なんという膨大な無駄なんだよ。なんという膨大な青春の空費なんだよ。ちゃんと芸術に昇華されず、犬死にしてしまった、あの膨大なエネルギーたちは、今どこの巨大なゴミ溜めに溜まって腐っているんだよ！」

自らの絶叫――というより絶唱に感極まり、ついに馬場氏の涙腺は決壊してしまった。我々はアバタの頬を伝わる、お世辞にも美しいとはいえない大男の涙を見ることとなった。

「わかっている……オレは被害者だよ……あまりに典型的な被害者だ。だからこうやって女みてえに泣いている……みっともないったらありゃしねえ。一方、関みてえに被害がほとんどなくて、恩恵ばっかり受けてるヤツもいる……。そういうヤツにゃあ、オレの涙の意味なんてこれっぽっちもわからんだろうよ。でもなあ……負け犬だけにしか見えない、この世の真実ってもんもあるんだ……」

馬場氏は肩に回した腕にひときわ力を込めて、僕を左右に激しく揺さぶった。

「オマエはこんなところから早いとこ逃げろ。巻き込まれるな。一生を棒に振るぞ。美大なんて行かなくったって一流の芸術家になれるんだ！　それはこのオレが証明してみせる！」

さすがに最後の方はあまりに大声だったので、テーブル全体が涙を流している馬場氏に注目する形になった。しばらくしてそれに気づいた馬場氏は、ゆっくりと立ち上がった。

「おう……酔っ払っちまって失礼……」

馬場氏は顔をくしゃくしゃにして照れ笑いしながら、

「ションベンがてら、ちっと夜風で涙を乾かしてくらあ……」

と言い残して、ふらふらした足取りで模擬店を出て行った。

＊

馬場氏という嵐が過ぎ去って、しばらくあとのことだったと記憶するが——短い時間ではあったが、熊澤さんが主役に躍り出る一幕があった。

それには前段階があった。テーブルのちょうど対角に位置する遠いところに近藤氏が座っていて、大学院生の田中が相手をしていた。今日のパフォーマンスの内容に関して、ずっと長い間ネチネチと説教を食らっているのは、なんとなくわかっていた。

突然、田中の隣に座っている佐知子の声がした。

「わたしたちはそんなつもりでやってません」

けっこう強い口調だったので、テーブルの少なからぬ人々がそちらを注視するほどだった。

佐知子は真剣な表情で近藤氏の方を見ていた。

「パフォーマンスが流行っているから便乗して——なんて、そんな軽い気持ちではやってません。確かにわたしたちはまだまだ未熟ですが、自分たちがそれぞれ一生抱えてゆく大切なテーマの、その第一歩として真剣に取り組んだつもりです。浮ついた気持ちなんかありません」

近藤氏はしばらくキョトンとした様子で絶句していた。僕は何よりも、目上の者に対する佐知子のそんな反抗的な態度を見たことがなかったので、ただただ驚いた。

「まあまあ、そんなに熱くならなくとも……」

気まずい空気のまま人々の注目を浴びていることに耐えきれずに、近藤氏はとりあえず言葉を発した感じだった。

「私はただちょっと……確認してみたかったまでのことだよ、田中の覚悟のほどをね。まあしかし、少なくとも君の方にはそれがあることはわかった。大いに結構」

大人がよくやる若者の懐柔——そんな感じで近藤氏は話を締めくくろうとしていた。

高村が声をひそめて言った。

「言ってくれたなあ、いやいや爽快……」

「サッチン人が変わったみたい……でもカッコよかった。どうなのよ、彼氏としては」

「うん……びっくりした。もともと芯の強いコとは思ってたけど……」

「で、さあ……オレも近藤先生は苦手なんだよ。とにかく考え方が根暗。意地悪ってゆうか、物事の悪い面ばっかり見んの。学生潰しって陰で呼ばれてて。……自分のこと言うとさ、課題で人物の油絵があってさ、オレはちょっとした遊び心で、背景をＳＦっぽくしてみたの。でもオレなりに新しいことへのチャレンジではあったのよ。そしたら講評会で近藤先生、『もっと上手いイラストレーターなんてゴマンといる』って吐き捨てるように言って、講評５秒で終了。活躍してるプロはすごい——そんなことアンタに言われなくたってわかってっけどさあ、それ言っちゃあお終いでしょ。逆にアンタが教育者として終わってんじゃないのっつー」

「女子美にもそのタイプの先生いるわー。自分が作家として成功してないから欲求不満を生徒にぶつけんのよねー。自分では自分のこと厳しいタイプの先生って思ってんだろうけど、生徒にはバレバレでー」

「おい、高村」

テーブルの向かいにいる関氏が身を乗り出して言ってきた。

「気をつけろ。けっこうこっちに聞こえてるぞ」

高村はおどけた調子で、舌をちょっと出して首をすくめた。

「わ……私も……」

そこで突然、熊澤さんが口を開いた。

「こ、この間、あの先生に、叱られた」

そう言って、コップに半分くらい残っていたビールを一気に飲み干した。

「お、熊澤さん調子上がってきましたね！　今晩はじゃんじゃん行っちゃいましょう！」

高村は空になった熊澤さんのコップに、ビールを嬉しそうになみなみと注いだ。

「この間の自由制作の講評会でしょ？　あれはホント酷かった。熊澤さん、家であんないっぱい描いてきたのに……」

高村は思いきり息をひそめた。

「近藤先生『全部無駄だ』とか言っちゃうんだもんなあ」

「しゅ……」

飲み干したばかりのビールが回ったのか、熊澤さんの目は据わっていた。

「趣味的な絵って、い、言われた……」

「そうそう。あと感覚的とも言ってたっけ。要するに抽象画の理論みたいなもんをちゃんと理解してからじゃないと、抽象画を描く資格はないみたいな、頭ガッチガチに固い話でしたよね。オレはほら、絵画とかちゃんと探求するタイプじゃないけど、そんなオレでも『そんな理屈なんて知らねーよ、絵なんて自由に描かせろよ』って、聞いててムカムカしてきましたよ」

熊澤さんは両手で包むように持ったコップの縁に口をつけたまま言った。

「しゅ、趣味なんかじゃない……い、一生忘れない……」

熊澤さんは、最初に入る微妙な吃音はそのままだったけれど、そのあとの口調はスムーズで早口になっていた。

「あの時は熊澤さん、うつむいたまま一言も言わなかったですよね。他の先生が助け舟出しても、結局最後まで黙ったままで。アトリエにしばらく重苦しい沈黙が続いて――。あの静かな反抗、オレはかっこいいって思ったっすよ。さすがは我らが熊澤さんだって。ほら、千美の講評会でもよく、頑なに自分の考えを曲げなかったじゃないですか。大学でも変わらない姿に、頼もしいなあって思って。ああ、こういう人が将来芸術家になるんだろうなあ――て思いましたよ」

「せ、先生には、嫌われる。む、昔っから……」

早くも空になっていた熊澤さんのコップに気づき、高村はまたビールで満たした。

「今夜は行きますねえ熊澤さん……。ところで前から訊きたかったんですけど、熊澤さんは大検を受けたって、誰かから聞いたんですけど……」

その噂は聞いたことがあった。そういうことがあって、予備校では僕らと同じ一浪扱いだけれど、年齢は二つくらい上らしい——と。それもあって僕らは彼女に敬語を使っていたのだが。

熊澤さんはこくりと一回頷いてから、語り始めた。

「ちゅ、中学の時から、学校行けなくなった。い、いじめられてた、子供のころから。こ、高校はすぐやめて、また別の高校行って、やめて、卒業しなかった」

こんな饒舌な熊澤さんを見るのは初めてだった。おそらくお酒のせいで、普段鋭敏な彼女の自意識が緩み、吃音を恥じることを忘れる状態になったのだろう。そういう強引なお酒の魔術であることはわかっていたが、『質問するなら今だ』という好奇心には抗えず、僕は訊いた。

「熊澤さんは絵は昔から描いていたんですか？」

「え、絵は、病院で描かされた。お、親が心配して連れていって、通ってた、中学の時」

「それはなにか、心理的なテストみたいなものですか？」

「そ、そうかもしれない……自由に描かされた。い、家でも描くようになった」

「画材はなんだったんですか？」

「さ、最初はクーピーペンシル……」

「ああ……今でもオイル・スティックをよく使うのは、その影響でしょうか？」

「そ、それが描きやすい。ク、クーピーペンシルは今でも好き」

「それ以来、毎日描く感じですか？」

熊澤さんは頷いた。

「なるほど……それだけ長い間描いてきたから、熊澤さんの画風はあんなに確固としているんですね」

「あ、ああいう絵しか描けない、器用じゃないから」

「でも熊澤さんはちゃんとデッサン力もありますよね」

「が、頑張った……そ、そうしないと美大に行けないから……」

熊澤さんの絵はとにかく色使いが独特で——語弊を恐れずいえば、どこか狂っていて——その点は予備校でいつも高く評価されていた。それは「受験に際してそのユニークさは評価されるだろう」という講師たちの予測に拠っていた。

問題とされるのはいつも形の方だった。熊澤さんの筆致には、うねるような——渦を孕んでいるような特徴があり、それもやはりどこか狂ったユニークさだった。しかしそれによって不正確になる全体の形の方は、「受験においてはデッサン力不足と見做され、減点の対象になるだろう」と言われていた。

そのため、空間が歪んでいるので不穏な雰囲気を漂わす、熊澤さんの魅力的な絵は、デッサン的に正しい、普通の絵の方向にしばしば矯正された。熊澤さんは苦しそうではあったけれど、その指導を受け入れていた。自分の主観による形の歪みを抑制し、修正する能力はあったのだ。

それを「もったいない」と惜しむ僕のような生徒は多かった。またクロさんをはじめそう思う講師もいたが、「受験の現実を考えると致し方ない」というのが大半の意見だった。

そしてこういう時に必ず講師が言う言葉が「本当に描きたい絵は、大学に入ってから描けばいい」というもので、特に熊澤さんと僕はよく言われたものだった。


「なんか今夜は嬉しいなあ、熊澤さんがいっぱい喋ってくれて。熊澤さんにはまだまだ訊きたいことがいっぱいあるなあ……」

高村は実際嬉しそうに、熊澤さんのコップにビールをドクドク注ぎ続けながら言った。

「熊澤さんは絵を描いている時、どんなことを考えているんですか？」

熊澤さんはしばらく固まっていた。それからリスのような小動物がやるように、首を様々な角度に傾けて考えた挙句、「い、いろいろなことを、考える。た、たくさん……」と答えた。

「そうなんですかあ、きっとすごいことを考えているんでしょうねえ、僕らが思いもよらないことを……」

「アンタもアタシもどうせ考えてることなんて俗っぽいことばっかなんだから、ゲージュツはしょせん無理ね。まあ、ミーハーにはミーハーなりの居場所ってもんがどっかに……」

「そ、そんなことはない……ふ、普通のこと考えてる……」

熊澤さんが珍しく反論した。

「え、例えばどんなことすか？」

熊澤さんはまたしばらく考えた。

「ひ……人々の……心……」

僕は思い当たることがあったので、訊いてみた。

「じゃあ……今回の熊澤さんの大きな絵の背景にあった、たくさんの赤い渦巻きって、人々の心なんですか？」

熊澤さんは頷いた。いつの間にか熊澤さんのコップは空になっていて、高村はそこに、もはや自動的な手つきでビールを足した。熊澤さんはそれを一気に半分ほど飲んでから言った。

「に、人間は、み、醜い……」

僕らはここら辺で熊澤さんの異変に気がついて、顔を見合わせた。と、僕らが制止する間もなく熊澤さんはコップに口をつけ、半分ほど残ったビールを一気に飲み干した。

「すごいですね熊澤さん、そんなにお酒飲めるんですね。でもちょっと休んで、今度は水でも飲みましょうか」

高村の言葉で気づいて、僕はカウンターの方に水をもらいに走った。水はなかなか出てこなかったが、ようやく手に入れてテーブルに戻ると、熊澤さんは遠い一点を見つめながら言っていた。

「み、みんな……間違ってる……」

「そうですねえ、みんな間違ってます、特にオレなんて。……あ、熊澤さん、水が来ましたよ。この水をクイッと飲みましょうか」

熊澤さんはしばらく透明な液体の入ったコップを不思議そうに見つめていたが、それが水とわかってかわからずか、高村のアドバイス通り一気に飲み干した。僕は空になったコップを、熊澤さんの手から少し苦労して引き剝がし、またカウンターに水をもらいに走った。

「み、みんな嫌い……みんな嫌い……嫌い……」

再び水を持って戻ると、熊澤さんの声はさらに内側に籠り、凄みが増していた。自白剤を注射された人はこんな風になるんだろうか——もちろん知っているわけではないのだが——無意識が自動的に音声に変えられているような、異様な話しぶりだった。

「そうかー、嫌われちゃったなー、熊澤さんにそう言われると、けっこう胸が痛むなあ」

高村は熊澤さんの両手にコップを握らせつつ言った。

「みんな嫌いな中でも、特に誰が嫌いなんですか？」

高村の悪趣味な質問の意味がわかったのかわからなかったのか、熊澤さんはしばらく故障した機械のように黙った。そして言った。

「や、山口さんが嫌い」

「え……」

高村は笑顔のまま固まった。

「山口さんって……あの、サッチン⁉」

高村は小声で訊き、テーブルの遠く対角線の位置にいる佐知子の方をちらりと見た。熊澤さんはこくりと強く頷いた——言葉はちゃんと通じていたのだ。佐知子は相変わらず近藤氏と田中たちの議論に参戦中で、熊澤さんの爆弾発言は聞こえてない様子だった。

「あ、あのコは、ズルい……あ、あのコは、嘘つき……」

完全にその場が凍りついた。

普段何も語らないから、他人にほとんど興味がないのだろうと思われていた熊澤さんの心の内に、こんな辛辣な人物評が秘められていたとは――。僕らはしばらく押し黙って考えるしかなかった。

「熊澤さんがそう言うのは……なんとなくわかる気がします。なんとなくですが……」

その場を取り繕うつもりでもなく、僕はこの時思ったことをそのまま口にしてみた。

「熊澤さんには見えるんですね。僕らからは見えない何かが……」

突然熊澤さんはガバッとテーブルに突っ伏し、コップを持ったまま大量の水をこぼした。

「大丈夫!?」

「大丈夫ですか!」

僕らは口々に叫んだ。熊澤さんの顔を覗いて聞き耳を立てると「みんな嘘つき……みんな嘘つき……」とつぶやいているようだった。

やがてその小さなつぶやきも消え、静かになった。

「おい高村。大丈夫か、熊澤」

向かいの関氏が声をかけた。

「はあ……お酒、ぜんぜん飲み慣れてないみたいで……」

「やっぱりそうか。何杯飲ませた」

「7……杯くらいでしょうか」

「ふむ、普通の人なら大した量じゃないが……」

その時、ガタン！　と大きな音がして、熊澤さんが座っていたビールケースごとひっくり返った。隣に座っていた僕はとっさに手を出して、からくも熊澤さんの後頭部を守ったが、お尻は地面に思いきり打ちつけたようだった。それでも熊澤さんは目をつぶり静かなままだった。

「熊澤さん！　熊澤さん！」

僕に首だけ支えられて地面に仰向けになった熊澤さんに、高村が呼びかけた。

「やっべえ、意識ない！」

そこからは関氏と模擬店の店員たち——体育会系の学生たち——がてきぱきと動いた。その慣れた手順から、今まで何度も泥酔した学生を救護した経験があることが想像された。少々手荒い呼びかけで、熊澤さんにほんのわずかな意識が残っていることを確認すると、ラガーシャツの大男が小柄な熊澤さんをひょいと背負った。それから関氏は意外と快活な声でみんなに言った。

「これから彼女を医務室に運んでもらう。まあ大丈夫、ここの模擬店は毎年こういうことに慣れてる連中がやってるから」

熊澤さんを模擬店になかば強引に誘ったのは僕だったので、責任は感じていた。けれど僕は多摩美生でないので、医務室に付き添う資格はない——そんなモヤモヤした気持ちを抱えてしまった。

そしてもちろん、熊澤さんの「山口さんが嫌い」「あのコは、嘘つき」という言葉が、喉に刺さった小骨のように心に引っかかった。

4

「よっこいしょ」

と言って、熊澤さんがいなくなって空いた席に、関氏はそのまま座ってきた。

「あのさあ……さっきからチラホラ聞こえていたんだけど、予備校や受験の話をずっとしてたよね？　みんなあの山口と同じ予備校かな？」

関氏の口調には初対面の若者を緊張させない円みがあった。

「それで、君が浪人生なのかな？」

「はい」

僕はズバリ訊かれるまま、素直に答えた。

「いやね、なかなか興味深い話だなと思って。というのは、僕は今たまたま多摩美で助手をやってるけど、そうすると必ず入試に関わることになるんだ。これがなかなかストレスでね。なんでこんなことをやるんだろうって思うことがしばしばでさ。それで最近いろいろ調べているんだ」

「関さんって助手の中で……年上の方ですよね？」

高村がすこし言いにくそうに言った。

「歳食ってるって言いたいんだろう？」

関氏は長く伸びた口のまわりの髭を撫でた。

「その通りだよ。普通は院を出てすぐに助手になるからな。僕は院を出てから数年間北海道の牧場で働いたりして、それから二年くらいヨーロッパをフラフラしたあと、多摩美に呼び戻されたロだから。そうやって一回外を見てきたからこそ感じるんだ――この日本の美大ってもののいびつさを」

関氏はとても頑丈そうな登山用のパーカーを着ていたが、それが納得の経歴だった。そして本当は北海道の牧場に興味が湧いたが、今はその話ではなかった。

「日本の美大の何がおかしいんでしょうか？　何が間違っているんでしょうか？」

その疑問の答えは、僕が今喉から手が出るほど欲しいものだったので、前のめりな気持ちで訊いた。きっと目がキラキラと光っていたことだろう。

「君がそう性急に訊く気持ちはわかる。けれど残念ながら、その質問に簡潔に答えることはできない。これは長い話になる。それに僕も調べ始めたばかりだからね……」

「それでもいいので、何か教えてください」

僕は食い下がった。

「ふむ……とりあえず現状の問題点を語ることなら、わりと簡単にできる……」

関氏はゆっくりと言葉を選びながら語り始めた。

「さっきここにいた馬場ってヤツが言ってた通り、日本の美大は入りにくすぎる。予備校で疲弊して燃え尽きる人が多いっていうのも、アイツの言う通り。そしてそんなに苦労して入る東京芸大が、それに見合う中身を持っているかというと、はなはだ疑わしい。芸大なんて国際的にはまったく知られていない。ただ国内で知名度が一人歩きしているに過ぎない」

「じゃあ……外国の美術大学ってどんな感じなんでしょう？」

「ヨーロッパを回った時にいくつか見ただけだから詳しくは語れないけど、まちまちだったね。イタリアの伝統的な美大に留学してる友人のところを訪ねたら、18世紀から変わらないような、ガチガチに古めかしい写実画の教育法だった。ただし新入生の時点では、まだ素人ってくらい下手くそなのが多かったね。入ってからビシビシしごく感じだった。基礎から論理的に教えるから、上達する奴は、最終的にすごい技術を獲得するよ。一方でドイツで勝手に潜りこんだ美大は、それとは真逆で、古くさい写実画を描いてる学生なんて一人もいなかった。新入生から立体やパフォーマンスに取り組んでいたりして。こういうところはどうやって入学試験をしてるんだろうと思ったら、今まで作ったものをファイルで提出して、あとは面接らしい。いずれにせよ、日本みたいな気ちがいじみた受験戦争はないよ。美大に限らずあっちの大学は、入りやすいけれど出にくいが常識だからね。あと、どこもアートヒストリー――美術史をがっちり勉強させる傾向もあったな」

「日本は遅れているのか、それともそういうことでもないのか……よくわからないですね」

「遅れているといえば遅れている。でもそれは仕方ない。やっぱりシビアにいえば、日本は世界の中心から地理的に遠いからね。それより一番の問題は、歴史認識とか歴史感覚の欠如なんだと思う。そういうきちんとした軸がなく、ただ表面的に、場当たり的に新しいものを取りこもうとするから、日本は何事もうまくいかない。僕もそうだった。だからこれは自省で、今勉強を始めたばかりなんだけれど……」

関氏は自分の周りをぐるりと指さした。

「今僕らを取り囲んでいる、この日本の美大というシステム――それが日本の美術界のベースの部分をかなり作っているわけだけれど――これがいつ、誰によって、どういう思惑で作られたか。そういうことは調べればだいたいわかることなんだ」

「それって……いつの、誰なんでしょうか？」

「と言っても、もちろん一人じゃない。無数の人々の思惑が絡まっている。けれどその中で重要人物を何人か指し示すことはできる。例えば重要なのは、明治時代の黒田清輝だ」

「ああ……『湖畔』の……」

「さっすが二朗くーん。アタシ知らなーい」

「おいおい、黒田清輝くらい常識だぞ」

「あは、アタシ立派な多摩美生じゃなくて、おバカな女子美短大生なもんでー」

「そんなに女子美を卑下しちゃいけない。あそこは私立美大の中で一番歴史があるんだぞ」
「でも僕も黒田清輝は、『湖畔』って教科書に載ってた絵を描いた人ってこと以外、知りませ
ん」
「まあな……平均的な美大生でもそんなもんだろう。明治にフランス留学から帰国して、東京
芸大の前身である東京美術学校の西洋画科の教育方針を決める中心的な役割を担った人物だ。
善かれ悪しかれ黒田の影響は、今でも日本の美術界の様々なところに残っていると僕は見てい
る」
「日本っぽい叙情的な油絵を描く人くらいの印象しかありませんでした」
「『湖畔』しか知らなければそうなるだろう。あのスケッチ風の絵を黒田の代表作にして済ま
せているところこそ、いかにも日本的だと言わざるを得ない」
それから関氏は黒田清輝についていろいろと語った。黒田がフランスから持ち帰った美術教
育の方法は、印象派などのモダニズムが勃興する中で衰退期にあった、旧体制に属する美術ア
カデミーのものであった。なおかつ本人の画才の不足により、深く習得したものでもなかった。
そんな黒田がリーダーシップを取ったので、日本の洋画界はそのスタートから、表面的な西洋
の模倣と、伝統と革新の葛藤に対する意識の低い、緩く中途半端な折衷から始まってしまった
――。もっと柔らかい言葉を使ったと思うが、要約すればそんな話だったと記憶する。
「結局関さんは黒田清輝が嫌いなんですね？」
僕は訊いてみた。

「いや、そんなことはない。誰かがやらなければならなかった仕事だし、それを任せられる、真面目で責任感の強い人物だったんだろう。ただ芸術家として見ると……」

そこで関氏は言葉をいったん切った。

「いやまあ、やっぱり嫌いなのかもしれないな。変な話だけど、黒田は薩摩藩士の息子なんだよ。僕は出身は北海道だけど、先祖は会津でね。そういうことは案外引きずっているのかもしれない。つまり黒田には、中央政府お墨付きの教育行政官みたいな面があって、事実最後には貴族院議員になった。そういう人物と僕は相性が悪いんだ」

ビールを一口飲んでから、関氏はさらに続けた。

「明治の話ついでに言うと、実は日本画というものは面白いんだ。僕は最近、洋画より面白いんじゃないかって思ってる。その面白さの中心にいるのが、オカクラテンシンという人物なんだが……」

今となっては恥ずかしい話だが、当時僕は岡倉天心を知らなかった——なので黙って話の続きを聞いた。

「この東京美術学校の事実上の初代校長は、なかなか興味深い人物でね。自分がデザインさせた奈良時代風の奇抜な制服を着て、馬に乗って登校してたから、すごく悪目立ちしたんだけど、本人はご満悦だったらしい。自分の大切なパトロンの奥さんに手を出して一大スキャンダルになって、学校の中に敵を作っちゃって追放されるんだけど、学校の中で息のかかった者どもを引き連れて、茨城のド田舎の海辺に自分の芸術王国作って、それが結局日本画誕生の総仕上げになるんだ」

「あの、すみません。日本画っていうのはもっと昔からあったんじゃあ……」

「用語法は人によってマチマチだけど、僕は日本画というのは厳密に、明治以降に洋画に対抗して作られた、新しい絵画ジャンルのことを指すことにしているんだ。だって江戸時代に日本画なんて言葉はなかったからね」

「じゃあ古い掛け軸や浮世絵は日本画と呼ばない、と」

「そう。そして僕は、日本の絵画が明治になって、日本画と洋画に分裂して成立した、その理由自体に興味がある。ここにも、近代になって急ごしらえで作られた、この国の秘密を解く鍵があるような気がしてね」

　高村が口を挟んだ。

「そういえば日本画の学生って、同じキャンパスの中にいてもあんま縁ないなあ。デザイン科とか彫刻科にはけっこう友達いるのに。考えてみれば同じ絵描き同士、仲良くしても良さそうなもんだけど、お互いにお互いの存在を無視してるような……それこそ水と油」

「それでその……恥ずかしながらそのテンシンって人のことを知らないんですが……どんな絵を描くんですか？」

「ははは、そうか、普通そう思うよな」

　関氏は朗らかに笑った。

「天心自身は絵は描かない。教育者、古美術の研究者、同時代の画家たちのプロデューサー。

それでもって思想家。英語がペラペラで、英語で書いた本があっちでベストセラーになるし、インドの女性にポエムみたいなラブレターも書く。まったく怪物だよ。それで思うのは、洋画にはついぞ、天心に匹敵する大人物がいなかった――てことなんだ。もちろん役人気質の黒田なんて話にならない」

「そんなに日本画って面白いんですか……」

「ああ。ただしそれは戦争に負けるまでだね。戦後の日本画は……いいのもポツポツあるけど、大勢はダメになった。僕は日本画は敗戦を機に命脈が切れたと見ている。ゆくゆくは芸大の学長になるだろうって噂の、平山郁夫なんかがそれを象徴してる。いや、これはあくまで僕の考えだけどね……」

関氏の語ることが正しいかどうかはわからなかった。けれど一見自分の仕事と関係なさそうな日本画や国の歴史まで調べ、自分の見解を述べている関氏が、この時の僕には十分怪物めいて見えた。


また卑近な話に戻り、石膏デッサンの話にもなった。

「あれがなんで今でもやられているか、わかるかい?」

関氏は僕に質問してきた。

「それは……基礎的なデッサン力を……つける訓練で……」

突然訊かれて僕はしどろもどろになった。

「でもそれなら人物とか風景とか、もっと身近なものでもいいじゃないか。そっちの方がのちのち実践的だと思わないか？　なのになんであんな変わったものを描き写すんだろう」

「それは……西洋的な美のプロポーションを理解するためとか……」

「確かにちょっと前までみんなチョンマゲしてたような明治の時代なら、自分たちの顔立ちとはまったく違う古代ギリシャの美男美女を描くのも、教育的にそれなりにインパクトがあったかもしれない。でももう、そういう時代じゃないだろう？」

「まあ、そうですね……」

「君の答えは、日本に石膏デッサンが導入された当初の目的としては正しいし、今も表向きはそういう綺麗事で語られてる。でも僕に言わせれば、その表側の理由はとっくに消滅していて、裏側の理由だけが残ってるのさ」

「はあ……」

「裏側はね、先生が採点しやすいからだよ」

「ああ……」

思い当たるところがあった。

「たいていの予備校講師も美大の教授も、代表的な石膏像の立体的な形が頭の中に入ってる。修行時代に飽きるほど描かされたからね。他人の描いた石膏デッサンを見て――自分が上手く描けるかどうかは置いといて――それが似てるか似てないか、瞬時にわかる。いちいち絵画的価値とかで悩まないで済むから、判断が楽。短時間に大量の絵に順位をつけなきゃならない美大受験の審査が、今でも石膏デッサンを要請しているに過ぎない。……要するに先生の都合。生徒の都合じゃない。生徒が将来良い芸術家になってくれることを願って、温かい親心でやらせてるわけじゃない。石膏デッサンの無意味——もっと言えば弊害さえあることはわかってるのに、やらせている。これって、やめるにやめられない業界の因習以外の何物でもないだろ?」

「なるほど……言われてみれば、僕もなんとなくそのことは気づいていたような気がします……。でも、最近は石膏像はあんまり試験に出ないですよね?」

「油絵科はそうだね。『芸術がどうの』とあまりうるさく言わないデザイン科や日本画科の方が、むしろ石膏デッサンの出題を固定化してるような。……これにもなかなかややこしい話があってね。ノミヤマギョウジ（のちに野見山暁治と判明）って芸大の油画科の先生が、70年代の半ばに、それまでずっと続いていた石膏デッサンの出題をやめさせたんだ。その前から美大生は世界的潮流に合わせて、抽象画や前衛的なものを描きたがってた。あと、美大にも学生運動があってね。一般大学に比べればショボかったんだろうけど。そこでカリキュラムの自由化を訴えたりして、それはある程度通って、美大内で石膏デッサンという課題は減りつつあった——という前提があってのことなんだけど」

「なるほどー」

「まあ、ここまでは簡単だ。このあとが俄然ややこしくなる。突然試験で石膏デッサンやめて、空想画みたいなもんを描かせたから、まずは混乱が起きた。それは創造的で面白いことだっただろうから、その年はいい。でもね、数年したら美術予備校が、その新しい出題の傾向と対策を練って、うまく対応しちゃったんだ。ますます大手予備校の方が合格に有利になるという事態が起きた。また石膏デッサン一辺倒とどっこいどっこいの——つまらない——創造的でない世界に戻ってしまった。それで野見山先生は『自分の入試改革は失敗だった。もう自分のやり方は引き継がないでくれ』って言い残して、教育の一線から退いたらしい」

「なんかそのノミヤマって人、西部劇みたいにかっこいいですね……」

「うん、でも話はまだ続く。その野見山イズムは、彼の遺言を無視して、捨て去られなかったんだ。その後も芸大は、予備校の予想の裏をかくような新奇な出題を続けた。たまにオーソドックスな石膏デッサンを出すようなフェイントもかましてね。予備校も負けじと、芸大が次出しそうな課題を広範囲で予測して、万全を期して試験に臨む。もうこうなると芸大と予備校のイタチごっこさ。と同時に、芸大と予備校は裏で通じてる共犯同士——グルでもあって。そして現在に至る……これが今君が属している〈日本の美大受験ワールド〉。世界から見たら、奇妙な掟のある辺鄙な村みたいなもんさ」

「なんだか……」

僕はかなり感動していた。

「目から鱗が落ちたというか……ずっとモヤモヤしてたものがスッキリと晴れた気がします！」

「それは良かった。ベラベラしゃべった甲斐があったよ」

＊

「新奇な出題といえばさあ……」

　高村が口を開いた。

「今年の芸大の出題、『自由に描きなさい』ってのも、それに当たるよなあ。素直っちゃ素直な出題なんだけど、『そんな素直な出題出ないだろ』ってみんな油断してたって意味では、やっぱり予備校は裏をかかれたっていうか」

「それに関しては最近ちょっとした裏話を聞いたよ……」

　関氏はニヤリという表情になった。

「あの問題を考えたのはサトウイチロウ（のちに佐藤一郎と判明）って若い助教授なんだけど、その佐藤って人は、さっき話した学生運動の頃、学生代表としてカリキュラムの自由化を訴える要望書を大学に提出した張本人なんだ。それを受け取ったのが他ならぬ野見山暁治で、なんでかっていうと、他の保守的な教授たちはみんな逃げて、学生に向き合わなかったからだそうだ。でもこの佐藤って人は、今では芸大の油画技法・材料研究室ってところで、４００年前の古典技法を地道に教えてて、ある意味誰よりも保守的なんだよ。美術における一種の転向とも言えるかな。いやまあ……因縁は不思議な感じで巡りめぐるな――と思ってね」

「あの出題で混乱した人ってけっこういたみたいですね。僕の周りでは、さっきの熊澤さんもそうだし、コイツもそうなんです」

高村に肩を叩かれて、僕は何か言うしかなかった。

「自由って言葉に過剰に反応してしまって……いや、僕がバカだっただけなんです……」

「でもおかしくないすか。人生の進路が決まるシビアな試験のくせに、そんな……幼稚園児にノビノビ絵を描かせましょうみたいな……そういうフリだけするって」

「自由か。確かに難しいよ、自由って言葉は。試験問題として難しいって意味を超えて、芸術家として――人間として、最大の難問だよ、自由っていうテーマは」

それから関氏は、たぶん一つの例え話として『読売アンデパンダン展』の話をしてくれた。

もともと年に一度、アマチュア画家たちに発表の機会を与えようと、無審査で誰でも展示できる穏やかな催しとして始まった。それが60年代になり、自由な表現を求める若い前衛芸術家たちによって占拠されていった。競うように過激な表現がエスカレートしてゆき、逮捕者まで出て、とうとう主催者が音を上げて15年の歴史に幕を降ろした、伝説的な展覧会。

「あんなに面白くならなければ長続きしただろうけど、語り草にもならなかった。読売アンデパンダン展がずっと続いていたら良かったのか、悪かったのか、考えてみるのは面白い。それは芸術にとって自由とは何かを考えるヒントになるからね」

「自由を野放しにしたらメチャクチャになるってことっすか？」

「そうだなあ……」

高村の質問に関氏は直接答えなかった。

「自由は、それを追い求めている時にだけ現れる逃げ水――蜃気楼みたいなものかもしれないなあ。到達できない永遠の理想というか。だからと言って、虚しくて無意味というわけではない。必ず必要なものだ。そこらへんが難しい理由かな。あるいはこういう話もある。さっきからあっちの席で話題になっている、ヨーゼフ・ボイスだけれど……」

それから関氏は、ボイスがドイツの美大で教授だった時、すべての入学希望者を試験なしで入学させると宣言して、大学側と揉めに揉め、裁判にまで発展した話をした。

「ボイスは抵抗したけれど、結局は大学から解雇された。ボイスは敗北したといえば敗北した——実際の社会的には。しかし負けることで勝つ、みたいなこともある。そこらへんはあっちの人だから、磔（はりつけ）になって死んで、また復活したキリストの投影があるのかもしれないけどね。で、教授を辞めて自分たちで作ったのが、その名も自由国際大学っていうんだ」

「それはちょっと聞いたことがありますが……」

僕は一度なにかの話のおりに、小早川からその名称を聞いたことがあった。

「実際どんな大学なんでしょうか？」

「うん、なんというかな……まずは普通の意味で、それは学校ではない。校舎もないし、先生もいない。みんなが平等な立場で、様々な場所で、来るべき理想の社会について議論する——その枠組みを提示しているだけと言っても過言ではない。だから大学と名乗っているのは、嘘ついて騙そうってわけじゃないけど……純粋な理念みたいなものなんだ。つまり理想という蜃気楼としての自由……ボイスはそれに満足していなかっただろうけど、実際はそういう形でしか実現できなかったんだろう」

「はあ、なるほど……」

僕は話の半分も理解できてなかったが、なんとか食いついていきたかった。

「美術っていうと、僕なんかは相変わらず絵とか彫刻ってイメージが捨てきれないんですが、最近はそういう……社会について議論する――みたいなことまで含めるようになった――ってことでしょうか？」

「そういうふうに拡張していこうというのが、ボイスなんかの考え方だね。ただこれには、ボイス以前の歴史的推移とか必然ってものがある。ボイスがまったく一人で勝手に言い出しただけなら、それはキチガイの戯言(ざれごと)で、誰も相手にしないだろう」

「やっぱり歴史が大切なんですね」

関氏は苦笑いと照れ笑いの中間のような笑い方をした。

「別に僕は歴史家じゃないから、そんなに詳しいわけじゃない。ただ自分がものを作る時に、自分なりに確信をもって作りたいから、それまでの世界史的ないきさつをざっくりと把握しておきたいと思うだけさ……」

そう前置きを入れてから、関氏はとうとうと語り始めた。

「美術に限らず音楽でも文学でも、文化というものは、常にその時代の社会構造につき従う形で変化してきた。それが激動のフランス革命の頃に――民主主義が胎動し始めた時だね――時代とぴったりと寄りそって一緒に走り始めた。その頃からそれらが、はっきりと〈芸術〉という名前で呼ばれるようになった。そして芸術は、もはや時代に従ってゆくものではなく、自らが時代をリードするのが役目なんだという意識を持つようになる。それが19世紀のヨーロッパで起きたことさ」

まるで歴史の講義だったが、感情の籠った話し口なので僕は引きこまれた。

「その歴史の必然的な延長線上に、ボイスはいる。しかし日本は、その19世紀の半ばすぎによ うやく開国して、西洋から学び始めた。だから急いでコピーしようとしたんだけれど、表面的にしかコピーできなかった。大切な根本の精神はコピーできなかった。その齟齬は今でも、芸術以外の領域——例えば政治とか、市民意識とか——いたるところでも見られる…………」

なおも関氏は熱心に語り続け、僕も負けじと熱心に質問をし続けた。高村はさすがに真面目すぎる話題に飽きたようで、とうにアリアスと軽い話に興じていたが。

日本語の芸術や美術と、英語のＡＲＴの、語源やニュアンスの違いについて。さらには近代美術と現代美術の時代的な境界線について。そもそも僕は当時、現代美術という言い回しに馴染みがなかったので、その言葉に対する違和感を伝えた。

「前衛美術っていうのは、なんとなくわかります。それまでの芸術や社会常識に対して反抗的で、破壊的で……なんなら嫌われてもいいっていう覚悟みたいなものが感じられます。でも現代美術なんて言われたら、輪郭がボヤーッと広がって、イメージがうまくつかめません。現代って言ったら、なんだってそうなっちゃうじゃないですか……日展だってイラストだって、現代に描かれたものに変わりないんだから……」

「うーん……」

関氏は少し困った顔になった。

「君のその直感には何かあるかもしれない。だから大切にして、忘れない方がいいだろう。ただ現代美術と翻訳された元である、英語のコンテンポラリー・アートという概念は、すでにあちらで確固として確立している。そのことは認識しておいた方がいいと思う」

「そういうのって誰が決めるんですか?」

「いい質問だね。それはね……ズバリ、評論家だよ。そのご先祖は18世紀後半フランスのディドロっていう人——さっき言ったフランス革命前夜に活躍した文化人さ。あとは美術館の人や、美術史家というのもいるけど……まあそこらへんは仲間みたいなものだね。要するに言葉の人ってこと。彼らが命名したり、分類したり、取捨選択したりするんだ。そうやって近代美術や現代美術という枠組みは、ぼんやりと形づくられてきた」

「じゃあ、あそこにいる……」

僕はテーブルの遠くの方を、飲んでいるコップを使って指した。

「そう……蓮沼さんもその一人だね。比喩的にいえば日本支部の偉い方の人といえるだろう。そしてやっぱり、本部はあっちにある。悲しく感じるかもしれないが、それが現実さ。昔はパリにあったけど、第二次世界大戦後はニューヨークに移った——本当はもっと複雑な綱引きがあるけど、簡単にいえばね。その中にいる人たちにもパワーの差があって、つねに激しい交代劇を繰り返している。そうやってちょっとずつ顔ぶれをリフレッシュさせながら、総体として現代美術という業界はゆっくりと前進している」

「なんだか、作り手そっちのけの組織みたいにも聞こえますが……」

「まあね。ただし、イニシアチブはこちらが握っているんだ」

「……？」

僕がその外来語を知らないことに関氏は気づいた。

「つまり……最初にアーティストが何か新しいものを作って、仕掛けなければ、彼らは何もやることがないってことさ。なぜなら彼らはそれに、後付け的に言葉や理論を与える仕事だから。いつでもそうだった――キュービズムでもポップアートでも、まずは恐れ知らずのアーティストが、評論家なんてそっちのけで勝手に始めたものだから」

「じゃあ、持ちつ持たれつの関係ってことですね」

「そういうこと」

「うーん……でも何か……」

僕は釈然としないものを感じながら、それを言葉に表せなかった。

「君の気持ちはだいたいわかっているつもりだ。現代美術――何か怪しげな業界だって思ってるんだろ？――裸の王様みたいな世界だって。僕だって丸ごと信じてるわけじゃないさ。ただ一般的に言っても、あるシステムに自分が不本意な形で飲み込まれないためには、そのシステムのメカニズムを隅々まで知ることが重要だと、僕は考えているんだ」

僕は関氏を『どこまで頭のいい人なんだ』と感心する一方、これからの美術はここまで言葉や思考に重きを置かなければならないのかと、少し憂鬱な気持ちになったのも事実だった。

僕らが評論家や蓮沼氏の話をしていることが、それとなく聞こえたのかもしれない――遠くの席にいた当の蓮沼氏が、空のコップを片手に僕らの席まで来た。

「ちょっと失敬……」

と言うので、僕は慌てて関氏との間に一人分の席を作った。アリアスがまたお愛想たっぷりのお酌をし、一通り挨拶のような言葉を交わしたあと、蓮沼氏は関氏に少し声を抑えて言った。

「実は今日は関くんに大切な話があってね。こんなところで言うのもなんなんだが……」

蓮沼氏はさらに声をひそめた。

「近藤さんが近くにいると話しづらくてね。なんせ近藤さん、今日はあの調子だから……」

見ると近藤氏は相変わらず学生に対して説教を続けているようだった。いつの間にかそちらに移動していた馬場氏まで、近藤氏に加勢しているようだった。二人の言葉責めにあって、一人の学生など――酒のせいかもしれないが――すっかり下を向いて死んだようにうなだれていた。

「関くんが多摩美で助手をやる期間は、たしか今年度までだったよね？」

「はい」

「ふむ。で、これはとりあえず打診ということなんだが……」

蓮沼氏は近藤氏の方をチラリと見て、聞かれていないか再確認した。

「もし、来年からドイツに二年間行けるとしたら、行くことは可能かな？　そして、行く気はあるかな?」

「なるほど……具体的にはどういったお話でしょうか?」

「給費制……つまりドイツ政府がお金出してくれる〇〇〇〇という留学制度があってね。知ってるかな?」

「はい、聞いたことはあります」

「ふむ。私はそこに誰か適した若手作家を推薦するように頼まれていてね。それであれこれ考えていたんだが……今日会って、やっぱり関くんこそふさわしいんじゃないかと思ったんだ。興味はあるかな?」

「はい、とてもあります。ドイツには半年くらい滞在しましたが、もっとここにいて、いろいろ吸収したいと思いながら、後ろ髪引かれる思いで立ち去った国ですから」

「なるほど。確かに関くんの作風から考えて、ドイツとは相性がいいはずだ。では早速あちらに言って、資料を送らせよう。詳しい話は、それを読んでもらってからということで。他にも推薦人がいるようだから、これで本決まりということではないが……まあ私が推薦した人は十中八九決まると思う」

「わかりました、検討させてもらいます。ありがとうございます」

さっき美術界における評論家の特別な力の話を聞いたばかりだったので、その実際の行使の現場を見る思いがして、僕はあっけに取られ、そして少しニヤついてしまったのだと思う。蓮沼氏は今度は、たぶん主に僕に向かって言った。

「君たち、今の話はまだ内緒だからね。くれぐれも口外しないように。それと――」

蓮沼氏は誰かを探すようにテーブルを眺め回した。

「さっきここにいた大男が癒着とかなんとか言っていたが、そういうことじゃないんだ。ちゃんといい仕事をしていれば、しかるべき道が開かれる、ということにすぎない。私だって変なヤツを推薦したりしたら、すぐに自分自身の信用が崩れるからね。そこは公平にして厳格に選んでいるつもりだ。関くんがドイツに行けば、多くのことをとても能動的に学ぶだろう――しかしそれだけじゃない。例えば近い将来ドクメンタに選ばれたりしても、そういう国際舞台に臆することなく、十分にその才能を発揮してくれるだろう。そういう将来も見越した上での推薦なんだ」

関氏はと見ると、こんな時多くの日本人がやるような謙遜の素振りは見せず、なにか固い決意を嚙みしめるような表情をしていた。つくづく関氏は心が強い人で、実際に海外で成功するのはこういう人なんだろう――と思った。

＊

熊澤さんを医務室に運んだラガーマンが帰ってきた。熊澤さんの容態は「すぐに意識が戻って、それからたくさん水を飲まされて、またおとなしく寝た」「医務室の先生は、症状は軽い方で心配ないと言ってた」「たぶんほとんど何も覚えてないだろう」とのことだった。

それを確認して、関氏は蓮沼氏とともに元の席に戻っていった。それから僕らはまたなんやかんやとお喋りを再開していた。

出入り口のビニールシートがめくられ、冷気とともに数人の新しい客が入ってきた。僕は特に注目していなかったのだけれど、そのうちの一人が「あー、みんな知ってるー！」と大きな声を出すので、それで入ってきたのがカマキリ女と気がついた。

「小早川くんのお友達だー、おっ久しぶりー！」

去年千美の芸術学科に同じ一浪として在籍していて、たしか芸大に合格したと聞いていた女性。芸術学というのは、油絵など実技系が多い美大の中で、数少ない座学系の学科で、「ゲーガク」と称されていた。入試では共通一次試験の点数が重要視され、さらに二次試験では芸術に関する小論文が出題される——つまり、美大には珍しく〈お勉強ができる科〉だった。

美術予備校と美大が形作っている世間はとても狭い。こういうところで彼女と再会するのはさほど偶然でもなかった。

「アタシしばらくこっちに座っちゃおっかなー」

と連れたちに言い置いて、カマキリ女は図々しく僕らの狭い席に割り込んできた。すでに上機嫌に酔っているらしく、僕らは気圧されるがままに席を無理やり作った。

これが唐突な乱入に感じられたのは、この場にいる誰も、彼女とさして仲良くはなかったからだ。小早川といっしょにいるところはよく見かけたが、誰もちゃんとしゃべったことがない。だから誰も本名を知らなかった。

「あのさあ、カマキリ……さんさあ」

高村が探るように口火を切った。

「ごめんね、オレら誰もキミの本名知らなくて」

「いいよー、みんなアタシのことカマキリ女って呼んでたんでしょー、知ってるよー、懐かしいー、カマキリ女ってアダ名けっこう気に入ってたんだよねー、男を頭からムシャムシャ食うみたいでよくなーい？　ハハハ」

久しぶりにカマキリ女の声を聞いたが、相変わらず特徴的な、どこか人をイライラさせるような喋り方だった。フニャフニャしてるのに早口で、人を小馬鹿にしたような響きがあった。

カマキリ女というアダ名はかなり直接的な形態描写だった。面長で顎が尖っているところがもともとカマキリっぽかったのだが、さらに左右が尖って赤い縁という、かなり個性的なメガネをトレードマーク的にかけていた。本人としてはカマキリではなく、昔ながらに○○女史と呼ばれたかったのではないだろうか。

「わかった、じゃあお言葉に甘えてカマキリ女さんって呼ばせてもらうけどさ。さっきもみんなで話してたんだけど……小早川って最近どうしてんのよ？」

「あー彼、ぜんぜん学校に来てないみたいねー、このまま退学か休学すんじゃなーい？」

「やっぱそうなのかよ！」

高村は飲み干したコップをテーブルに大袈裟な仕草で叩きつけた。

「噂で聞いてた通りだけど……なあ、どう思うよ二朗？」

「どうって……」

急に話を振られて困った。

「小早川らしいといえば小早川らしいし……まあ、しょうがないんじゃないかなあ……」

「そうやってオマエはいっつも小早川の肩を持つからなあ。オレはぜったい許さないね。芸大にトップ合格しといて、すぐに来なくなるってなんなんだよ。そんでもって退学だあ？　人をバカにするのもいい加減にしろってんだよ！」

小早川がトップ合格だったらしいという噂は、どこまで本当かわからないが、千美では有名だった。

「じゃあ最初っから芸大受けんじゃねえっつーの。ただの見栄かよ。有名なオヤジへの当てつけかなんかか。迷惑だろ。他に入りたい奴はゴマンといて、そして入るべき二朗みたいな奴がいるってゆうのに」

そんなふうに持ち上げられると、こちらとしては「いやいや、実力の差で、当然の結果だよ……」と打ち消すしかない。

「でもまあさあー、小早川くんのデッサン力が超人的だったことは認めざるを得ないよねー」

とアリアスが言うと、高村は苦々しくつぶやいた。

「けっ……マシンか……」

アダ名というほど頻繁ではなかったが、小早川はデッサン・マシン、あるいは単にマシンと呼ばれていた。これは前の年のある日、長谷川さんが指導中に発した言葉に由来していた。

美術予備校の指導ではしばしば、講師は描いている最中の生徒をイスから立たせ、代わりに自分がそこに座る。そうして描かれているモチーフやモデルと目の前の描きかけの絵を見比べ、形などの間違いを指摘する。場合によっては講師がそこに加筆する。特に未熟な初心者にはこの手の指導が多く入るし、熟練者はこれをやられると屈辱と感じ、傷つくこともある。これは文章における添削みたいなもので、標準的な指導法だった。

その日、長谷川さんは小早川の席にしばらく座っていたが、立ち上がって言った。

「いやー参った。完全に合ってるわ……」

普段は少しガヤガヤしていても、講師が指導に回っている時のアトリエは静まり返っているので、その声はアトリエの隅々までよく聞こえた。

「お前はとんだデッサン・マシンだな」

広いアトリエを数クラスで分けて使っていて、出題はクラスごとに違っているのが常だった。その時の長谷川クラスのデッサンのモチーフは、高さを変えて置いた数体の石膏像に、大小様々な四角いフレームを組み合わせた静物。静物デッサンとして空間が複雑な上に、石膏デッサンとしても正確に描かねばならない、最も難易度の高いタイプの出題だった。

「小早川のデッサンって、結局測量みたいだったよな——三角測量とか言ったっけ？　ああいう世界」

高村が言った。

「ああ……それはわかる気がする」

僕にも思い当たることがあった。

「一度小早川がデッサンを描き始めたばかりの時に、講師みたいにイスに座らせてもらったことがあるんだよね。今考えると図々しいけど、あの頃は恐れ知らずの田舎者だったから。それで驚いたんだよね、自分と描き方がまったく違うから。根本的な考え方が違うっていうか。それは言われてみれば測量って感じだったかもしれない。アナログとデジタルの違い——とも思ったけど」

「座標軸みたいに点を決めてくんだよな」

「そう、僕らはどうしたって形のラインを描き写そうとするじゃない。素直に……っていうと語弊があるけど」

「いやわかるよ。原始人だって漫画家だって、まずは輪郭線を引くよ。それが昔っから変わらない素直な絵の描き方ってもんでしょ」

「うん、でもそうすると正確にはならない。人間だから思い込みとかあって、必ず誤差が生まれる。だからもう一本線を引いて直そうとする。それでもダメで、もう一本って……」

「そうやって絵は味わいが深くなってくる」

「でも言い方変えれば、汚くなっていくわけで」

「そうゆうのが小早川にはなかった」

「最初からミスのない、きれいな絵だったね」

「汗ひとつかかない感じのな。あんなん絵じゃねえよ。自動制御のロボットがやる製図だろ」

「確かに味わいとか感動とか、そういうものが不思議なくらいなかった。ただただ『すごい！』と打ちのめされるような……」

「本当は絵なんか好きじゃないんだよ、アイツは。――ていう以前にさあ……」

ここで高村の目がギラリと光った。

「人間が好きじゃないんだよ」

確かに穿った意見だったが、僕はそのまま同意するわけにもいかなかった。

「うん、まあねえ。でもそういうこと、小早川自身が誰よりもわかってた気もするんだよねえ……」

「ふん、持てる者の悩みってかあ……ますます気に食わねえなあ……」

そんな感じでしばらく、小早川の欠席裁判は続いた。断罪する検察側は高村だったので、勢い僕は小早川を弁護する立場になりがちだった。だからといって、僕が小早川をちゃんと理解できているわけではなかったのだけれど。

＊

小早川と最後に会ったのは一学期の最後、7月の初旬だった。千美で毎年恒例らしい「合格者デモンストレーション」というものに、小早川は呼ばれて来たのだった。要するに学期末のコンクールに今年の芸大合格者が来て、浪人生と同じ課題を描く——というものだった。わずか一日、6時間で油絵を描くという、スピード勝負のコンクールだった。

コンクールが始まる前に、小早川と少し話す機会があった。僕は疑問に思っていたことがあったので、ストレートに訊いてみた。

「なんとなく、小早川は千美からこういう依頼が来ても、断る気がしてたんだけど。もしかして渡辺さんが断ったから、仕方なく来た？」

前年度、千美油絵科の芸大に対する成績は振るわず、芸大に合格したのは、小早川と五浪の渡辺さんの二人だけだった。

渡辺さんはいわば伝説の人だった。「上手いんだけど本番に弱くて、なかなか受からない五浪生が、実は千美にはいる」という噂だけを聞き、参考作品で画風は知っていたけれど、姿はずっと見えない人だった。それが入試直前にフラリと現れた。アトリエの片隅で何やらゴソゴソやり始めたので、僕ら一浪生たちは好奇心いっぱいの目で遠くから観察したものだった。どうやら固まって開けにくくなった絵具のチューブの蓋を、ライターで炙っているようだった。熱で油成分が緩み、固くなった蓋が開けやすくなるのだ。あとで聞いた話では、前年の芸大試験以来、画材道具には一切触れてなかったらしい。そんな風に、ほぼ一年間絵を描かず、バイトなどをやって過ごし、試験会場で一年ぶりに絵を描いて芸大に合格する多浪生は、ごくたまにいるようだった。

「いや、渡辺さんのところに話は来なかったんじゃないかな。僕が断れば渡辺さんのところに話は行っただろうけど。……さて、なんで僕は来たのかな。長谷川さんにしつこく頼まれたこともあるけど……」

小早川はアトリエを眺め回しながら言った。

「最後にここでもう一回絵を描きたくなったのかな」

「ふーん……」

この時僕は『小早川にもそんな予備校を懐かしむような普通の気持ちがあるんだ』くらいにしか思ってなかった。しかしそれは少し違っていた。

コンクールが終わった。『小早川が来ている』『いっしょに同じモチーフを描いている』という意識は、いやが上にも自分を鼓舞するものがあった。短時間のコンクールということもあり、僕は怒濤のような描きこみをし、その甲斐あって成績は1位だった。もちろんデモンストレーターである小早川の絵は採点されなかったが、講評会の時には参考作品として、壁の棚ではなく、特別な感じでイーゼルに立てかけられていた。

小早川の絵は見事なまでに手抜きの絵だった——しかしそれは〈良い意味で〉ではあった。キャンバスには呆れるほどたくさんの余白が残されたままだった。絵具と筆致は、これ以下だったら絵として成り立たないぎりぎりの量に抑えられていた。ぱっと見は途中でやめた描きかけの絵——しかしよく見ると、研ぎ澄まされた緊張感がそこには漲(みなぎ)っていた。間を大切にする水墨画のような——今思えば、重要文化財に指定されている宮本武蔵の『枯木鳴鵙図(こぼくめいげき ず)』のような——美学があった。

受験に通用する絵ではまったくなかった。しかし前年度に小早川が描いたどの受験絵画より、明らかにそれは〈良い絵〉だった。僕は新鮮な驚きとともに、深い敗北感も味わった。

講師たちは講評会で盛んに、僕ら二人の絵画性の対比を語った。確かに僕らの絵の対照性は誰の目にも明らかだった。僕の絵は死に物狂いで手を動かす「熱い足し算」で、小早川の絵は落ち着いて考えられた「クールな引き算」だった。ロマンチストのクロさんは僕らのことを永遠のライバルと称し、「こういう出会いは芸術家をやっていく上で、一生の宝物になるものだ」とまで感動的に語った。

講評会が終わると、皆がいっせいに筆を洗う。蛇口が四つ並んだステンレスの流しはすぐに順番待ちとなる。その日僕は混雑を避け、上の階の日本画科の流しを使った。この少しルール違反な穴場を知る者は少ないのだが、そこに小早川が来た。

しばらく並んで無言で筆を洗ったが、僕が先に口を開いた。

「今回の小早川の絵……まさに〈絵心〉だったね……」

一年と三ヶ月前、小早川に「絵心くん」と初めて呼びかけられた時も、場所は流しだった。

「そうかい？　二朗にそう言ってもらえたら、そりゃ嬉しいよ。今日は二朗がいたから、ああいう絵を描いたんだ。わかるだろ？」

「それはなんとなく……」

やや沈黙があってから、小早川が言った。

「僕の絵の道具、全部オマエにやるよ」

「え……？」

「これでもう絵に思い残すことはないからさ」

「それって……絵はやめて、立体とか、映像とか、そういうのやるって話？」

あの当時、絵画ではない表現を在学中から模索し始める油絵科の学生は、さほど珍しい存在ではなかった。

「さあ、どうかな……」

横をちらりと見ると、小早川は珍しく気弱そうな表情をしていた。

「正直言って自分でもまだよくわからないんだ……はぁ……」

その溜息は意外と深かった。小早川の悩みがポーズだけではないことは、それとなく伝わってきた。

小早川は口調を軽いものに変えて言った。

「ただとにかく、絵を描かないことだけは決めたんで、道具、受け取ってくれないかな。特にオマエは消耗が激しいんだから、筆も絵具もいくらあっても足りないくらいだろ？」

小早川が持っている筆も絵具も、みな高級なものばかりであることは知っていた。現に今隣で洗っているのは、さっきの絵でひときわシャープな長い線を引いていた、コリンスキー（イタチの一種）の毛を使った、外国製の高級水彩筆で、一万円近くする。油絵用の筆も、留め具が真鍮で柄が深緑色のナムラ社製で、これも豚毛筆にしては高い。そして何よりも高いのは、柄が黒い漆塗りの日本画用刷毛——幅が広いものは数万円もする……。

「オマエが受け取ってくれないなら、ただ捨てるだけなんだけど」

世界堂の、柄が白木のままの廉価品10本セットの筆なんかをまとめ買いする僕とは、まさに身分が違う感じだ。正直言って、喉から手が出るほど欲しい。なので正直に言うことにした。

「じゃあ、遠慮なくいただくよ。でも、筆とか必要になったらすぐ返すから」

「いいよ。どうせオマエが使ったら、すぐにボロボロになるんだから——」

小早川は顎で流しの奥を示した。

「その筆圧で」

そこにあるのは、石鹸をつけて毛先を手の平にグリグリと押し付けて洗い、あとは水でゆすげばよい状態の筆の束だった。どれももともと強い豚毛であるにもかかわらず、毛先はボロボロで、柄には絵具が分厚くこびり付いたまま固まっている。『たった1日でよくこんなに使ったもんだ』と自分で呆れるくらい、その日使った筆の数は多かった。

一方の小早川がその日に使った筆は僕の4分の1程度、10本にも満たなかった。どの筆先も柄も新品同様の輝きを保っていた。

「二朗に使われた方がこいつらも嬉しいだろう」

小早川は石鹸による洗いを早々に終え、次のステップに移っていた。それをぼんやり見ている僕に気づいて、小早川は言った。

「もうリンスなんてやんなくていいからな。早くこいつらを使い潰してやってくれよ」

筆を丁寧に扱う者は、人間の髪用のリンスで最後の仕上げを行う。同じ動物の毛だから保湿に良いと言われていたが、僕は面倒くさくてとてもする気にはなれなかった。

高級品を惜しげもなく与える、この譲渡の感覚――何か覚えがあると思ったら、去年の秋の佐知子だった。

＊

「というわけで、最近小早川の画材一式をもらったんだ。すごく助かって、嬉しいけど……なんだか形見分けって感じで、複雑な気分なんだよね」

「ふーん。小早川くん、これからどーすんだろうね？」

アリアスの声はさほど心配してる風でもなかったが。

「絵は描かないとしても、いつかは何かやるんじゃないかなあ。その何かが何か――僕には想像もつかないけど。難しそうな本いっぱい読んで、いろいろ考えてるようだったし……」

「アレか、ニューアカってヤツか――」

高村は相変わらず厳しい検察官だった。

「あんなもんカッコつけてるだけだろ。ああゆうのを読んでたら女にモテるっていう」

「チッチッチッ」

カマキリ女は突き立てた人指し指を車のワイパーみたいに小さく動かした。

「キミとは根本的に本を読む動機が違うんだなあー」

「オレはそもそも本なんか読まねえよ、読むのは漫画って決めてっから。漫画の方がよっぽど面白くてためになるっつーの」

「まあキミはそれでいいよ、そうやってお気楽な美大ライフをエンジョイしてれば、それはそれで社会に需要のある仕事が見つかるかもしれないしね。でも小早川くんはキミのいるようなポジションには、行きたくても行けないわけ。わかるでしょ？　スーパーお坊ちゃんだってこと」

「あーあー知ってるさ。父ちゃんは最近どっか砂漠の国に変な形の空港作ったんだろ？　そんで信濃町のすごい豪邸に住んでて」

「そこ、あたしサッチンと遊びに行ったことあるー。すっごいオシャレな家だったー」

「僕も一回行ったけど、あれは豪邸っていうのかな――」

僕のような田舎者が豪邸というと、広いお庭といかめしい鬼瓦がある堂々たる日本家屋が想像されたからだ。

「とにかく見たことないタイプの家だった。なんにもない箱みたいな家で……正直言って『よくこんなところで生活できるな』って思ったよ」

「そうそう、庶民感覚が欠落してんだよ。前から思ってんだけど、なんで建築家ってあんなに偉そうなんだ？　基本家建てる仕事なんだから、大工の仲間だろ――」

高村はわざと下卑た態度で、テーブルに肘を突いて頭を斜めに支えた。

「ていうのはこの間さあ、特別講義で有名な建築家が多摩美に来たんだよ。友達が有名って言うから、ミーハー心で聞きに行ったわけ。オレ有名人には弱いから。そしたら社会とか人類の歴史とかの話ばっかりして、しまいになんかフランスの思想家の言葉を読み上げちゃったりして、『それ家建てることとなんの関係があんだよ!』って、早々に寝ちゃったよ」

「あー馬の耳に念仏ってやつねー」

「うるせえカマキリ。ま、ともかく、オレはつくづく建築家って人種とウマが合わないってわかったわけ。そしてなんでオレが小早川を毛嫌いしてるかも、わかったのよ。ホント、基礎科に高二の途中から入ってきた時から、一目見て『なんだこの鼻持ちならねえヤツは』って思ったからな。はー建築家のサラブレッドとはねえー、我ながらいい勘してたぜ」

「小早川くんはそれだけじゃないんだなー」

癖なのか、カマキリ女はまた指ワイパーをやった。

「ウチの女子校は麻布とよく合コンしてたから、小早川くんの噂はちょくちょく聞いてたんだよね。アンタたち知ってる? 小早川くん、麻布で数学の成績、常にトップだったんだよ。つまりフツーにしてたら東大の理Iとか楽々入れたわけー」

僕らは顔を見合わせた。そしてその結論を高村が代表して答えた。

「いや、そこまではオレら知らなかったけど……」

「それがねー、高二の半ばに数学の先生とケンカして、突然美術に進路変えたんだって。そのケンカっていうのが、なんか高度な数学の問題に関したことらしくって、麻布の優等生たちの誰も理解できなかったって話よー」

　この頃の僕は、東京に名門私立中高一貫校というものがあることはなんとなく知り始めたが、リアルに想像することはできなかった。

「アタシとか高村みたいにお勉強が完全にパーな連中と、そんな数学がどうのって言ってる人が、同じとこでいっしょに絵を描いてたなんて、美術系ってつくづくヘンなとこよねえ」

　アリアスがまた自嘲してみせた。

「やっぱりお父さんとの確執があんのかなあ。あのまま素直に東大行ってた方が良かったのかもねー。美大にしても、芸学とか建築とかあるのに、よりにもよって油だもんねえ……」

　芸大入試で、学科試験である共通一次の点数がどれほど勘案されるのか、公表されてはいなかった。しかし少なくとも油画科は、まったく勘案されないとまことしやかに噂されていたので、いずれにせよ高い学力が必要でないことだけは確かだった。

「バカな油で悪かったな。ま、カマキリさんのおっしゃる通りだけど」

「とにかく、サラブレッドもプレッシャーがいろいろあって楽じゃないってことよ。アタシなんか平凡な会社員の家で良かったって思うわー」

　カマキリ女は子供の頃からきっちりお勉強ができて、それで良い進学校に進めたタイプなんだろうと想像された——小学校の図書室の貸出しカードがすぐに埋まって更新するタイプ。

　去年予備校では、カマキリ女と小早川が二人きりでいるところを目撃することが多かった。

それは春から――つまり小早川が佐知子と付き合っているとされている時からそうだった。そしてそれは、なんとも言いがたい思いを僕らに抱かせた。

おそらく小早川は油絵科の学生とつるむことを避けていた。せいぜい佐知子と、そして僕と言葉を交わすくらいだった。それに比べてカマキリ女とは、休み時間や放課後、気安く長話に興じているようだった。

「どうせ進学校出身同士だから気が合うんだろ。オレらとは階層が違うんだよ……けっ」

そんな言い方で高村は僕に事情を説明してくれた。

「ひょっとするとアイツら、もう付き合ってるんじゃないか?」

そうも高村は言った。確かに一緒にいる時間の長さだけ見れば、そう考えた方が自然ではあった。ただし高村も本気ではなく、半信半疑のまま言っていた。

第一に、佐知子がいる。そして――この先は説明しにくいことだが――カマキリ女には何か女性としての魅力が決定的に欠落していた。容姿の良し悪しとはまた別の問題だった。「放っオーラに女性成分がまったく含まれていない」という、直感のようなものだった。それが小早川とカマキリ女の恋愛を想像することを阻んでいた。

それで結局高村は「アイツらのことはよーわからん。怖い怖い。ほっとこ……」というところに落ちついた。

「そういえば小早川くん、昔からナイーブなとこもあったよねえ……」

とアリアスが言った。

「ああ……マシンの歯車が一つズレるだけで、全体が動かなくなっちゃうようなところな。精密すぎるところがかえって致命的ってやつ？」

「特にあれのことだよね？　入試直前に予備校に来なくなった……」

「そう、あれにはみんな驚いてたよねえ。なにより講師たちが慌てふためいてたっていうか。だってフツーに考えて、千美で一番芸大に受かる可能性が高かったわけじゃない。その小早川くんが直前で予備校来なくなるんだからねえ」

「ああ、あん時の講師の慌てっぷりはあさましかった。特にハセヤン。アレだろ？　自分のクラスからの芸大合格者数で給料が決まるって噂だったよな」

「ボーナスが出るんじゃなかったっけ？」

「あの時は僕も驚いたけど、今は遅ればせながら、自分なりにあの時の小早川の気持ちがわかるようになったよ。今予備校を休んでいるのも、結局スランプだからね」

「ていうか、小早川をスランプに陥らせた直接の原因は二朗だろ」

「え……どういうこと？」

「オマエ、去年の秋からぐんぐん調子上げてきて、年末のコンクールで例の傑作描いて、小早川を抜いて1位になったじゃん。どう見てもあの時からだよ、小早川の調子が狂ったのは」

「あー、アタシもそう思う」

正直に言うと、僕も薄々そう思っていた——つまりこの時はとっさにしらばっくれたのだ。

僕は去年の春から夏にかけては、受験的な絵の描き方になかなか馴染めず、苦戦していた。自分のもともとの田舎っぽい、愚鈍なタッチと、シャープさが求められる受験絵画との折り合いがなかなかつけられなかった。

それが秋のあたりから、うまく融合させる方法を自分なりに発見し始めた。それはコンクールの結果にも現れて順位を上げ、ついに年末のコンクールでは、ほとんど常勝だった小早川を抜いて1位になった。その絵は大袈裟な言い方を好むクロさんから〈10年に一度の傑作〉とまで絶賛された。

確かにそのあと、小早川の調子はおかしくなった。無駄がなく効率性がとても高いから、絵がだいたい出来上がるのが早く、余った最後の時間で際限ないほどの細部の描き込みをするのが、小早川の他の追随を許さない強みだった。その小早川が絵を完成させず、途中で帰るようになった。

しまいには、少し描き出しただけでやめてしまった。その描き出しも、以前のような生気がなく、なぜやめてしまったかこちらにも伝わるようなものになった。典型的なスランプに見えた。そして予備校にまったく来なくなった。

僕が信濃町の小早川の家を訪ねたのは、そのあとだった。

美大の受験シーズンが本格的に近づき、予備校では様々なプリントが配られた。溜まったそれらを小早川の家に届ける係で、僕を指名したのは小早川だった。寒い日曜の正午、僕は佐知子に書いてもらった地図をたよりに、そのコンクリートの箱みたいな家にたどり着いた。

両親は不在らしく、中は静まりかえっていた。玄関までセントラル・ヒーティングで温められていることにまずは驚いたが、それより驚いたのは、小ぶりだが三木富雄の〈耳〉の金属オブジェが飾ってあることだった。通された二階の小早川の部屋には作り付けの白い本棚があって、本がきれいに整頓されて収められていた――なによりもその印象が強かった。

読書家とは思っていたが、ここまでとは思っていなかった。『美術手帖』や『ユリイカ』や『WAVE』といった知っている雑誌もあったが、大半は知らないハードカバーの単行本だった。洋書もたくさんあったが、それらはさすがに画集や写真集の類のようだった。

渡したプリントのほとんどは、小早川には不要な初歩的な内容だったので、その話はすぐに終わった。それから当然のこととして、最近の様子を心配そうに訊いてみた。小早川は
「予備校にはちょっと疲れたからね。受験までゆっくり骨を休めておこうと思ってさ」

とケロリと答えるので、もうそれ以上訊くことはなかった。僕は予備校の中で小早川とかなり仲が良くなった方だという自覚はあったが、それでも決してリラックスして話せる相手ではなかった。

僕はすぐに所在なくなり、再び本棚の方をぼんやりと眺めた。

「すごい本だね……」

「全部読んだってわけじゃないさ。飾ってるだけの本もあってね」

「ちょっと見ていい？」

「どうぞ」

まずは近づいて背表紙の文字を流すように読んだ。最近翻訳された海外の思想書が多い気がした。科学や数学やコンピューターに関する本も少なからずあるようだった。覚えているところでは「フラクタル」や「サイバネティックス」だが、とにかくこの時初めて目にする、意味の見当もつかないカタカナ用語に溢れていた。

気になった本を引き抜いては、パラパラとページをめくってみた。どれも活字がぎっしり詰まっていて、当たり前だが挿絵も会話文もなかった。なんとなくタイトルに惹かれて引き抜いた何冊目かの本に、小早川は反応した。

「それは面白いよ」

E・M・シオラン著『生誕の災厄』とあった。

「これはどんな本なの?」

「簡単にいえば、この世になんか生まれて来なければ良かったって書いてある本だよ」

「え、本当に?」

「本当だよ。だってタイトルの通りだろ?」

「でも……真面目な本なんでしょ?」

「ああ、大真面目な哲学の本だね」

僕は適当にページを開いては、そこにある文字列をぼんやりと眺めてみた。確かに不安や絶望や呪詛といった不吉な言葉たちが、すぐに目に飛びこんできた。

「その本は短い文章の寄せ集めだから、すごく読みやすいよ」

確かにその通りで、それから小一時間ほど、僕はその本をパラパラめくり、時々短い断章をつまみ読みしながら、時々小早川と言葉を交わした。お互い沈黙している時間の方が長かった。その頃僕も佐知子のことで思い悩むことがあったので、口数が少なくなりがちだったのだ。

「それはもう読んだからあげるよ。二朗にとって意義のある本かどうかはわからないけど」

実はこの本は今も手元にある。ページを開くことはもうほとんどないが、青春の形見として本棚の片隅に鎮座している。

「なんで人は絵なんて描いたりするのかな」

そんなことを小早川は言った。

「オヤジも今までにない新しい建築を必死に考えたりしてさ。今もどっかの国の建築予定地を視察中らしいけど、全部バカバカしいよ。もう人類は何も作る必要なんてないんじゃないかな」

僕はすぐに賛同も反論もできず、しばらく無言で小早川の言葉の真意を探っていた。小早川はさらに言葉を重ねた。

「僕らには……いや、それはさすがに言いすぎか……少なくとも僕には、主題が与えられていないんだ」

「与えられていないって、誰から……？」

「時代、かな」

「そう言われたら、僕だって主題なんて持っている自信はないよ。佐渡では持っていた気もするけど、それも気のせいだったのかもしれないし……」

人類なんて大きなものまで持ち出す、この時の小早川の虚無感とは別物だろうが、この頃、僕も僕なりに虚しさに囚われていた。予備校で必死になって絵を描く意義を完全に見失っていた。それで一ヶ月以上予備校を休んでいた。

小早川のように突然無断欠席を始める度胸はないので、ある週の土曜日に「来週からしばらく休ませてください」と講師たちに申し出た。

長谷川さんは渋い顔をしたが、クロさんは「いいだろう、少し頭を冷やしてこい」と言ってくれた。

部屋に籠るのはよけい辛いと思ったし、親から仕送りをもらっている罪悪感もあり、何かアルバイトをすることは決めていた。分厚い情報誌から、いつでも辞められる日払い制のアルバイトを探し、「大手スーパーの流通センターにおける軽作業」というものに決めた。郊外にある呆れるほど巨大な倉庫の裏で、ぐしゃぐしゃに置かれた牛乳や飲料や酒類を詰め込むための空のプラスチックケースを、メーカーごとに分類し、決められた高さまで積み上げるのが主な仕事だった。

特にきつくもなく、やり甲斐もなく、だから時給もさして高くない、典型的なルーティン・ワークだった。いっしょに働くのは、南米からの出稼ぎの人たちが多かった。その中に日系の人が何人か混じっていて、おそらくその人たちのツテで集まってきたのだろう。日系の人は顔は日本人でも、日本語はちょっとしか通じなかった。

現場で指示を出すアルバイト長みたいな年長の人がいて、一度飲みに誘われた。僕が美大を目指している浪人生だと言うと、興味を示してくれたようで「やっぱり富士山とか描くの？」とか「ヌードモデルってホントにアソコも隠さないのか⁉」という、よくある質問を安居酒屋で受けた。

「しかし絵を売って食っていくのも大変だろう。若いうちに何か電気とか水道とか……とにかく資格を取っておいた方がいいぞ」

というアドバイスももらった。そしてお会計をする少し手前で「実はオレはこういうのに関わってるんだ……」と言って、成田空港反対集会のチラシをもらった。僕があまり興味を示さなかったからか、その話は長く続かなかったが、二度目の飲みの誘いはなかった。

僕は〈淘汰の圧力〉というものをじわじわと感じ始めていた。

絵描き、美術家、芸術家、表現者……それらは確かに虚業みたいなものだ。なりたい者全員がなれるような、雇用先がいつでも安定してある職業じゃない。それどころか、空いているイスが果たしてあるのかどうかもわからない状態でやる、世にも過酷なイス取りゲームなのかもしれない。膨大な脱落者が生まれるのは必然で、美大受験という、かなり手前の関門で早くもつまずいている自分は、さしずめその第一陣候補ということになるのだろう——そんなことを日々考えずにはおれなかった。

どだい佐渡の農家の息子が、たまたま版画で賞をもらったくらいで、中央の美術の世界に行けると夢見たのが間違いだったのか。『短かったけど、いい夢さ見せてもらった』と、大人しく佐渡に帰るべきなのか。それとも名もなき労働者として、東京というコンクリートジャングルの片隅で、こうして細々と生きていくのがお似合いなのか……。


最後にカマキリ女から少し気になる話を聞いた。

「でも最近の小早川くんは、アタシにもちょっとわかんなくなってんのよねー」

「なに、どういうこと?」

結局高村は、カマキリ女と意気投合したみたいな口ぶりになっていた。

「なんかわかんないけどさあ、ヨガのセミナーとかに参加してるみたいなんだよねー」

「ヨガって、あの健康にいい、インドの体操みたいなやつ? 確かにアイツらしくはないけど……」

「まあそうなんだけど、そういうのともちょっと違う感じなのよねー。とにかくヨガ〈も〉やってる、なんかの団体に所属したみたいで、そのチラシを手渡されたんだけど、内容が『意識を変革しよう』とか『現代文明を疑え』とか書いてあって、おまけにその団体のマークが象が笑ってるみたいな気持ち悪いやつで……要するに怪しい新興宗教めいてんのよー」

「宗教ー? あんな信心深さから一番遠そうな奴がー?」

「でしょー。そんでもって、そのチラシを渡す時の表情が、なんか柔らかくなってんの。うっすら笑みなんか浮かべちゃって。アタシ驚いて『小早川くん、なんかあったの?』って訊いたら、『合宿セミナーに参加して僕は生まれ変わったんだ。キミにもぜひお勧めするよ』ってさあ……」

「あー、なんか聞いたことある。人格を改造するやつ」

「それそれ。小早川くんにあった、ほら――人を見下すような表情が消えて、代りにすんごい柔らかい表情になっててー」

「うわー、それはそれで怖ェー」

そんな話を聞きながら、僕は小早川の現在の心境を想像してみようと努めた。わかるような気もしたし、やっぱり僕にはうかがい知れない心の領域が、その奥に暗く広がっている気もした。

＊

『ねこや』の最後の方は混沌だった。

もちろんアルコールのせいだ。人々の会話や移動も活発になったし、僕の脳味噌もとろけてきた。もはや時間軸的に正確には記せない。

とにかく馬場氏の狼藉ぶりが目立ってきた。

さっきまで近藤氏といっしょに（しかしあきらかに『アナタ誰？』と思われつつ）学生に説教していた馬場氏は、いつの間にか関氏と蓮沼氏のところに来て、二人に何やら絡んでいた。

「なーにがインスタレーションだ。絵で勝負しろ！」

そんなセリフが聞こえたので、だいたい話の内容は想像できた。

「蓮沼さーん、この関って男はですねえ……昔はそれはそれはいい味わいの絵を描いてたんですよ……。誰よりも下手で、不器用だったけど――それでも頑張って描いてて……。オレは悔しいんだ……。誰も関の本当の良さをわかっていない――本人さえも！」

馬場氏がそんなことを言ってから、ヨタヨタした足取りで外のトイレに立った隙に、蓮沼氏は関氏に言った。

「あの馬場って男も困ったもんだな。いや、面白い男とは思ってるんだよ。ただ、酒が入るとあれだからねえ」

「すみません、悪気があるわけじゃないんです――憎めないヤツというか」

「わかってる、関くんが謝ることはないさ。彼とは予備校がいっしょだったんだっけ？」

「18からですから、かれこれ13年の付き合いです。典型的な腐れ縁ってやつですね」

「キミがぜひにというから、この間銀座の彼の個展に行ってきたよ」

「あ、案内状をお渡ししましたね。行ってくださったんですか。ありがとうございます！」

「まあ、あそこら辺は毎週10軒以上は見て回るからね」

「で――どうでした？」

「うーん――見どころはあると思ったよ。タブローとして堅牢というか。ただ……」

「ただ？」

「やっぱり古いかなあ。あと、テーマが個人的すぎると僕には感じられたな。横顔の女性像――いわゆるプロフィールをたくさん並べていたが。空想画のようでもあるが、特定のモデルがいるようでもあり……」

「さすが蓮沼先生、鋭いですね。アイツ、数年前に何やら手痛い失恋をしたらしく、あのシリーズはその時の相手を追憶で描いてるんです。写真は一枚も持ってないので、記憶だけを頼りに――本人がそう言ってました」

「ファム・ファタール、運命の女か……」

　蓮沼氏は苦笑した。

「なるほど、やっぱり古い。19世紀だ。技法も何やら古そうだったが……」

「古典技法ですね。テンペラと油彩の混合技法と言ってました。美大には行ってないので、全部独学です。翻訳されたあちらの技法書を読んで勉強したとか。絵具は全部自家製で、顔料を大理石の板の上に載せて、瑪瑙の棒で最上級のポピーオイルと長時間練るんだとか自慢してました。絵具の質には並々ならぬ自信があるようです」

「ああ、日本の美術界にはそういう一派がいるね。やたら凝り性な。芸大と武蔵美の油絵科にそういうセクションがあったっけ。絵具が上等なのはけっこうなことだが、作品の内容が時代の要請から外れたら、せっかくの絵具が無駄死にになると思うんだがね……」

「ははは、蓮沼先生は手厳しい。……馬場は今でこそああいう繊細なタッチの具象やってますけど、前は違って、クールに計算された抽象を試してた時期もあったんです。そのまた前——美大を受験してた頃は、逆にすごく力強い、のびのびとしたタッチで。僕が予備校でいっしょだった十代の頃、アイツは誰よりも絵が上手かったですね。性格もあんなんじゃなくて、もっと明るくて素直で。やっぱり六浪もしたのが堪えたのかなと、思ってしまいますね……」

「彼も30年早く生まれていれば大成できたかもしれないが……もう絵画の時代じゃないからねえ。ああいう具象画はすでにホビーの範疇だからね、世界的に」

「まあ……それはヨーロッパを回って痛感しました」

「そしてなんだね……ああいう粗忽な大男に限って、繊細なものを自作には求めるんだから、表現の世界っていうのはつくづく不思議で皮肉なもんだよ………」


気がつくと、少し離れた別のグループの席が、なにやら騒がしくなっていた。見ると人垣の向こうに裸になっているらしい男がいて、何か言っている。さらによく見ると、裸といっても大切な部分は何かで隠している様子で、女性たちが「きゃあきゃあ」とやかましい声をあげていた。

「おー、『よかちん』か！」

トイレから戻ってまた僕の隣に座っていた馬場氏が、大声を投げかけた。

「いいじゃねえか、やれやれー！」

僕は好奇心から素直に訊いてみた。

「なんですか、その、よか、よか……？」

「おう、よかちんよ。よか──つまり九州弁で良い。そんでもってチンチン……要するに良いチンチンってことよ。グッド・ペニス。わかる？　美大に昔っから伝わる宴会芸よ。オマエも見ておいた方がいい、おいっ、見に行くぞ！」

馬場氏は立ち上がり、僕の脇に手をかけて強引に立ち上がらせた。そして座っていたビールケースを荒々しく倒し、僕の二の腕を強く握ったまま、ヨロヨロした足取りで歩き出した。いかにも最終段階の酔っ払いだったが、この店のみんなも似たようなものだったから、さほど悪目立ちはしていなかっただろう。

「ひと〜つ！」

人垣に無理やり割り込むと、全裸の男が長い前口上を終え、大きな第一声とともに、そのよかちんとやらいう宴会芸を、今まさに始めるところだった。

「よかちん、なんじゃ〜らほい！」

なによりもその裸の──いや、裸以上に恥ずかしい──若い男の愚かな姿に目を奪われた。一升瓶の細い口の方を股間に挟み、両手で大袈裟に手拍子を打っている。男根の勃起を模倣して上を向かせた、その大きな瓶を落とさないように、腰はつねに低くキープされている。陰毛の生え際は見えているが、男根と睾丸は瓶で押さえつけられ後ろの方を向いていて、一応見えない──隠している体裁だった。

一升瓶で巨根を象徴する、そのベタで間抜けな笑いのセンスは、まさに小学校のころ流行ったドリフターズの志村けんや、漫画『がきデカ』のお下劣なギャグそのものだった。

「ひねれば……ひねれば……」

裸の男は一升瓶に両手を添え、とても太い雑巾を絞るような仕草をした。

「ひねればひねるほど〜……よかちんちん！」

すると見物人のほぼ全員が手拍子を打ちながら、裸の男といっせいに唱和した。

「は〜〜っあ、よかよか、よかちんちん！」

いかにも昔の村祭りで歌われそうな、田舎っぽい節回しだった。わざとおどけてかっこ悪い己の姿を晒す、ひょっとこ踊りを連想させるような。

「二〜つ、よかちん、なんじゃ〜らほい！」

裸の男は今度は、一升瓶の先（実際は底）のあたりを手で軽くタッチした。

「触れれば……あっ」

敏感な先端に触れるたびに感じるコミカルな演技が加わり、女子たちは弾けんばかりに笑った。

「触れれば……あっ……触れるほど〜あっ……あっ……、よかちんちん！」

そしてまた全員による「は〜〜っあ、よかよか、よかちんちん！」という唱和。

要するに数え歌というやつだ。男性のチンチンに何かをすればするほど、どんどん良いチンチンになっていく——というバカバカしい歌が十番まで続くことは、だいたい予想できた。

「三つ」は「見れば」で、裸の男は一升瓶の男根を舐めまわすように、ほれぼれと見つめた。「四つ」の「よじれば」の途中あたりだったと思うが、さっきまで隣でひときわ大きな手拍子と荒々しい歌声で参加していた馬場氏に、変化があった。いっしょに歌わないので不審に思い横を見ると、何やらカチャカチャとベルトを外し始めている。そしてズボンを下ろし、いっしょに靴も乱暴に脱ぎ捨て、パンツも下ろし……すっかり下半身裸になってしまった。僕は馬場氏のさほど大きくない包茎のチンチンを見てしまったが、周りの盛り上がりの中で、それに気づいている人はまだ少なかった。

手近に一升瓶は見当たらず、馬場氏はそこらのテーブルにあったビール瓶で代用した。しかしまだ中身がたくさん入っていたので、ビールがドバドバとこぼれて地面で泡立った。それに気づいた周りの女子たちが「きゃあ」と言って飛びのいたので、馬場氏の周りには空間ができて、自然と注目を浴びる形になった。

「おう、次は五つからか、いっしょにやろうぜ！」

ビール瓶は小さすぎて馬場氏の隠すべき場所が隠しきれてなかったこともあり、この突然の闖入（ちんにゅう）者に露骨な不審感や嫌悪感を示す女子も少なくなかったが、泥酔した本人はまったく意に介す様子もなかった。

「わ……わかりました、先輩。いっしょにやりましょう！」

まだせいぜい二年生くらいに見える一升瓶の男は、根っから明るい体育会系のようで、ちょっと戸惑いながらも、馬場氏の申し出に素直に応じた。

「それが先輩じゃねえんだよ。六浪もするとよォ、美大行かなくたってよかちんくらい覚えちまうんだよ！」

「な、なるほどー」

一升瓶男は苦笑いするしかなかった。

「でも人生の先輩のようですし。ぜひごいっしょに！」

そうして演者二人による、「五つ」からの数え歌が再開した。馬場氏の声はつねに一升瓶男の倍は大きく、またテンポが緩慢で、ねちっこかった。

「いじれば……、いじれば……」

という見せどころでは、さらに

「いじれば……、いじれば……、いじればいじればいじればいじるほど！」

といった具合にしつこく引っ張り、またビール瓶をいじる手つきもやたらとオーバーアクションだった。おそらく馬場氏はこの若いスポーツマンがやるよかちんの爽やかさとスピーディーさに不満があり、自ら恃むベテランの鈍重さを見本演技として示したくなり、居ても立ってもいられなくなったのだろう。

「六つ」の「剝けば」の過剰な熱演を終えた後に、馬場氏は元いた自分たちのテーブルに向かって叫んだ。

「おい関、お前もやれよ！　だいたいお前がオレに教えてくれたんだろうが！」

馬場氏の乱入によって、当初のよかちん見物人の垣根は崩れ、僕らが元いたテーブルも見物席として巻き込まれていた。テーブルの中にはいっしょに手拍子と歌で参加する者もいた。関氏は大きな声で返した。

「いやいや、さすがにもう学生の前ではやれないよ！」

「なに気取ったこと言ってんだよ！　オレの下宿で裸になってやってやってくれたじゃねえか！」

「えー、関さんってそーいう人だったんですかー！」

「やっだー！」

テーブルの女子学生たちがいっせいに黄色い声をあげた。関氏は目を強くつぶり、手を腕ごとしっかり振るジェスチャーで、その場の冗談である同性愛疑惑をきっぱり否定してから、馬場氏に声を投げた。

「わかったわかった、歌はいっしょに歌ってやるから、続きを続けろよ！」

それからテーブル席も巻き込んだ大合唱で、「七つ」の「舐めれば」、「八つ」の「やれば」、「九つ」の「擦れば」と、下品な数え歌は続いた。馬場氏の手振りの大袈裟さとしつこさは、終盤になるほどエスカレートしていった。

最後は「十(とお)でとうとうよかちんちん、はぁ〜〜っあ、よかよか、よかちんちん！」で締めくくられたが、終わったところで馬場氏は派手に後ろにずっこけた。ビール瓶を股間に挟んだまま中腰で手拍子を打つ、無理な体勢から直ろうとした時、自分がこぼしたビールで作った地面のぬかるみに、ソックスを履いた足を滑らせたのだろう。

性器どころか、毛むくじゃらの肛門までみんなに晒す、到底大の大人とは思えない醜態だったが、本人は解放感に浸っているようで、ただ天井を見上げ豪快に笑うばかりだった。下半身むき出しで泥だらけの馬場氏を起き上がらせ、やはり泥だらけのパンツとズボンを穿くのを手伝ってやるのは、なんとなくお付きの人のように目されていた僕の役割だった。

あとで知ったことだが、よかちんは、もともと九州地方に伝わる宴会の余興芸だったものが、いつかは定かでないが遅くとも戦前、九州出身者によって東京美術学校にもたらされた——と推測されている。日本の近代美術の黎明期から共に歩み、しかし正史には決して書かれない、その恥ずべき妾の子のような存在感が、面白くなくもないと僕は今でも思っている。

このよかちん騒動で宴席はそろそろお開き、という雰囲気になった。しかしそうなってからもダラダラとした時間はしばらく続いた。

「ショートの山口さんも可愛いー！　すっごく似合ってるー！」

みんなそろそろ席を立とうかというタイミングで、カマキリ女が叫んだ。

「アタシ可愛い女の子が好きなのー。ねえ、ちょこっとだけキスしよー」

カマキリ女は目を閉じて尖らせた唇を差し出したが、お世辞にも美しくはなかった。

「ごめんなさい、あたし、そういう趣味はないので……」

佐知子は相手に失礼のないように笑顔で——しかし手でしっかりと距離を作りながら答えた。

「ホントにちょこっとだけー、ちょこっとだけでいいからー」

しつこく食いさがるカマキリ女は、どこまで本気か——つまり本当にレズビアンなのか、遊びの演技なのか――よくわからなかった。そういう頭のいい人特有のややこしさがカマキリ女にはあった。

仲間と帰りかけて佐知子の後ろに親衛隊のように立っていた田中が、生真面目に言った。

「僕らの山口さんに無礼は止めてもらえないかな」

「ちょっと無礼ってなによ、個人の自由を束縛するつもり？　そういう権利があなたにある根拠を聞かせてくださる？」

カマキリ女のインテリ風の反論に、田中は「いや権利とかそういう話ではなく……ほら……迷惑そうだからさ……」と消え入るように返すのが精一杯だった。

初対面の真面目そうな多摩美生に囲まれている、アリアスの楽しそうな声が聞こえた。

「ボイスくらいアタシだって知ってるわよ、あの年中釣りみたいな格好したオッサンでしょ！」

そして遠くでは馬場氏が、誰に言うでもなく集団全体に――もしかしたら芸祭全体に――向かって吠えていた。

「何が世界だ！　何が普遍だ！　きれいごと言ってんじゃねえ！　オレたちはこの日本という、どーしようもねえ肥溜めの蛆虫（うじむし）同士じゃねえか!!」

「おい、田中、こっち来い」

関氏が田中を呼んだ。

「展示の話、オマエから言えよ」

田中はすぐに了解したようで、高級そうなマフラーを首に巻きつけている途中の蓮沼氏に低姿勢で言った。

「あのォ……、僕たち、今回の『プロメテウス頌歌』を、美術作品としても共同制作してみたんです。彫刻棟の展示室で今日まで展示していて。インスタレーション……と呼べるかどうかわかりませんが、そういうものに初めて挑戦したので……一目見ていただけたら嬉しいのですが……」

「もっと堂々と言えよ」

関氏は田中を小突いてから、蓮沼氏に言った。

「コイツはこんな風にモジモジ言ってますが、なかなかどうしての力作になってますので、ぜひ見てやってください。帰りのタクシーはそちらまで呼びますので」

5

模擬店を出ると外は暗かった。建前としては芸術祭は終了していたので、外の照明は落とされていたのだ。しかしまだ終了した雰囲気からはほど遠く、模擬店から漏れる光をバックに、人々の黒いシルエットが行き交い、ひしめき合っていた。規則を無視した時間に突入したことが、よけいに祝祭感を盛り上げているかのようだった。

石油ストーブを焚いた模擬店内はたぶん酸欠気味だったのだろう――山の冷えこんだ空気が格別に美味かった。飲んだのはひたすらビールだったが、僕はしたたかに酔っていた。夕方までヒリヒリ感じていた疎外感は、正当な理由で解消されたわけではないが、アルコールの強引な力によってうやむやになっていた。

「みんなは彫刻棟の展示室で飲み直すみたいだけど……そっちはあとで合流してもいいから、ちょっとさ、一緒にクラブハウスに寄ってかない?」

と高村が言うので、それがどういうところか知りもしないで「どこでもいいよ、行こうか!」と応ずるほど、僕は上機嫌だった。

「ちょっと待ってて」と言い置いて、高村は人ごみをかき分け、いったんどこかに消えた。しばらくして佐知子とアリアスの手首を摑んで戻ってきた。そして僕の手首を取り、有無を言わさず佐知子と手を繋がせた。

佐知子とは四ヶ月ぶりの接触なので緊張した。嫌がってないかチラリと顔を覗くと、佐知子は微笑んで、軽くきゅっと手を握り返してきた。『ついでにこちらも』という感じで、高村はアリアスの手を握ろうとして、手の甲をペシリと叩かれる、息の合った一連の小芝居もあった。

「クラブハウスはすぐそこだから」

先導する高村とアリアスの背中をぼんやり眺めながら、僕は佐知子と手を繋いだまま暗い道を歩いた。

クラブハウスとは、要はサークルの部室が集まった建物だった。そのうちの軽音の部室に入ると、鼻毛ちょうむすびのメンバーが揃って飲んでいた。

「あら二人ともきれいというか可愛いというか……もしかして、どっちかが高村くんの彼女?」

ステージでキーボードを弾いていた女性が、いかにも姐さんといった風情で訊いてきた。高村は苦笑いしながら「いや、それは残念ながら違って……カップルはこっちっす」と言って、僕らを手で仕切ってみせた。

「じゃあお二人はカップル席ってことで」と勧められた二人用の古びたソファは、スプリングがバカになっていて、座ると妙に深くまで沈みこんだ。

高村が一通り紹介してくれた。バンドのリーダーでボーカルとリードギターのシゲさんは彫刻科。トレードマークなんだろう、ステージと同じキザなパナマ帽を被り続けていた。パーカッションのバッタさんは工芸科。こちらもステージと同じ、ラスタカラーの毛糸の帽子を被り続けていた。疎らな無精髭をボサボサに伸ばしていて、失礼ながら浮浪者を連想させた。

キーボードのシノさんはデザイン科。上品な服を着ていて、彼女に比べるとアリアスも小娘に見えるような、落ち着いた大人の雰囲気があった。

全員が四年生。同じバンドでありながら、性格や趣味嗜好が完全にバラバラに見えた。

「とにかくさあ……今話してたのは、明日で芸祭が終わるってことよ、あとたった一日で……」

シゲさんはだいぶ出来上がっていた。数種類の洋酒とジュース類がローテーブルや床に散在していて、それを自分で適当に混ぜて飲む趣向だった。

「芸祭は……まさにオレたちの青春だった……クサいこと言っちゃうけどさ。それが終わっちまうってことなんだよォ！」

「まあそうよねえ、あとは卒制やるだけだもんねえ」

シノさんが同調した。

「こーいうふうにさあ……好きなことだけして、なんとなくダラーッと生きていきたいんだよなあ……ずうっと……」

そういった意味のことを、シゲさんはその後1時間あまりの間に、言い方を変えて何度も繰り返した。よほど彼にとって大事な主張だったのだろう。

「アンタいつまでそんなバカみたいなこと言ってんの。現実を見て」

「ほら、この若い人たちの教育上、良くないから」

「みんなもこんな風になっちゃダメよー」

シノさんの口調はダメ亭主を諭すしっかり者の女房そのままで、二人が付き合ってることは――それも長い期間――高村に訊くまでもなく察せられた。

バッタさんはあまり喋らない人だったが、それは気難しさとは逆の、マイペースさゆえだった。表情はそれ以外できないいんじゃないかと疑うくらい、つねに楽しそうで――つねに眉毛の両端が下がっていた。縁側で猫と日向ぼっこしてる御隠居の風情が、まだせいぜい二十代前半にしてすでにあった。

三人はずっと他愛もない冗談まじりの話を続けていたのだろう――高村による一通りの紹介が終わると、特にこちらに気を遣うこともなく、またそれを再開させたようだった。今日の自分たちのステージがいかに最高だったかという話。ここにいない誰かが女に捨てられた話。どこかの模擬店の焼き鳥が生焼けだった話……。それぞれの話は面白く、とりわけアメ横の売り子のように声がしゃがれたシゲさんのお喋りには、どこか芸人めいた華があった。大半の話は、ここに記しておく価値のある内容ではなかったが。

「な、さっきの模擬店の雰囲気とぜんぜん違うだろ？」

高村は僕に耳打ちした。

「オレ、あの油絵科の雰囲気、苦手なんだ。いやハッキリ言って、嫌いだね。あの延々と続く不毛な議論」

確かにここは同じ美大でも、さっきとは別世界だった。さっきはシリアスなパフォーマンスをやった直後で、しかも有名な評論家が来ていたので、みんな普段より張りきって難しいことを喋ろうとしていたところはあるだろうが。高村は油絵科で感じる疎外感を、こういったサークルの別の空気を吸うことで、自ら癒していることがよくわかった。

この場の楽しくもダラダラしたお喋りの中で、一つの通奏低音みたいなものがあったとするならば、それはシゲさんの進路の悩み――その嘆き節をみんなで聞く――というものだった。

「いーよなーシノは、デザイン科で。コイツなんて内定三つも蹴ってんだぜ？　引く手あまただよな、デザイン科は――教授の推薦状さえあれば」

「なによ、就職試験イッコも受けてないアンタに言われたくないわ」

「バカヤロウ、彫刻科なんて就職活動したってろくなところに入れねえんだよ。ぜんぜん潰しが利かねえ技術だから。せいぜい造形屋だろ？　ディズニーランドのバイトは散々したけど、アレはホント体に悪いんだよ。ＦＲＰ臭いし、研磨した粉塵はどうしたって吸っちまうし。親方なんか有機溶剤で脳味噌半分溶けてっから、もう呂律(ろれつ)回んないの。悪いけどああはなりたくないって思っちゃうよ。いざとなったら溶接工って手もあるけど、それは最後の手段だな……」

シゲさんは終始こんな調子だった。バッタさんはそれをニコニコしながら聞いていて、時々短く口を挟んだ。

「だからさあ……シゲもアジアに来ればいいんだよ……本当にぜんぜんお金かからないよー」

「わかってるけどさあ、オレはバッタほどレイジーになれないんだよなあ。田舎モンだから逆に東京大好きで。やっぱＴ・Ｏ・Ｋ・Ｙ・Ｏ、トーキョーのアーバンライフをいつまでもエンジョイしてたいわけ、わかるー？」

ぱっと見にはシゲさんの方が都会的で、バッタさんの方が野生児だったが、出身地的には逆転しているようだった。

「オレはさあ……ほら……ラジオペンチ一つあれば、世界中どこだって食っていけるから……」

そう言って、バッタさんは片耳だけにプラプラ付けている、針金細工のイヤリングを嬉しそうに示した。そういうものを手作りして、旅先の路上で売ることもあるらしい。

「オマエの指先が器用なことは認めるよ。まあ、せっかく工芸科に息づいてる伝統的な匠の技を、安く叩き売ってる気もするけどなあ」

言われて気がついたが、バッタさんはさっきからずっと所在なげに何かをいじっていた。指先をよく見ると、紙屑をこよりにして何か細かいものを作っているようだった。

「何を作ってるんですか?」と訊くと「ん? ……わかんない……テキトー……」と言ってニコニコするだけだったが。一人遊びが好きな癖のある子供だっただろう、昔の姿が偲ばれた。

僕はタイミングを見計らって、どうしても気になったことを訊いてみた。

「失礼ですが……シゲさんは彫刻家になるつもりはあるんですか?」

「ドキ。鋭い質問が来たぞ!」

シゲさんは胸を刺されて痛がる人のジェスチャーをした。

「ええと……キミは浪人生だったよね。これから美大に入ろうって若者の夢を壊すのはなんだけどさ……。正直いって、オレはもう諦めモードだね——残念ながら。いや……オレだって彫刻家になりたいって大志を抱いて、広島の田舎町から上京してきたよ。だけどさあ、今どき彫刻家なんて需要ないんだってば。団体展なんてダサいところには入りたくねえし、かといっていつか西武美術館で自分の作品が並べられる気もしねえし」

「シゲちゃんけっこう良いの作るんだけどねえ。でも毎回大っきくて、重たいんだよねえ……」

シノさんがしみじみ言った。

「鉄だからな。前のは1トン近くになった」

「1トンのウニみたいなやつ……」

バッタさんが思い出し笑いをしながら言った。

「カッコよかっただろ？　トゲトゲがいっぱい飛び出しててよォ。講評会で褒めてくれた先生もけっこういたんだぜ」

「でもシゲちゃん、アレどうすんのよ。今は彫刻棟の裏の草むらに放置してるけど、いつまでもあそこってわけにもいかないでしょ」

「とりあえず実家の庭だろうなあ……トーチャンとカーチャン説得して。『このドラ息子が！東京で四年かけて鉄屑作ってきやがって！』って言われんだろうなあ……」

僕は自分が予備校で描いた絵を、佐渡の実家で見た時の奇妙な気持ちを思い出した。東京の狭いアパートは15号キャンバスで溢れかえっていたので、一浪が終わった春──失意のまま帰省する際に、そのほとんどを持って帰った。木枠から外し、重ねて丸めたキャンバスは、けっこうな重量になった。それを十畳の客間にすべて広げ、両親と眺めた時の、猛烈な違和感は忘れがたい。

田舎と都会のギャップ──過去と現在のギャップ──以上の何かがそこにはあったのだが、

それをちゃんと言葉にするのは今でも難しい。たぶんそれは芸術と一般社会の間に聳え立つ目に見えない壁の問題だからだろう。両者の最終目的の完全なすれ違いという感じもする――が、やはりうまく言えない。

高村はウキウキした調子で訊いた。

「でもシゲさん、ミュージシャンになるつもりはあるんすよね？」

「まあなあ、今んところはどっちかっつーとなあ……」

シゲさんはパナマ帽を浮かせて頭をかきむしった。

「でもそれだって狭き門ってことくらいわかってるさ。オレたち以上の実力持った――そんでもってハングリー精神持ったバンドなんて、そこらにウジャウジャいるからな。それがぜんぜんデビューできてない状況をライブハウスでしょっちゅう目の当たりにしてるわけよ。自分で言っちゃうけど、美大のバンドはどうしてもおっとりしてっからなあ……そんなのが、あの厳しい生存競争で勝ち残っていけるかっつーと……」

「音楽業界はそれはそれで厳しいよねえ。シゲちゃん顔で売れるタイプでもないし」

「彼氏がブ男で悪かったな……って、そりゃ認めるしかないけどよォ。オレだって吉川晃司か藤井郁弥くらいのルックスがありゃあ、今ごろこんな山奥のカビくせー部室で、安酒を炭酸の抜けたコーラで割って紙コップで飲んでねーよ。もっとこう、南青山のカフェバーとかで……」

「でもこっちの方が好きなんでしょ」

「そうなんだよなあ。結局芸祭が一番居心地いいんだよなあ。だから成り上がりのハングリー精神がなくなって、おっとりしちゃうわけだけど……」

「そういえばあの時はあたしたち、周りの熱気に押されっぱなしだったよね……」

「ああ、あん時なあ……」

それから鼻毛ちょうむすびが、あるレコード会社の新人発掘のためのコンクールに出場した時の話になった。「楽園へ行こう」のデモテープが幸運にも一次審査を通過し、自分たちにとっては十分どデカいホールで行われた、本選に臨んだらしい。

「とにかく……レベルが違ったな。デモテープではなんとかなっても、ライブじゃ歴然と差が出ちまう……」

自分たちはステージ上でベストを尽くした——しかし周りが凄すぎた——という話だった。優勝しないどころか、いくつかあった特別賞などにも掠らなかった。それは演奏した本人たちも納得の結果だったようだ。

「あのシゲさん……そもそも鼻毛ちょうむすびってバンド名の時点で負けてたんじゃ……」

高村は慰めのつもりで言ったのだろう。

「残念ながらそういうことじゃない。最近じゃ爆風スランプとか聖飢魔Ⅱとかふざけてるのはいくらでもいて、むしろ売れ線だろ？」

その時優勝したバンドは、コンクールが謳っていた約束通りそのレコード会社からシングルを出し、最近テレビでちらほら見かけるようになったらしい。

「アイツらみんな高卒で、さんざん苦労した末の遅咲きなんだよな。持ち歌の数もすげえ多いし。やっぱ頭上がんないよ……。ウチらは完敗だった」

「特にユウジが落ち込んじゃってねえ……」

「あ、ユウジさんって、僕が代役つとめた、元々のベースの人ね」

「ある意味アイツが一番音楽に真剣だったんだと思う。凝り性ってゆうか。だからやっぱシコックだったんだよ、上には上がいるってことが。『自分たちはしょせんお遊びだった』なんて言ってな。そんで『やっぱりオレは陶芸に専念するわ』って、一心不乱に粘土こね始めちゃってさ、菊練りってやつ！」

シゲさんは菊練りの手真似をして笑ってから、すぐにしんみりとなって言った。

「でもオレはアイツの気持ちわかるから、うまく引きとめられなかったよ……」


「オレは漫画家になりたいんすよ」

高村は言った。

「アンタそれ予備校のころから言ってるよねー」

「ああ。でも多摩美入ってから、ますます強く思うようになったさ……」

高村はアリアスに答えてから、シゲさんに向き直った。

「なんかウンザリするんすよ、油絵科。さっきの『ねこや』でもそうだけど、真面目っていうか……いや違うな……真面目ぶってるっていうか……」

「なんだよ、よくわかんねえぞ」

「あ、例えばこういうことがあるんです。油絵の筆は筆洗オイルってやつで洗いながら使うんですけど、その前後に紙でこそぐんです。昔はもっぱら新聞紙だったんだろうけど、最近は『ジャンプ』とか『マガジン』とか。吸い込みが良くてページがいっぱいあるから向いてるんです。だからアトリエの床にはよく漫画が転がってて、みんな休憩時間に読んでる――それものめり込んで、時々爆笑したりしながらですよ？　で、そういうヤツがどんな絵描いてるかって覗くと、クソ真面目な半抽象みたいなヤツ描いてるんですよ。そうゆうの見ると『カッコつけてんじゃねえよ、ホントはどっちが好きなんだよ、自分に正直になれよ』って思うわけです」

「だからって漫画みたいな絵を描いて提出するわけにもいかんだろ」

「そりゃそうです。教授なんてみんなカビの生えた爺さんばっかりなんだから、そんなもん描いたら『もう学校来るな』って言われるのが関の山ですよ。だからオレは学校ではフツーに具象画描いて、せいぜいデッサン力アップに励んでるんです――大友克洋を目指して」

「それって……誰だっけ？」

「『ＡＫＩＲＡ』ですよ、『ヤングマガジン』に連載中の」

「ああ……なんとなくわかった」

「そっかあ、シゲさんあんま漫画読まないんすね。すごいですよ、絵の上手さとか、描き込みの異常な量とか。多摩美のすべての科の教授を連れてきても、あの人に敵う人なんていないすから」

「そこまで言うか。……まあアレだ、漫画は金になるからな。金になるところには才能が集まるもんさ」

「そういう意味で、オレはゲージュツは終わってると思うんです。もう世間の誰も注目してないでしょ？　今の時代、ゲージュツやって食えるとはとても思えない。食えないとわかってんのに頑張ったり意地張ったりするの、ホントバカなんじゃないかって思う……」

そう言ってから高村は僕の方を向いた。

「あ、いや悪い、二朗はいいんだよ、熊澤さんとかも。純粋で。オレはほら、不純の塊だから……」

高村もそれなりに酔っているようだった。

「大丈夫、高村のそういうところはわかってて付き合ってるから。今もいろいろと参考にさせてもらっているよ」

「まあ高村くんは偉そうな芸術家センセイになるタイプじゃぜんぜんないもんねえ、見た目も性格も……」

とシノさん。

「ミーハーなことはわかってますってー。だからオレ、マジでどっかに漫画投稿しようと思ってるんすよー」

「それで――ちゃんと漫画描いてんのかよ」

「それはまだです。漫画描くのは中学以来ブランクがあって……」

「モタモタしてるとオレの音楽活動みたいに中途半端になっちまうぞ」

「いやいやそんな……。あ、そうだ、今度漫研――漫画研究会にも入ろうと思ってるんすよ。そこの同人誌がけっこうクオリティ高いんで、しばらくそこで腕慣らしさせてもらおっかなあって。多摩美の漫研の先輩で、最近デビューしたしりあがり寿って人がいるんですけど、すんごく面白いんすよ。『流星課長』とか笑えて泣けて、もうホント最高で！――って、みんな知らないでしょうけど、まあいつか読んでくださいよ……」

「ともかくわかったことは――高村は漫画家としてビッグになる、と――」

「そうです、『ドラゴンボール』みたいなヒットを一発飛ばして……」

「そしたら御殿が建つわね」

とアリアス。

「そこに……住みたきゃ住んでいいんだぜ」

「ふーん……」

酒で強気になってキザなセリフを決めた高村の顔をしげしげと覗き込んでから、アリアスは言った。

「ま、御殿見てから考えるわ」

シゲさんは「楽園へ行こう」の鼻歌を歌った。酔いしれていたのでひどくスローテンポで。バッタさんが手真似と「ぽん」とか「どん」とかいう声で、気だるくパーカッションの合いの手を入れた。

ひとしきり歌ったあと、シゲさんは上を見つめてつぶやいた。

「楽園か……楽園ってどこにあんだろうなあ……」

「だからここでしょ」

シノさんが言下に答えた。シゲさんは今度は床に視線を落として言った。

「確かにそうだ……芸祭……そして多摩美……」

「その楽園からあとちょっとで追放だね……」

バッタさんがニヤニヤしながら言った。

「言わないでくれ……それを言わないでくれ！」

シゲさんは両手で両目をきつく覆って、絶望のポーズをした。

「ふたりとも、こういう男に引っかかっちゃダメよー」

シノさんはアリアスと佐知子の方を向いて言った。

「えー、シゲさん、面白い人じゃないですかー」

アリアスの返答は水商売のバイトのノリそのままだったから、なんだかシノさんがバーのママさんのように見えてきてしまった。

「だから、その面白いってのが曲者なのよ。あたしもそれでコロッと騙された口だから。あなたも気をつけなさーい、悪い男がいっぱい寄ってきそうなタイプだからー。男は無口なくらいの方がいいのよ」

それから佐知子に向かって言った。

「その点あなたの彼氏は真面目そうだから大丈夫ね」

つまり僕のことだった。単純に喜べる言われ方ではないはずなのに、勘違いにも赤面してしまった。

それからしばらく女性三人は恋愛の話で盛り上がった。僕はそういう話題は照れ臭く苦手で、本当は逃げ出したかったのだが、座っている位置のため叶わなかった。

僕と佐知子はシノさんに尋問されるまま、馴れ初めである大石膏室の話から自白させられた。こうなったら仕方なく、僕らは小早川の話から、夏の初めの喧嘩の話、そして今日は四ヶ月ぶりの再会であることまで白状した——ただし誰にも言えない二人だけの秘密もあったが。

アリアスは本当か嘘か、女子美に行ってしまったばっかりの、最近の男ひでりをシノさんに訴えていた。言い寄ってくるのはハヤセンとか高村とかバイト先の客である小金持ちのおじさんとか、こちらがまったく求めていない連中ばっかりだ——と。

それらを総合的に聞いてから、シノさんは広く美大生の恋愛事情を、自分の友人知人の話も交えて話した。とりわけ僕らのパターン——予備校から付き合い始めた男女が、受験の結果によって離ればなれになることがやたらと多いと指摘し、その不幸せな例と幸せな例を併せて語った。きっと不幸せな例の方が多いはずだったが、僕らを気づかって幸せな例を強調する形で。

「とにかく頑張って彼氏くん。こんな可愛いコだときっと多摩美で誘惑が多いんだから、連絡はまめに取りなさいよ。そのためにはやっぱり部屋に電話引くべきじゃない？　そんな仙人みたいな生活してたら、現代では恋愛できないよ」

というありがたいアドバイスも頂いた。

話している途中でシゲさんがシノさんの座るソファにやってきて、おもむろに横になり、シノさんに膝枕をしてもらい始めた。シノさんはまんざらでもない様子で、シゲさんの癖のついた髪の毛を、猿がやる毛づくろいのように触り出した。目を伏せて微かな笑みを浮かべているところは、ちょっとミケランジェロの「ピエタ」の慈悲深い聖母のようでもあった。

そういう雰囲気の中で、僕は自然と隣に座る佐知子の腿に手を置いてしまった。置いてから少しまずかったかと思ったが、佐知子は何も拒まなかった。手の平にはジーンズの厚い生地越しに、えもいわれぬ肌の温もりが伝わってきた。

*

去年の秋に上野の国立西洋美術館で「ゴッホ展」が開催された。オランダのゴッホ美術館が全面的に協力し、ゴッホの代表作が数多く集まる最大規模の展覧会——という触れ込みだった。

僕はだいぶ前から期待に胸を膨らませていたので、展覧会が始まって早々の日曜日に観にいくことにした。待ち合わせの上野駅公園口に行くと、待っているのは佐知子だけだった。他の人も誘ったが断られた、とのことだった。

展覧会は期待通りの——いや期待を上回る感動だった。感動という言葉は気安く使いたくないが、その上でなお「感動した」としか言いようがないものだった。おそらく僕の今までの人生の中で、五本の指に入る展覧会体験だっただろう。

作品は制作年代順に並べられていた。最初のうちは、はっきり言って絵は下手なのだ。生きることが不器用なように、絵も不器用——それがゴッホのベースであることはよくわかった。しかしその絵の不器用が不器用のまま、まったく価値観が違う、別のステージに上がってゆく。どんどん上がっていって、人類がそれまで見たこともないような、美しく硬い結晶になってゆく。我々観衆はその奇跡を目撃するのだ。

僕は古本屋で買った古い岩波文庫の『ゴッホの手紙』を、それこそ擦り切れるほど繰り返し読んでいた。まだアパートに本が数冊しかなかった時代だから、自分のバイブルと喩えても誇張ではなかっただろう。だから展示されているそれぞれの絵にダイレクトに感情移入できた。絵を鑑賞しているというより、描いているゴッホと自分が同一化してゆくような——ゴッホに乗り移られ、乗っ取られるような感覚——。

展示の後半になるに従い、絵画内の世界が研ぎ澄まされてゆく。それが狂気なのか、死の予感なのか——それはわからない。平衡感覚が失われ、脳髄の奥がクラクラしてくる。

そして最後の絵があり、突然すべてが終わる。

凄まじい絵であり、凄まじい人生であった。

茫然としたまま美術館を出た。しばらくは佐知子と言葉を交わすことも忘れていた。

我に返って「さて……これからどうしようか……」とつぶやくと、佐知子は「二朗くんのアパートに行ってみたい」と言ってきた。

「例の木版画が部屋にあるんでしょ。高村くんから聞いたよ。すごい迫力なんだって？　見てみたーい！」

確かに僕の部屋の片隅には、高校時代に作った木版画が、額に入った状態でぞんざいに立てかけてあった。夏の初めに実家から送ってもらったもので、最近部屋に遊びに来た高村はそれを見ていた。

「本当に汚い部屋だけど、それで良ければ……」

突然の展開に戸惑ったし、嬉しくないわけはなかったが、僕は努めて平静を装って答えた。

本当に汚い部屋だった。

西荻窪駅から南東の方角へ徒歩20分。築40年というから戦後間もなくに建った、ボロボロな木造の四畳半。入るとすぐに半畳ほどの板の間があり、小さなタイル張りの流しと簡便なガスコンロがあった。鍋代わりにもなる深めのフライパンが一つ、それに一人分しかない食器類。冷蔵庫はなかった。陽がまったく当たらない一階で、いつもかすかな黒カビの臭いがした。そしてトイレは共同で、銀蝿が飛びかう汲み取り式だった。

佐知子は部屋に入るなり、そんな劣悪な環境を気にする様子もなく、真っ先に木版画に近づいた。

「すっごーい！　想像してたよりすごい！　この渋さ、なんていうか……巨匠って感じ！」

確かに渋くはあった。なにせモチーフは、前年に78歳で死んだ祖母だったから。

縁側で大量の柿を荒縄に結わえ、干し柿を作る作業をしているところを思い出して描いたものだった。縁側の向こうには猫が丸くなって昼寝している。今思えば「失われつつある古き良き日本の田舎」の典型的な図像だが、描いた当時は我が家の日常を記録しただけで、そんな〈衒(てら)い〉はなかった。

「ねえ、なんて賞とったんだっけ」

「全国高校生美術コンクールの内閣総理大臣賞」

「それって一等賞ってこと？」

「まあね」

「すっごーい！　それって芸大合格するよりすごいことじゃない！」

「いやいや、それは違う。全国の——つまり田舎の高校も含めた、美術部の部員が応募するようなやつで、東京の美大受験とはまったく別の世界なんだよ。賞をとるのはこういう田舎っぽい素朴なのが多くて。時代遅れのカッコ悪い世界っていうか……」

「うーん……」

「『日展』とか日曜画家の延長って言えばいいのかな……あれの高校生版。地方にはそういうのしかないんだよ」

　佐渡は木版画が盛んだった。高橋信一という佐渡では有名な木版画家の情熱的な活動によって、農閑期の農家の人などアマチュアが木版画を作るようになる佐渡版画村運動というものが、僕が子供のころに興った。その成果として去年とうとう佐渡版画村美術館というものまでオープンした。僕の高校の美術の先生はその高橋氏の薫陶を直接受けた人なので、僕も自然と美術部で木版画を作るようになったのだ。

近所のスーパーで買ってきたお惣菜をつまみながら、缶ビールを飲んだ。まだ残暑が厳しい日で、日が暮れても部屋の中は蒸し蒸ししていた。

「この版画って、ゴッホの初期の絵に似てるよね？」

「いやいや。そう言ってもらえたら嬉しいけど、そんな大層なもんじゃないよ。ただまあ……不器用なところはちょっと似てるのかもしれない」

部屋には他に話題になる目ぼしいものもなかったので、ビールを飲みながらも、目の前の木版画の話が続き、それに昼間見たゴッホ展の話が絡んだ。

「二朗くんもゴッホも、どこからこんなパワーが溢れてくるんだろうって思うよ」

「まあ……すごく集中したのは確かだけど。佐渡なんて自然以外に遊び場所がないからね。夏休みに我を忘れて一気に彫り上げたっけ……」

確かに今自分で見てみても、絵に勢いはあった――稚拙ではあるけれど。この半年あまりの東京暮らしと、予備校での神経の擦り切れるような訓練によって、何か大切なものを失いつつあるんじゃないか――そんな不安がどこかにあった。そんな折りに、全国を巡回していた展覧会からこの絵が戻ってきたと母親から手紙が来たので、こちらに送ってもらったのだ。まだ東京の手垢の付かない頃――自分の原点を確認したくなって。

「ゴッホって……農家の出身だっけ？」

「いや、父親は牧師だった。そしてゴッホも、貧しい農夫や炭鉱夫に寄りそう、田舎の牧師になりたかったんだよね。でも性格が激しすぎてなれなかった。だからゴッホの絵っていうのは、そういうなりたかった牧師の仕事の代わりみたいなものなんだと思う」

「真面目すぎるくらい真面目な性格であることは、今日たくさん絵を見てなんとなく伝わってきたけど」

「僕は『ゴッホの手紙』って本を読んでたから、ゴッホの人格はだいたい自分なりにわかってたつもりなんだ」

そして僕はその本の説明をした。この世でほぼ唯一のゴッホの理解者で、生涯にわたってお金を援助してくれた、弟のテオに宛てた膨大な手紙を主に編集した本。これらの手紙が残っていたお陰で、ゴッホという人物の内面が明らかになり、死後の爆発的な評価の高まりに一役買ったとも言われている。

その上中下三巻に分かれた古びた文庫本は、昨晩も眠る前に読み返したから、敷きっぱなしの煎餅布団の枕元に散らばったままだった。僕らはそちらに移動して本を拾い上げ、適当にページをめくった。

所々に自分で引いた赤鉛筆の線があるのが恥ずかしかった。佐知子は目ぼしいところを見つけると、声に出して長々と読み始めた。その感情をこめた朗読を褒めると「子供のころ放送委員だったから」とのことだった。

「なんか、どれもすごくリアル……」

いくつかの手紙を読んだあとに佐知子は言った。

「そうなんだよ。口調というか文体というか、独特の臨場感があるんだよね。まるでゴッホが生きてそこに立ってるみたいな。これをあらかじめ読んでたから、今日も会場で絵を見ながら、何度かそんな感覚に襲われたよ」

そして佐知子の迫真的な朗読によって、この部屋にもゴッホの魂が招き寄せられたような気がしていた。

「『君の結婚がうまくいったらお母さんはさぞ喜ぶことだろう、それに健康のためにも仕事のためにも独身でいては駄目だ。僕は——結婚したいとも子供をほしいとも思わなくなったが、それにそんな風には全然考えもしないのに、それでも三十五にもなってこんな有様なのが時には憂鬱だ。』」

佐知子は中巻の初めの方のページを読み上げた。

「ああ……そこは弟のテオに結婚の話が持ち上がった頃の手紙だろうね。たしかゴッホはその数年前に、子持ちの娼婦と結婚するつもりで同棲したんだけど、結局破局を迎えたんだよね。他にも何度か求愛しては断られるってことがあったと思う」

「そっかあ、ゴッホも恋とかしてたんだ。展覧会見た感じだと真面目一筋って気がしたけど」

それからまた朗読を続けた。

「『だから、絵との悪縁がときどきいやになる。リシュパンがどこかでこんなことを言っていた。

「芸術愛は真の愛情を失わせる。」

まったくその通りにちがいはないが、その反対に、ほんとの愛情は芸術をきらうのだ。もう年とって疵(きず)ついてしまったと思うときもあるが、絵に熱中できないほどの情欲はまだもっている。』」

佐知子は本から顔を上げて言った。

「情欲って……」

「うん、まあ……そういうことだろうね。ゴッホはけっこう恋多き男だったのかもしれない」

「二朗くんはどうなの？」

「え……」

「芸術への愛で、他のことは興味なし？」

「いや……」

気まずいとも違う沈黙がしばらく続いたあと、どちらからともなく、僕らは自然にキスをした。佐知子はそうではないだろうが、僕は生まれて初めてのことなので、そのあまりに自然な入り方に自分で内心驚いていた。

それから——長い時間の紆余曲折があったが——やはり不可逆的に——僕らはセックスをした。

しかし詳述は勘弁願いたい。ただ、今でも言葉で再現することが耐えがたい恥辱であるような、恐るべき不手際の連続だったことだけを書くに留めておきたい。

行為の最中はお互いにほとんど無言だったと記憶する。しかし僕の頭の中では様々な言葉が入り乱れていた。中でも最も頭を占めていたのは、小早川のことだった。しかしせっかくの〈流れ〉を止めそうで、その名前は口に出せなかった。


その名前を僕が口にできたのは、すべてが済んでから、お互い裸で仰向けになり、呆然と天井を見上げている時だった。

「小早川くんを……」

「裏切ってしまった……」

少し間を置いて佐知子は答えた。

「大丈夫。もうずっと相手にしてもらってないから」

その声には軽い笑いが含まれていた。

「そういう真面目なところが好き」

そう言って、佐知子は僕の汗ばんだ首筋に再びキスをした。

翌月曜日、僕は悲壮な覚悟で千美に向かった。

小早川に殺されても仕方ない。……まあ、それはないだろうが、殴られても仕方ない。いや、それもなさそうだが……もっと精神的な殺され方をするんじゃないか……だとしても仕方ない──そんな覚悟だった。

しかし小早川は千美にいなかった。普段から小早川はカリキュラム次第で、半週や丸々一週間サボることがあった。しかしタイミングがタイミングなだけに不安や疑心暗鬼が募り、午前中、僕は絵を描くことにほとんど集中できなかった。


「ちょっとお茶しないか?」

もうすぐ昼休みという時に、突然後ろから肩を叩かれ、僕は心臓が止まる思いがした──その妙に涼しげな声で、小早川とすぐにわかったから。意を決して振り向くと、予想外に隣に佐知子もいて、二人とも普段と変わらないにこやかな表情をしていた。僕はどんな顔をしたらいいかわからなかった──だからきっと引き攣った曖昧な笑顔になっていたのだろう。

連れていかれた近所の喫茶店のイスに座るなり、僕はテーブルに手を突いて謝った。

「ごめん!」

「え、何が?」

下を向いていたので小早川の表情は見えなかったが、その声は本当にきょとんとしていた。

「いや、その……山口さんを……」

「だからサッチンと付き合うことになったんだろ? 素晴らしいことじゃない、相思相愛で。それに二人はすごくお似合いだと前からずっと思ってたよ」

おそるおそる顔を上げると、小早川は満面の笑みで握手の手を差し伸べていた。そこに裏の意味があるのかないのか——答えを求めてとっさに隣の佐知子を見ると『うん、うん』という合図を送ってきた。それで僕はまだ狐につままれたような気持ちのまま、小早川と握手をした。

「『おめでとう』って言うために連れてきたんだ。サッチンにはさっき言ったから、今度は二朗に言おうと思ってさ——おめでとう。でさ、こんなおめでたい日は、やっぱりケーキでお祝いしようと思って。ここのケーキはけっこう美味しいんだ、今日は僕が奢るよ」

そう言って小早川はメニューを取り上げ、ウェイトレスを呼んだ。

「ここにあるケーキ、全部あります？　じゃあ全部1個ずつ。あと、ロウソクってあります？　19本。今日はコイツの誕生日なんです」

ウェイトレスが去ってから僕は言った。

「僕の誕生日はまだだいぶ先だけど……」

「いいのいいの、人生なんて毎日が誕生日みたいなもんだから。ていうか、『不思議の国のアリス』の〈なんでもない日万歳！〉だよ」

小早川は前からこんな風に、こちらにはよく意味がわからないことを、突然言う癖があった。

それから数分後、僕ら三人は上に少し垂れたロウソクを取り除きながら、七つのケーキを分け合って食べ始めた。どれも食べたことのない洗練された味だった。食べながら僕は、意味深のような——そうでもなさそうな——さっきの小早川の言葉を反芻していた。

「あ、そうだ」

小早川が言った。

「その山口さんって呼び方、もうやめなよ。みんなと一緒にサッチンって呼んでやって」

「ああ……わかった。サッチン……」

試しに呼んでみたが、まだ慣れず、心がぞわぞわした。それに気づいてか気づかずか、佐知子はテーブルの上の僕の手に自分の手を重ねてきた。

小早川は口調こそクールなままだったが、いつもより明らかに口数が多く、小早川なりにはしゃいでいるように感じられた。小早川には未練とか嫉妬といった湿っぽい人間的心理、あるいは所有という考え方がまったくないのか。それともそれらはあるのだが、抑えたり隠したりしているのか――。

僕はわからなかったし、未だにわからない。

人の心はわからない。

＊

あれが何時だったか覚えていない――というか時計なんて見ていなかった。シゲさんが腹の底から響くような声で叫んだ。

「よし！　そろそろ行くかァ、最後のロックフェス！　今夜は踊り狂うぞ!!」

〈ロックフェス〉の意味は高村が教えてくれていた。正式にはオールナイト・ロック・フェスティバルといって、体育館で朝までバンドが演奏し踊り続ける、多摩美芸術祭のなか日の夜を盛り上げる名物行事。特にこれから出てくるプロのバンドは大人気で、盛り上がること必至とのことだった。

踊りには苦手意識があるはずだった。去年の年末にアリアス行きつけのディスコに、みんなに無理やり連れて行かれ、散々な目にあったからだ。

まずはドレスコードのため小早川から借りた高そうなスーツが、自分に似合ってるとは到底思えなかった。地下のフロアに降りてみれば、ぎょっとするような大音量。人々が楽しそうに踊っているのを見れば見るほど自意識過剰に拍車がかかってゆく。結局ほとんど壁にへばり付いて、踊る人々を呆然と眺めるだけの2時間だった。手持ち無沙汰を紛らすために食べた、紙皿に取り放題のスパゲッティとピザは、具がほとんどない上に、冷えて固まっていた――そんなことばかりが記憶に残っていた。

しかしこの時は〈オールナイト〉〈ロック〉〈フェスティバル〉という、いかにも田舎者が怖気づきそうな煌びやかな単語の連なりにも、不思議と抵抗感はなかった。理由はもちろんアルコールだが、加えて佐知子とよりを戻せたと思えることが、ずいぶん気持ちを軽く、大きくしていた。

クラブハウスを出て、僕はみんなと意気揚々と歩いた。バッタさんがラッパ飲みしていたボトルが回ってきた。勢いよく飲むと喉に変な刺激があり、思わずむせてしまった。初めて飲むストレートのジンだった。二度目からは慣れて、ゴクゴクと飲んだ。飲みっぷりが気に入られたのか、バッタさんは僕と肩を組みながら歩いた。バッタさんが耳元で上機嫌で歌う歌は、音程もリズムもよくわからない上に、日本語なのか外国語なのかもわからなかった。

会場である体育館には、軽音の重鎮であるシゲさんの顔パスでタダで入れた。中は人の熱気でムンムンしていた。空気が甘く感じられたが、あれは人が吐き出す息の香りの集合体だろうか——ともあれ軽い酸欠状態だったことは間違いない。去年のディスコよりはるかに大音量だったはずだが、今度は気圧されることはなかった。どういう種類の音楽なのか僕にはよくわからなかったが、ともかく騒々しい音が高い天井にこだましていた。

人波をかきわけて進むシゲさんについて行くと、ステージに近づくに連れて周りの熱気が高まり、踊っている人が増えていった。ただ「踊り」といってもスタイルはまちまちだったが。ちゃんと素敵に踊っている人もいれば、ただ体をなんとなく揺らしているような人もいるし、演奏されている音楽よりも激しく全身を痙攣させているような人もいた。要するに去年のディスコのように、まるで事前に練習したかのような不気味な統制はなく、みんな勝手気ままに体を動かしていた。

そもそも音楽が違っていた。ディスコはいかにも「踊ってください」といわんばかりの、わかりやすくて明るい曲ばかりで、それがかえって僕を気恥ずかしい思いにさせた。しかし今バンドが演っているのは、もっと屈折した音楽だった。音質はあえて歪ませ濁らされており、激しいテンポは変則的に乱れた。がなり声のボーカルの歌詞は完全に聴き取れなかった。

つまり「これで踊れるもんなら踊ってみやがれ！」といわんばかりの音楽だった。それに対して客も「どんな音楽だって踊ってやらあ！」と応えるような踊りだった。僕はそれを健全と感じ、こういう環境なら自分も楽しく踊れそうな気がしてきた。

バッタさんは満面の笑みでぴょんぴょんと飛び跳ね始めた。演奏されている音楽のリズムとは必ずしも合っていなかったが、バッタさんとしてはそれで良いらしかった。僕も真似して飛び跳ねてみた。いっしょに飛び跳ねながら、バッタさんのアダ名の由来に気づき、その発見を伝えようとしたが、周りがうるさすぎてうまく伝わらなかった。マトモな意思の疎通なんてどうでもいい混沌とした空気が体育館全体に渦巻いていたから、僕もすぐに諦めた。

そうやって僕は演奏に合わせて適当に体を動かし始めた——それが踊りなのかなんなのか、考えるのはやめて。

アリアスは音楽に合わせて妖艶に腰をくねらせていた。しかし佐知子も負けてはいなかった。こちらはいかにも楽しそうに踊る、天真爛漫なところに特徴があった。舞踏家に「筋が良い」と言われるだけあって、おそらく佐知子は天然の踊り子を体に内蔵していた。

そうやって楽しく——というよりただ無心に——音楽に身をゆだね続けた。

どれくらいそうしていたかよくわからないが、ある時バッタさんは、持っていたジンのボトルを僕に預け、ポケットからビニール袋を取り出した。そして何やら手元でコチャコチャと作業を始めた——踊りながらだから、あまりよく見ていなかったが。

気がつくとバッタさんはタバコを吸っていた。吐き出す煙がスポットライトの逆光できれいな紫色に輝いていた。

しかし煙の匂いが普通のタバコとは違う。『何だろう、この変わった匂いは』という顔をしていたのだろう——バッタさんはニヤーッとした笑顔で言った。

「これ、バングラディシュ土産のガンジャ。やるー？」

この時ガンジャが大麻の別名であることは知らなかったが、だいたいのことは想像できた。

「これはぜんぜん大丈夫ー、すっごく軽いやつだからー」

僕の脳裏にはいろいろな芸能人が麻薬で逮捕されたニュース映像が浮かんだ——そんな通俗的な情報とイメージしか僕にはなかった。ということは、少しは理性が残っていて、法律を犯すことに躊躇はあったということだ。

しかしそのハードルは難なく踏み越えられた。理由はアルコールやこのロック・フェスティバルの雰囲気などもあるが、それよりバッタさんに対して芽生えた親しみの感情が大きかった。僕はバッタさんが差し出す、手巻きタバコのように見える〈それ〉を素直に受け取った。

ひと吸いしてみて——よくわからなかった。一瞬にしてサイケデリックな幻覚が眼前に広がるんじゃないかという、期待と不安とは裏腹に、変わった味の煙を喉の表面で感じただけで、何の変化もなかった。

バッタさんは僕から〈それ〉を取り戻し、大袈裟なジェスチャーで正しい吸い方のレクチャーをした。すなわち——すぐにスパッと煙を吐き出すのではなく、吸ったら肺の奥まで持ってゆき、しばらく滞留させる。それから深い溜息をつくように、ゆっくり鼻から吐き出す。

再び渡された〈それ〉で、僕はバッタさんの仕草を素直に模倣した。隣の佐知子にも勧めてみたら、彼女も躊躇なく吸った。

それから三人で〈それ〉を何巡か回し、短くなって持つ指先が熱くなってきたころ、耳の様子が少しおかしくなっていることに気づいた。続いて、頭の芯に鈍重な靄のようなものが漂い始めていることもわかった。

ちなみに、バッタさんの片耳にぶら下がった針金細工が象っている葉っぱの形は、なんとなくモミジと思っていたが、あとで考えてみれば明らかに大麻だった。

アリアスはさっそく4、5人の男たちに囲まれるようにナンパされていた。鋭いスポットライトが空間をかき回す中、彼女の揺れるどピンクのフェイクファーのマフラーはやけに目立っていた。それが男たちの肩によるシルエットの間で揺れながら、ステージのあるさらに前の方へ——さらに激しい踊りの渦の方に飲み込まれていった。

「アイツら、オレのアリアスを……」

というつぶやきを残して高村もあとを追い、人波にもみくちゃにされながら僕の視界から消えていった。

ますます絶好調な様子のバッタさんは、立て続けに〈それ〉を巻いては、僕らにも回した。

とにかく聴覚の変容が著しかった。音楽はステージに積み上げられたスピーカーからではなく、頭の中で直に発生しているとしか思えなかった。

スポットライトが回っているのか、自分が回っているのか、だんだんとよくわからなくなってきた。『すべてがこれでいい』という気がしてきた。『なるほど、こういうことか』と思った。

やがて激しい曲が終わり、ボーカルが上がった息を整えつつお喋りをしたあと、穏やかで甘いバラードが始まった——いわゆるチークタイムのような雰囲気になった。

それに素直に応じて、シゲさんとシノさんは型通りの——けれど本場から見たらデタラメなんだろう——チークダンスを始めた。

「なあ!」

スローな曲でも音量は大きいままだったから、二人は至近距離でも大声を出す必要があった。

「オレたち! いっそ結婚しねえか!」

一瞬冗談かと思ったが、シゲさんの表情を見ると、案外そうでもなさそうだった。

「ふーん! あたしのヒモになろうって魂胆ね! アンタはお気楽にバンドとか彫刻とかやって!」

「バレたか!」

シゲさんは苦笑いした。

「まあ! それもいいかもね!」

これがプロポーズだとしたら、なんともダルいものだったが——どうも正式に受理されたらしかった。二人は腰をぴったりと合わせたまま、アメリカのくどい娯楽映画のような、舌を絡めあう熱いディープキスをし始めた。

普段ならとても見ていられるものではなかったが、この時は呆然と二人の様子を凝視してしまった。彼らの10年後、20年後……という未来の走馬灯が勝手に頭を巡った。シゲさんが何かでビッグになっていて、シノさんがよくできた奥さんの役回りに収まっている姿も見えた。また逆に、働かないアル中のシゲさんに愛想をつかし、離婚状を叩きつける疲れきったシノさんの姿も見えた。

僕は何かいてもたってもいられない気分になって、佐知子に耳打ちした。

「ちょっと外に出ようか」

「うんっ」

佐知子は即座に弾むように答えた。

*

外の冷気は大変なものだった――たぶん。しかしそれをヤバいと思ったり、引き返そうと思ったりはしなかった。肌では確かに感じていたけれど、心ではぜんぜん感じていなかったからだ。

道々、バッタさんから手渡されたまま持っていたジンの瓶をラッパ飲みした。時々佐知子にも押しつけるように渡した。佐知子は僕のようにアルコールを自ら求めるタイプではなかったけれど、体質的には僕よりアルコールに強かったかもしれない――それなりに瓶に口をつけていた。

今ではすっかり宅地造成が進んでいるようだが、あの頃、多摩美キャンパスの裏は〈山〉だった。それも、昼間見ればつまらないスカスカの雑木林にすぎないかもしれないが、その時の主観では〈森〉に見えた。どこまでも暗く深い、畏怖と神秘の森。多摩美の敷地と森の境界は曖昧だったが、その森の方に僕らはいつともなく分け入っていった。

枯葉を踏む音が、まるで耳元で鳴っているように、大きくクリアに頭の中で響いた。それがさっき吸ったガンジャの影響であることはわかっていたが、特に奇異には感じなかった。ただ高揚感に——いや、より正確に言えば、ぼんやりとした多幸感や万能感に包まれていた。

「いつだったかの芸祭の夜にね——」

暗闇の中、足首だけで感じる勾配を登りながら佐知子が言った。

「この裏山で凍死した人がいるんだって。……ただの噂かもしれないけど」

振り返ると、多摩美の敷地の方からの光も音も、もうここには届かなかった。しかし暗黒なわけではない。上を見上げると、細かい梢のシルエットの向こうに見える空は、ぼんやりとした紫色に光っていた。橋本か八王子の街の光が低い雲に反射しているのだ。ここが大自然ではなく、せいぜい東京郊外であることを思い出させた。

「こんな日に死ぬのもいいかもしれないなあ。……いや、サッチンを道づれにするのはよくないか……」

しばらくして佐知子は——彼女も十分に酔っていたのだろう——答えた。

「あたしも死んでいいかも……こんな日に……」

僕らにこんな人生に対する投げやりな言葉を吐かせたのは、きっとさっきまで全身が包まれていた大音量の音楽のせいだ。ああいう音楽は怖い。

「無理やり言わせちゃったみたいだね……」

横を見ると、佐知子は小さく首を振っていた。

僕らは立ち止まり、キスをした。

久しぶりのキスだった。その時数えたわけではないけれど、四ヶ月以上ぶりのキスだった。いや、恥を忍んで——ここは正確に書きたい。ただのキスとしてはそうだとしても、熱いキスとしてはほぼ一年ぶりだった。そのブランクは一瞬で埋まった。僕らは激しく唇を求め合い、しだいに体も求め合うようになった。

しかし僕は酒とガンジャと音楽の余韻で意識が少し朦朧としていながらも、コンドームを持っていないことが頭をよぎらないわけにはいかなかった。

*

佐知子から「生理が来ない」と打ち明けられたのは、去年の12月半ばだった。

内心はとてもうろたえた。僕はまだそんな心の準備はぜんぜんできていないガキだったのだ。けれど、佐知子に対してそれを表に出してはいけない、とは思った。男の責任をちゃんと負い、毅然とした態度を保たなければならないと、とっさに心に誓った。

薬局で買った検査薬ではピンク色――妊娠の陽性反応が出た。しかしその検査キットの説明書には「当製品の信憑性は高くない」といったことが明記されていた。

次の日曜日を待って、二人で新大久保にある小さな産婦人科の病院に行った。まず佐知子だけが診察室に呼ばれ、20分ほど待たされてから僕も呼ばれた。

お臍のあたりを露わにした佐知子がベッドに横たわり、白髪の医師がそこにシャワーヘッドのような機械を当てていた。佐知子は僕と目を合わせて微笑んだが、少し涙ぐんでいた。

「およそ……妊娠8週目か9週目だね」

いかにも好々爺といった口調で医師は言った。

とっさに逆算して、納得せざるを得なかった。ゴッホ展を見た日――僕らの初めての夜が、ちょうど二ヶ月以上前だった。お互いに成りゆき任せだったあの夜だけ、僕らはコンドームを使わなかった。さらに、初めてのことなので僕のセックスは稚拙で、その射精はあまりに早く突発的だった。

老医師は佐知子の腹に当てた機械を少しずつ移動させながら、白黒のモニターを僕に見やすい角度に調整した。

「わかるかな？　これが胎児。今はまだ2センチちょっとくらいだね。頭がここ。手足はまだよく映らないけれど、心臓が動いているのはよく映ってる。そしてここは………」

当時の技術では超音波検査の画像はまだ粗かったのだと思う――激しい砂嵐のような走査線

の明滅の中に、まだ手足の形成もおぼつかないはずの胎児の姿を認めるのは至難の業だった。日ごろ自分で操作して見慣れている医師には視認できる胎児の部位も、なかなか説明されるようには理解できなかった。

目を凝らしてみたり、細めてみたりした。しばらくそうやっていると「あっ」と思わず声が出た。

一瞬、見えたのだ。小さな人間の姿が——。

気のせいだったのかもしれない。知識として刷り込まれた胎児の姿を、砂嵐の中に勝手に投影しただけだったのかもしれない。

だとしても、僕の脳裏にそれが強烈に焼きついたことは事実だった。その二ヶ月後、僕は芸大の実技二次試験で、その幻かもしれない胎児の姿を描いたのだから。

＊

その年——1985年度の芸大実技一次試験でのデッサンの課題は、1日目が「紙コップを持った手を描きなさい」、2日目と3日目が「布と学生監督官を描きなさい（ポーズは20分・4回・1日限り）」というものだった。

僕はその二つのデッサンを手堅く描いた。つまりモチーフを素直に、できるだけ丁寧に描いた。ともすると僕の描線は荒々しく個性的になってしまいがちだけれど、それを意図的に抑えて。それは試験前に、クロさんはじめ講師陣が共通して口酸っぱく言った、僕へのアドバイスだった。

そのお陰だと思うが、一次は無事に通過した。千美で二次試験に駒を進めたのは、僕の他には小早川や佐知子や熊澤さんなど15名くらいだった。講師たちはもう少しいるだろうと期待していたようで、落胆の色を隠さなかった。

実技一次試験の合格発表から数日後に、二日間にわたる実技二次試験〈油絵〉があった。一日6時間、計12時間の課題である。

試験会場の教室に入ると、そこにはモチーフ台もモデル台もなく、一様に低いイーゼルと低いイスが並べられているだけだった。それを見た瞬間に――前年の僕のような美大受験の実態を知らない田舎の高校生でなければ――ほぼ全員が『ああ、今年の課題はモチーフやモデルのない〈構成的な何か〉か』と悟った。

自分の受験番号のところに着席してしばらく待つと、試験監督が入室してくる。大学院生くらいに見えた。手には二つ折りにした紙を1枚持っているだけだった。全員に配る小さなモチーフはないようだ――と、受験生たちは試験監督の一挙手一投足に注目する。

静寂の中、試験監督はしばらく壁の時計を見つめていた。突然廊下の方から、ガランガランと手持ちの鐘の音が鳴り響く。試験監督は折った紙を広げ、おもむろに読み上げ始めた。

「これから、課題を、二度、読み上げます。よく聞いてください」

試験監督も緊張しているようで、一語一語をていねいに区切って読んだ。

「自由に、絵を、描きなさい。美術学部のどこでも、構わない。身の回りのものを描いても、可。屋外でも屋内でも、可」

予告通りその出題文の音読は二度繰り返された。

「以上です。それでは始めてください」

試験会場はかすかにざわついた。いや、あれは僕の心のざわつきだったのかもしれないが、今となってはどちらだったか判別がつかない。

まったく予想外の出題だった。それと同じ、あるいは似たような出題があったという前例を聞いたことがなかったから。

しかし一方で、それはあまりにも素直な、自然な、ストレートな出題だった。出されてみれば、なぜ今までこういう出題がなかったかと疑うほどに——拍子抜けするほどに——まっとうな出題だった。なぜなら——絵は本来、自由に描かれるべきものだから。

僕の心は激しくざわついた。

『自由に……本当に自由に描いていいのか……?』

それは「突然理由も告げられずに牢獄の扉を開放された、囚人の戸惑い」に似ていた。僕は〈受験絵画〉という異常にも不自由な牢獄に収監されている——という自己認識があった。そこに一年間は身を置く覚悟を決めて、今日まで耐えてきた。しかし今、正常にも自由に向けて開かれた扉が、目の前に示されてある。この扉を出るべきか——それともやはり出るべきでないのか……。

それは一瞬の気の迷いのようなものだった。実際体が固まったままあれこれ考えていたのは、ものの3分間くらいのことだっただろう。試験本番の受験生に、迷い悩んでいる時間的余裕はない。

周りはすでに慌ただしい音で溢れていた。道具箱を開けて絵具や筆を床に並べる音。キャンバスをなるべく平滑にしたいがために紙ヤスリで擦る音。早くもキャンバスに木炭で下描きを描き始める音。そして少なからぬ受験生が、大きな道具箱に加えてイーゼルとキャンバスとイスを抱え、描きたい場所を求めて教室を出て行く音……。

3分間の気の迷いを経て、僕の気持ちは決まっていた。

『そう……やっぱりその扉は出てはいけない。自由なんて甘い言葉をちらつかされても、騙されちゃいけない。今は不自由な受験絵画を描くべき時だ。なぜならこれは、あくまでも受験なんだから』

僕の耳には、昨日の夕方長谷川さんが一次試験通過者だけを集めて熱く語った言葉が、まだ新鮮にこびり付いていた。

「いいかみんな、試験では、今まで予備校で描いて最も評価が高かった自分の絵を再現するような気持ちでいいんだぞ。それが合格のための常套手段だ」

僕は年末のコンクールの時に描いたもの――例の〈10年に一度の傑作〉と言われ、来年度のパンフレットにも大きく使われることが決まっている油絵――をほとんど再現することを決めていた。

それは決して不自然な選択ではなかった。その時のコンクールの課題は「自画像と室内を組み合わせて描きなさい」というものであり、今回の「自由に絵を描きなさい」という課題にすんなりと内包されるところがあった。意外性は何もないが、妥当性は十分すぎるほどある。

鏡も持っていた。いつでも自画像が描けるように準備していたわけではないのだが。描いている絵を鏡に反転させて見ると、一瞬他人が描いた絵のような、新鮮な気持ちで客観視することができる。そこでデッサンの狂いや色彩配置の欠点に気付くことがあるので、たいていの美術予備校生の道具箱には、小さな鏡が入っているものだった。

そしてさらには、その絵の写真まで持っていた。パンフレット用に撮影された写真の見本を、僕はクロさんからもらっていたのだ。

つまり——盤石の態勢は整っていたのだ。

もちろんあれを描いた時の予備校のアトリエと、この試験会場では、室内空間も光線状態も人物の配置も違う。けれど同じ方法論や手順で描けば、似たような結果にたどり着くことは予想できた。僕はとりあえず鏡を取り出し、自分の顔を映した。それからイスの上でゆっくりと360度回転しながら、絵になる構図を探した。〈その絵の写真〉も取り出し、鏡の中と見比べながら……。

無我夢中で描き、試験の1日目は終わった。一度描いた絵の再現のようなものなので、確かに効率はよく、その時点でだいたいの画面構成は完了していた。あとは細部の描き込みを残すのみだった。

試験が終わると、おそらくほとんどの東京の美術予備校生がそうしたように、自分のアパートや家ではなく、予備校に向かった。そこで〈作戦会議〉があるのだ。

一人ずつ呼び出され、講師たちと面談があった。僕が今日試験会場でどんな絵を描いてきたか説明しようとする前に、長谷川さんが言った。

「順調そうじゃないか。このまま行けば合格の可能性は高いって、試験監督のヤツが言ってたぞ」

どうやら僕の教室を担当する試験監督は、長谷川さんの息がかかった学生のようだった。チェックすべき受験生の受験番号を事前に伝えてあるのだ。試験の公平性に反する不正に限りなく近いと思うが、少なくとも当時はそのような行為がまかり通っていた。そこまでして各予備校は、芸大合格者数を増やすことに自らの存亡を賭け、しのぎを削っていた。

「ただ一つ気になるのは、絵がちょっと固いってことだって言ってたな。何か絵の写真を参考に見ながら描いてるんだって？　それが原因じゃないかって」

僕は自分の描いている絵の説明をした。すると長谷川さんは言った。

「なんだ、自分の絵を参考にしてるのか。それならいいよ。それに、あの絵ならバッチリだ。いや……よく予備校のパンフレットから切り抜いた、他人の絵を参考に描くヤツがいるだろ？　それだって基本悪くないと思うけど、本人のタッチと相性が悪いと上手くいかないこともあるからね」

　しかしクロさんの反応は違っていた。

「うーん……二朗がそういう作戦で行くとは、ちょっと意外だなあ……」

「今さらこのタイミングでそれを言うのはどうなんでしょうか？」

　すかさず長谷川さんが老父をたしなめる息子のように言った。

「わかっているさ。その方針で描き始めたんだから、最後までそれで突き進むのが鉄則だ。ただ『自由に絵を描きなさい』って出題した芸大側の真意が気になるところなんだよなあ……」

　クロさんは額の皺を洗濯板のように撫でながら言った。

「二朗の強みは新鮮でのびのびしたタッチだろう？　見ていないからわからないが、その持ち味が、自分の絵とはいえ再現ってことで活かしきれてないとすると、もったいないと思うんだな。せっかく『自由に描きなさい』という課題なのに……」

「まあ……それは一部クロさんに同意しますよ。他ならぬ二朗の絵を見て、試験監督が固いと言うなんて、今のところどこかに問題があると見るべきでしょうからね。ちょっと慎重になって守りに入りすぎてるのかもしれないな」

「どうだ……いつものように一回暴れて、ちょっと絵を壊して、そこから一気に立て直すくらいのことをやってもいいんじゃないか」

「はい……」

　それは確かにそう感じていた。

「まあとにかく、オマエは自分を信じて、思いっきり描いてこい」

面談が終わって、そのために立てられたパーテーションから出ると、アトリエには今日二次試験を受けた人たちの半分くらいがいた。小早川の姿は見えなかったが、佐知子はいた。

佐知子とは今朝試験会場の外で探して見つけ、「がんばろうね」くらいの言葉は交わしていた。しかし行き帰りの電車まで一緒に行動はしなかった。なんとなく暗黙の了解でそうすることになった。そういう行動を選択させる独特の緊張感が、特に実技二次試験にはあった。何よりも自分の集中力が大事だったし、恋人同士といえどもやはりライバル心が疼かないわけではないので、お互い付かず離れずくらいの距離を保つことにしたのだ。

「良かったね、『自由に描きなさい』って課題、二朗くんにぴったりじゃない」

そう佐知子は言った。

「いいなあ、きっとのびのびと描いてるんでしょ。二朗くんはきっと受かるよ。あたしは何描いていいかわからなくて、とりあえず脱いだ自分の靴描いてるけど、やっぱり消極的だったかなあ……」

僕は口ごもってしまった。

「……僕だって自信はないよ。なんとなくアトリエの風景を描き始めたけどさ……」

去年の自分の成功作をほとんど再現していることとは言えなかった。やはりそこには一種の疚(やま)しさがあったのだ。そして自分がぜんぜん〈自由に〉も〈のびのびと〉も描いてない姿が、逆に自分の中で浮き彫りになってしまった。

佐知子の面談はこれからということもあり、僕は一人で先に帰ることにした。普段なら新宿までいっしょに帰るので、なんとも言えない寂しさを感じずにはいられなかった。


モヤモヤした気分を胸に抱えたまま、試験2日目を迎えた。再び試験会場に入り、自分の描きかけの絵と1日ぶりに対面して、僕は愕然とした。

自分の絵とは思えなかった。

本番特有の緊張感の中、無我夢中で描いたために客観視ができず、質が下がったこともあるだろう。しかしやはり、自分の絵とはいえ、お手本を再現しようとした特殊性から来るものだった。演技じみたわざとらしさ。嘘っぽさ。白々しさ。生気が失われた、カラカラに乾いた感じ……。

一言でいえば〈虚しい絵〉だった。それは僕が最も忌み嫌っていた絵の性質だった。まだ途中とはいえ、自分の絵が向いている方向性が自分自身で愛せない――憎むしかないことが、一番深刻な事態だった。

なんとか立て直さなければならない。

しかし具体的にどうすればよいのか、明確な方針は定まらなかった。定まらないまま、試験開始の鐘の音とともに、とにかく手を動かし始めるしかなかった。無我夢中で手を動かすことで、思わぬところから突破口が見つかることはままあることだった――それに望みを賭けて。

僕は自分が持てるすべての方法を試みた。それをやる時間はまだ十分にあった。

気に食わないところはペインティングナイフで絵具を厚塗りして潰す——あるいは絵具を削り落とす。配置や形を少し——あるいは大胆に変える。薄い絵具で染めるように塗って、部分的に色調をガラリと変える。その上で、新しい形をまた描き加えてゆく……。

途中からお手本とする自分の成功作の写真は裏返しに伏せて、なるべく見ないようにした。そこから離れて、新たな気持ちで描くべきと思ったから。


最初の2時間くらいは、そんな風に様々な試みを繰り返す感じだった。しかしやってもやっても、決定的な突破口は見つかりそうになかった。

僕は次第に焦り始めた。

冷静になって自分の絵を客観視するための方法をいくつも試した。しばらく天井などを眺めて自分の絵をなるべく忘れ、それから急に視線を落として、絵の新鮮な第一印象を得ようとする。席を立ち、絵から数メートル離れて眺める。絵の天地を逆さまにしてイーゼルに置く。それをさらに小さな手鏡に映し、左右反転した像として見る……。

そこそこ描けてはいるが、どうにも魅力的な絵に思えなかった。しかしここからどうすれば、これが魅力的な絵に転ずるのか、まったく見当がつかなかった。

お手上げ状態だった。そもそも最初の描き出しに決定的な問題があって、何をどう足掻いても、その負の遺産みたいなものが足を引っ張り続ける——そんな感覚だった。

僕はいったん判断を保留することにした。絵の抜本的な改造はやめ、すべての部分を律儀に描きこむ作戦に切り替えた。受験絵画ではよく「描きこみこそ命」と教えられる。限りある短い時間内に、信じられないほど多くの描写量を示すことは、受験絵画の一つの王道だった。僕は太い豚毛筆から尖った面相筆に切り替えて、1時間ほど一心不乱に細部描写に専念した。

1時間後、絵はいったん完成に近い形となった。

やはり——半ば予想していたことだが——良い絵にはならなかった。何がやりたいのかわからない、意図においてピントがボケたような絵だった。具体的にどこかはわからないが、どこかが決定的に破綻している絵にも思えた。

そして——やはりこれがこの時一番大切なことだったが——この絵では芸大に受からない気がした。この絵の描き手として、まったく自信や誇りが持てなかった。嫌な予感が汚れた油膜のように心に張り付いている感覚だった。

ところで——これらはすべて、僕の勘違いだった可能性がある。試験特有の疑心暗鬼が生んだ悪い幻で、僕のこの時の絵はそれほど悪くなかったかもしれない。場合によっては、アンバランスなところに魅力がある、案外面白い絵だったかもしれない。

今となってはわからない。もちろん、試験会場で写真を撮ることは禁止されている。そういう客観的記録は残らず、残るのは、平常な精神状態とは言いがたい時の主観的記憶のみ。だから正確には永久に確かめようがないのだ。

ちょうど昼食休憩の頃合いだった。何よりも僕はいったん校舎から出て、新鮮な外の空気を吸う必要を感じていた。時間はまだ十分にある。ここで一回頭を冷やして、心を無にするべきだ。そうして、この絵をまた部分的に壊すか、あるいはひたすらコツコツと描き進めるか決めるべきだ……。

今年の「美術学部のどこでも構わない」「屋外でも屋内でも可」という特殊な出題のせいで、廊下や校舎の外のキャンパスにも、絵を描いている受験生はポツポツと散見された。実技の二次試験は一次試験の6分の1の人数になっている計算だから、上野の美術学部キャンパスはかなり狭いとはいえ、受験生で溢れかえっているという様子でもない。僕は空いている適当なベンチを見つけて腰を降ろし、朝買っておいた調理パンをコーヒー牛乳で流しこんだ。

食後、いつものようにタバコに火を点けた。それから少し体を動かした方がいいと思い、タバコ1本分の時間だけ、そこら辺をぶらぶら歩いてみることにした。

屋外で描くことを選んだ人は意外と多い印象だった。今ここで心を無用に乱されたくなかったので、人の絵は決してマジマジと見ないように心がけながら歩いた。

歩く先に大きな老木が見えてきた。芸大キャンパスを含む上野公園全体は、江戸時代は大きな寺の境内だったらしいが、その頃から生えていたものだろう。それをぐるりと取り囲んで、多くの受験生がイーゼルを立てていた。

『はは、大人気だな。そりゃこれは誰だって描きたくなるよな。見事な枝振りだもん』

そう思って立ち去りかけた瞬間、視界に一枚の絵が飛び込んできた。――それが誰の絵か、一目でわかってしまったから。

小早川だった。描いている後ろ頭が見えただけだったが、明らかに小早川だった。

僕は突然頭をぶん殴られたようなショックを受けた。――それがあまりに凄い絵だったから。タッチも色づかいも小早川の特徴のままだったが、どちらも驚くほどパワーアップしていた。古木の幹の鬱屈したうねりの中から、耐えきれず飛び出してゆくような、枝の若々しい力強さ――それを余すところなく伝える、伸びやかなタッチ。そして全体的に彩度を抑えた上で、大胆かつ効果的に挿入される原色の輝き！

絵の隅々に生命力が漲っていた。小早川自身がスランプで部屋に引きこもっていた、その反動を一気に吐き出すようなエネルギーが、そこにはあった。一年間小早川の絵の変化を見てきた者としては、感嘆する他ない、あまりに見事な復活劇だった。

僕は大急ぎで自分の試験会場に戻った。――何者かに後押しされているような、半ば夢遊病者のような足取りだっただろう。

そうして自分の絵の前に再び立ち、確信した。

『やっぱり、この絵ではいけない』

自分に嘘をついている、唾棄すべき絵だった。こんなものは、審査する人たちに簡単に見透かされるに決まっている。さらには〈天にいるゴッホ〉から厳しい目で見つめられているような気さえした。

僕はイスに座り、心を整えた。

一番大きなペインティングナイフを右手に持ち、その金属のエッジを画面に押し当てた。そこに力を込めたまま、下方に向かって思い切って一気にスライドさせた。画面中央の生乾きの絵具たちが、大根の厚い皮を剝くように、縦に一本綺麗に剝ぎ落とされた。

もうあとには戻れない。

勢いをつけ、画面全体の絵具を一気にこそぎ落とした。床にしいた養生用の新聞紙の上には、様々な色の層をなした絵具の塊たちが落ち続け、その度にベチベチと音をたてて潰れた。絵具が固まって剝がれにくいところには、肌に付くとヒリヒリとした刺激のある、強力なゲル状の剝離剤であるストリッパーも使った。

僕の突然の破壊的行為に、周りの受験生たちが驚いている気配は感じられた。もちろんそんなことは気にはならなかった――というよりむしろ、爽快感や優越感さえ感じていた。気弱で愚鈍な者たちをあとに残し、新たな冒険に旅立つ者の晴れがましい気持ち――。

「絵なんて30分もあれば描ける」

千美にはそういう言葉が残っていた。かなり昔にいた伝説的な先輩の豪語らしい。ほとんど出来上がった絵を「気に食わない！」と言ってすべて潰し、終了ギリギリの30分で新たに描いて、見事芸大に合格したエピソード。僕はそれに影響されて、予備校でしばしば絵を潰し、また新たに描き、それで成功したり失敗したりしていた。

そう――絵は脳内のイメージをいかにストレートにキャンバスに定着させるかが勝負なのだ。

鮮度こそ命。その前では、作業時間も手数もさして重要ではない。

それにまだ2時間近くもあるじゃないか。そしてこういった行為は、決してゼロからのスタートではない——良い下地ができている。絵具をできる限りこそぎ落としても、前の絵柄がうっすら残っている。そこに数時間を費やした〈精神の圧〉みたいなものが、画面から放出しているはずだ。これまで苦労して積み上げてきたものを全否定して破壊し、一回更地に戻した、このザラザラの画面——これ以上精神的に強い下地はないのだ。

さて、準備は整った。「自由に描け」と言われている今、僕は本当に何を描くべきか。

僕の心は決まっていた。本当は昨日の最初の3分間に、何度も浮かんでは、すぐに打ち消していたあの図像——。

そう、あれしかない。

*

目をつぶればいつでもあの画像は蘇った。あの時あの〈小さな人間〉は、確かにあそこにいて、確かに生きていたのだ。

老医師は最後まで「おめでとう」といった言葉は発しなかった。その代わり最後にしみじみとした口調で言った。

「今後のことは……二人でよく話し合って。ね……」

佐知子もそうだろうが、僕は明らかに父になるには頼りない若造に見えたはずだった。

しかし僕らはそのあとずっと、ほとんど無言のままだった——僕の部屋に行く道すがら、ずっと手を握りあっていたけれど。

僕の部屋に入ると、佐知子はコタツにうつ伏せになり、ひとしきり泣いた。僕はそっと肩を抱いてやることしかできなかった。

佐知子が泣き終わるのを待って、僕は言った。

「僕は……」

長い間言い方を考えていたけれど、結局言いたいことだけをシンプルに言うことにした。

「産んで欲しいと思っている……」

佐知子はうつ伏せのまま、しばらく首を振っていた。それからゆっくりと起き上がり、僕の目を真っ直ぐ見つめて言った。

「ありがとう」

それから微かな笑みを浮かべて言った。

「でもやっぱり無理よ」

翌々週の日曜日に佐知子は日帰りの中絶手術を受けた。

お互い親にも誰にも秘密を通すことにした。未成年の場合親の同意書が必要だったが、偽って僕が書いて判子を押した書類は難なく受理された――それは佐知子がかつて高校の友達からもたらされた知恵だった。僕が私立美大の受験料として親に振り込んでもらっていた金すべてを、手術費に充てた――親には「私立は受けたが落ちた」と伝えることにして。

待合室には僕以外に、おそらくフィリピンから来た暗い表情の女性が一人いるだけだった。僕の頭には、知ったばかりの〈掻爬〉という言葉の強烈な印象がこびり付いていた。薄い壁越しにずっと聞こえていた、麻酔で意識が朦朧とした佐知子の悪夢のような呻き声は、生涯忘れられないだろう。

中絶手術からしばらく経ったある夜、僕は胎児が出てくる鮮烈な夢を見た。しかしなぜか、胎児はウミヘビの姿をしていた。

夢にウミヘビが出てきた理由はよくわかった。小学校4年の夏、佐渡の真野湾にある岩場で素潜りして遊んでいた時、岩陰からウミヘビが突然飛び出してきたことがあったのだ。こちらも驚いたが、驚かせたのは明らかにこちらだった。ウミヘビは噛みつくようなことはなく、ただ泳いで逃げていくだけだった。あとで父親に聞いたところ、新潟の海によくいる、本当は魚類に属するダイナンウミヘビという種のようだった。

夢の中のウミヘビはとても理想化されていた。神々しいまでに純白に輝き、優雅な動きでゆっくりと泳いでいた。もちろんエコーで見た――という気が一瞬した――胎児の姿とは、似ても似つかない。けれどそれが同一の人物であるという意味は、夢の中で疑いの余地なく伝わってきた。

周りはどこまでも深くて青い海底だった。しかしその画像は妙にザラついていた。横方向に細かくノイズが走っていた。超音波検査で見たモニターの走査線の荒れ――砂の嵐――とイメージがミックスされていたことは明らかだった。人体の内部と海が同一視されていたわけだが、昔乗せてもらった漁船で見た魚群探知機の記憶も影響していたのだろう。

ザラついた青い海の中を、ウミヘビは滑らかにうねりながら進んでいった。僕の視点はその数メートル後ろを、泳いでついて行くものだった。

やがてウミヘビはゆっくりと上昇を始めた――海面の裏側がぼんやりと白く光っている、そのところを目指して、ゆっくりと、ゆっくりと。そうしてウミヘビは、白い丸い光の中に溶けてゆき、最後には消えていった。

目が覚めると僕は、枕がびしょびしょに濡れるほど大量の涙を流していることに気がついた。悲しいという感情ではなかった。むしろ、不思議にも温かい気持ちに包まれていた。僕は目が覚めてもしばらく、涙が流れ落ちるに任せていた。夢で泣くなんて、後にも先にもこの時限りだった。

潤んで歪んだ天井を見上げながらぼんやりと考えた。あのウミヘビは――僕たちの子供は――何を伝えに来たんだろう。何が言いたかったんだろう……。

そして気がついた。

『自分を描いて』

と言っているんだ――と。僕は、
『わかった。いつか必ずキミを描くからね』
と心の中でつぶやいた。

＊

実際に描くのは難航を極めた。しかしそれは最初からわかっていたことだった。なにせモチーフは目の前にはなく、僕の頭の中にあるだけ。それも、一つはとても不鮮明なブラウン管の映像、もう一つはそれを契機に見た夢――どちらも雲を掴むように儚く、流動的だった。そしてその二つは僕の精神の中では同一のモチーフなのだが、それをそのようなものとして、実際の物理空間に存在する一枚の絵として纏めるのは、原理的には不可能に近いことだった。

それでも――それだからこそ――その高いハードルに挑戦すべきだった。芸術家を目指す者のプライドに賭けて、逃げてはいけないと心に誓った。

まずはエコー画像の記憶から描き始めた。荒れた走査線を表現するため、細いペインティングナイフを横滑りさせながら絵具を置いてゆく。ほとんど白黒のモノトーンで、所々に感覚的に褐色も混ぜた。白色はチューブの絵具は使わず、シルバーホワイトの顔料をホルベイン社製の透明メディウムで固めに練ったものを使った。その方が乾燥が速いこともあるが、白が表す光と陰の光の部分は、光沢のないザラついた質感で描きたかったからだ。

その白の光で表現される〈小さな人間〉の形態は、僕の主観のできるだけありのままを描こうと努めた。実際にあの診察室で見た映像もそうだし、その後の記憶はさらに曖昧なものだから、それをそのままの状態で定着させるべきだった。ともすると知識として知っている胎児の姿に流れそうになるところを、がんばって抗いながら。絵は自ずとぼんやりとした抽象画のようになった。

この作業に1時間以上費やしただろうか。しかしそこにいつまでも拘泥しているわけにはいかなかった。僕は先に進むことにした。

プルシアン・ブルーを大きめの絵皿に出し、そこにサラサラした大量のテレピン油を注ぎこみ、混ぜ合わせる。そうしてできた透明度の高い濃い青の液体に、毛が扇型になったウィング筆と呼ばれる特殊な筆を浸す。そして半ば浮かすような優しいタッチで、横方向に塗ってゆく。画面全体を海底の――月夜のような――しっとりとした藍色に染めていく感じだ。場所によっては日本画用の柔らかい刷毛も使った。粘度が極端に低いので、時に絵具は下に垂れ落ちたが、そんなことは気にしない。

揮発性のテレピン油が下の絵具を溶かすので、画面全体はドロドロになり、〈小さな人間〉の姿はさらにわからなくなった。でも良いのだ。この混沌は確実に、あの夢の世界観に近づいてきている。ここから必要な要素を描き起こしていくのだ。

夢の中で僕の視点が追っていたウミヘビの尻尾あたりを、まずは少しずつ描き加えるところから始めた。しっかり描けば良いというものではない。描くべきは、彫刻のように固まったものではなく、生きて動いているもの――いや、それ以上に精妙なものなのだから。

あの時確かに生きていて、しかしこの世の光を見る前に死んだ――いや、僕らが殺した――一つの命。その〈魂〉が僕にも見える姿として現れたのが、あのウミヘビであることは明らかだった。もちろん夢であり、幻である。しかし僕の主観において、それは確かに実在した。そのニュアンスを正確に画面に定着させなければならなかった。

『それが僕ができる唯一の鎮魂なんだ』

ひたすらそう念じながら、僕は光の輪の中に溶けてゆくウミヘビの儚い姿を描き続けた。光っている海面の裏の様子や、下に広がる暗い海底の様子も少しずつ描き進めていった。中心的なモチーフばかりを描いてはいけない。絵は一つの世界観を、画面全体で同時に構築していくことが肝要だ。すでにできている夢幻的な雰囲気を大切にし、露骨すぎる説明画にならないように気をつけた。

絵は完成に向けて単純に直線的に進んでゆくわけではない。描き進むにつれ、本来目指すものから曲がり、遠ざかってしまうことはよくある。そういう時は迷わず部分的に壊す。昔の歌謡曲にあるように「3歩進んで2歩退がる」感覚だ。ただし元の状態に戻るわけではなく、そこには新しい状況が生まれている。それに応じて、また新たな気持ちで描き進める。必要を感じたらまた壊す。その繰り返し。永久に終わらないんじゃないかという感覚にも襲われる。しかしこの道しか、目指すべき高いところににじり寄る手段はないのだ。〈理想〉の近似値に向かう、永遠に続く階段……。
　これを集中してやっていると、意識がだんだんと朦朧としてくる。と同時に、意識が澄んでくるとも感じる。雑念がなくなり、絵の世界の中にだけ没入してゆく。実際周りの音は聞こえなくなり、時間が経過する感覚もなくなる。真空で無重力で暗黒な宇宙に、自分の意識だけがぽつんと浮かんでいるような感覚。これを僕は今〈ペインターズ・ハイ〉という造語で表現しているが、この時はまさにその状態だった。これこそが絵を描く者にとっての至福の時間――いや〈至福の無時間〉だった。

　廊下の方で試験終了の鐘が鳴り響いて、僕は我に返った。
　もはや自分の絵の良し悪しをあれこれ斟酌するような心境ではなかった。こうする他はなかった――やれることはすべてやった――という清々しい充実感だけがあった。こうして暫定的に描くことが終了した自分の絵を、僕は堂々と誇りを持って、真正面から見ることができた。にわかに感動がこみ上げてきて、落涙こそしなかったが、僕の目は涙で溢れ返った。

　こうして僕は芸大に落ちた。

　自分の試験番号がない掲示板の前に立ち、僕は一瞬にして悟った。自分が完全に勘違いしていたことを。一年間の血の滲むような努力を、自分は実技試験の最後の2時間で、すっかりドブに捨ててしまったことを。

自由に絵を描きなさい——おそらくそれは特殊でも何でもない、ごく普通の試験問題だったのだ。ごく普通に、予備校で一年間磨いた画技の成果を見せればいいだけだったのだ。その後各予備校が描かせた合格者の再現作品というものを、印刷物でいくつか見る機会があったが、どれも典型的な〈予備校絵画〉で、『これで良かったんだ』というものばかりだった。その溜息を伴う無力感・脱力感は並大抵のものではなかった。

佐知子も落ちた。合格していた多摩美を蹴って二浪することも少し考えたようだが、結局多摩美に行くことを決めた。

小早川はトップ合格だったらしい——という噂がどこからともなく流れてきた。そんな審査の内情まで漏洩するものか疑問ではあったが、実際に小早川の絵を見た僕としては、実際そうだったとしても不思議ではないと思った。

そんな小早川の絵を見たばっかりに、トチ狂ってしまったのが僕だったわけだ。試験終了2時間前に突然すべての絵具を剝ぎ落とし、別の絵を描き出した話は、スパイめいた試験監督の学生から長谷川さんに当然伝わっていた。僕が不合格になった日の夕方、講師たちとの面談があり、長谷川さんは訊いてきた。

「突然よくわからない、シュールみたいな抽象みたいな絵を描き出したって聞いたけど……一体何の絵を描いたんだ?」

「ただ……頭に浮かんだイメージです。本当に描きたい絵を、自由に描いたら、そんな風になってしまいました……」

僕はそれ以上は答えられなかった。

「〈自由〉って試験課題の言葉を、そんな風に素直に受け取るヤツがどこにいる、オマエはバカだ！」

そう叫んでから、長谷川さんは苦々しく付け加えた。

「あのまま描いていれば合格していた可能性は高かったのに……」

それはどうなのか——自分にも、誰にも、永久にわからない話ではあった。

クロさんは額にたくさん皺を寄せ、悲しそうな顔をして、

「オマエって奴は、そういう奴なんだよなあ……」

と言って深い溜息をつき、

「まあ……もう一年頑張れ」

と言うだけだった。

7月に小早川がデモンストレーションで千美に来た時に、僕は最後の別れ際に思い切って告白した。

「実は今まで言わなかったけどさ……実技二次の2日目の昼ごろに、僕は小早川が描いてる木の絵を後ろから見てしまったんだ」

「へえ……」

小早川は意外そうな顔をした。

「すごい絵だったね……」

小早川は下を向いて微かに笑った。

「確かに描いてて気持ち良かったよ。そして正直に言ってしまうと、あの時は二朗になりきって描いてみようと思ったんだ」

「僕に？　だってぜんぜん似てないじゃない。僕はあんな派手な原色なんて使えないよ……」

「態度だよ、絵を描く態度。でも偽物は偽物さ。偽物の方が騙しやすいんだよ——目が節穴な教授たちを。そしてオマエは……」

小早川は僕の肩をポンと叩いた。

「あの時は本物をやり過ぎたんだよ。ただそれだけさ」

6

目が慣れればお互いの顔はよく見えた。八王子の街の灯を間接的に受け、青白く光る佐知子の顔は、ぞっとするほど美しかった。

僕らはまたキスをして、そのまま雪崩れるように地面に倒れこんだ。たぶんアルコールで膝がバカになっていたので、それは自然な成り行きのように感じられた。

大きな木の下だったからなのか、地面はわりと乾いていた。すぐに二人ともフカフカの落葉まみれになった。炭のような湿った腐葉土の匂いがあたりに立ちこめていた。耳と落葉は至近距離になったから、ガンジャの効果で落葉がバリバリと砕ける音が、頭蓋骨のさらに真ん中で激しく鳴り響いた。自分自身が落葉になったような気がした。

落葉人間と化した僕は、大地の法則のままに欲情していた。僕は佐知子の肉体としての実在を、急いで確かめたかった。四ヶ月会わず、今日だってずっと見たり喋っているだけで、接触はなかったのだ。急いでも急いでも急ぎ足りないような気持ちだった。

すべての服が邪魔だった。柔らかくて温かくて湿り気を帯びた肌が、ひたすら懐かしかった。それを確かめるのが両手と唇の三つしかないのがもどかしいくらいだった。

僕の手は自ずと向かうべきところに向かった。佐知子は予備校の頃から愛用している作業用のGパンを穿いていたが、臍のところから差し入れた手は、驚くほどすんなりと奥まで届いた。連日の踊りの練習で体がそうとう引き締まっていることに気づくくらいの思考力はまだ残っていた。

「濡れてるね……」

言わなくていいようなことを僕が言ったのは、それなりに理由があった。佐知子にもそれは通じているはずだった。

佐知子は中絶手術以来、濡れなくなっていた。佐知子の自己分析によれば、それには精神的な原因と肉体的な原因があり、二つは分かち難く絡まっている――とのことだった。ともかくも彼女は、自分自身どうすることもできない頑なな症例としての不感症に陥っていた。

僕の方がどうしても性欲が溜まり、無理にセックスをやってみても、ギクシャクとしたものにならざるを得なかった。いわゆるマグロというやつだった。

「あたしだって気持ちよくセックスしたいのに……どうしても……」

と言って佐知子は泣いた。僕は僕で、自慰を手伝わせているような、レイプのような、罪悪感を含んだ苦い後味ばかりが残った。そうして次第に僕らはセックスを試みなくなった。さらには自然と会う回数も減っていき、ついにはあの喧嘩の日を迎えたのだった。

それがまた濡れていたのだ。その発見を――その喜びを、僕は口にしないわけにはいかなかった。

僕は佐知子のジーンズのベルトを外し、ホックを外し、チャックを下ろした。気持ちが先走ってどの動作も荒々しくなりがちだったが、佐知子に嫌がる気配はなかった。そのままジーンズの腰のところに手をかけ、下着ごと脱がし始めた。

太ももが半分まで露わになったあたりだった――突然佐知子の右手が僕の左手首を摑んだ。僕は動きを止めた。

佐知子は考えているようだった。しばらく沈黙の時間が流れて、それから僕は再び手に力を加えようとした。

「やっぱり……」

強い握り方ではないけれど、頑としてここから動かない意思の力が籠っていた。

「できない……」

僕らは固まったまま、かなり長い間、お互いの瞳の奥にあるものを読み取ろうとしていた。

僕は空いている右手の指を彼女の温かい中に入れてみた。まだ濡れていたし、むしろ溢れていた。ちょっとした反応もあった。なので僕は思わず訊いた。

「どうして……」

そしてすぐに気づいた。

「あ、コンドーム……」

またしても情欲に任せて同じような過ちを犯そうとしている、身勝手な男——。熱くなりすぎていた僕の頭は、これで一気に冷やされた。

しかし佐知子はしばらくしてから、ゆっくりと首を横に振り始めた。否定の意味であることは、目からも読み取れた。佐知子は『コンドームが理由ではない』と言っているのだ。

枯葉まみれで、しかも寒い、この酷い環境のことだろうか。いや、そんなことではないような気がする……。

僕にはもう何もわからなかった。わからないまま、しかし佐知子の中に入れた指を抜きがたく、なおも温かい液体の中でゆっくりと動かし続けた。そして再びキスをした。

長いキスからようやく唇を離し、佐知子の顔を間近に見た時、何かの予感が一瞬電流のように走った。佐知子は何かを訴えかけるような、悲しい顔をしていたのだ。

「もしかして……他に……」

心の痛みに耐えて、言うべき言葉を言うしかなかった。

「好きな人ができた？」

しばらく間があってから、佐知子は小さく頷いた。その振動で涙が玉のようにこぼれた。

僕はゆっくりと佐知子から指を抜いた。それから下着とズボンを二人で協力しながら上げた。乱れた上着も整えた。終始無言で、粛々と。

それから僕は山を背にして体育座りをした。佐知子も隣に来て倣った。枯葉に埋もれ幸運にも倒れずにいた、キャップのないジンの瓶を摑み、またひとしきりあおった。

「それって……」

まるで川の土手に座る初々しいカップルのような格好になってから、ようやく僕は口を開いた。

「さっきの田中って大学院生？」

佐知子は首を振った。やや間を置いて、佐知子はきっぱりとした口調で言った。

「関さん」

一瞬思考が止まった。

「ちょっと待って……」

そもそもの会話の前提がズレているような気がした――というより、そうであって欲しいと願っていたのだろう。

「それって……関さんと……」

「ごめんなさい」

「もう、こういう……」

佐知子は頷き、そのまま顔を上げずに答えた。

「信州のキャンプの終わり頃から」

佐知子の様子から、前提がズレていない――男女の肉体関係の話をしている――ことを悟るしかなかった。僕は軽い目眩の中で、またジンを思いきりあおった。

僕の頭の中ではこの数時間の出来事が、目まぐるしく再生されていた。中年期に差しかかろうという、ずんぐりとして髭面の、お世辞にもかっこいいとは言えない関氏の外見――にもかかわらず議論している時の関氏の、意外と若々しい情熱的な表情――それと完全に相似している、議論している佐知子の真剣な表情――信州の大自然――土でできた佐知子の作品――思わせぶりに思想的なパフォーマンス――佐知子の激情的な踊り――服が濡れて透けた乳首――。

また一方でこういう自省も脳裏を駆け巡った。これは佐知子の裏切り行為とは言えない――なぜなら、捨てゼリフを吐いて気まずく喧嘩別れし、そのまま何ヶ月も連絡せず放っておいたのは僕の方だ――もう別れているも同然だった――今さら彼氏の権利なんて主張できない――そもそも佐知子は佐知子、独立した一人の人間じゃないか――何をしたって、誰に抱かれたって自由だ——僕の所有物じゃない——。
そういった一切合切が脳味噌の中でぐるぐると高速回転していた。すべてわかっていて、すべて納得できるから、発すべき言葉が見つからなかった。僕は天を仰いでジンをラッパ飲みするしかなかった。

ここら辺から意識は朦朧とし始める。

今分析すれば、もちろん繰り返したジンのラッパ飲みは効いただろう。しかしそれより、佐知子から聞いたあまりの衝撃的事実で心拍数と血圧が上がり、夕方からじわじわと蓄積されてきた血中アルコールが脳に一気に押し寄せたことが主因だったと思われる。

おそらく相当長い沈黙の時間が流れたのだろう。

しかしその時間が気まずいと感じる感性はとうになくなっていた。無言の中で、僕はすぐ隣で膝を抱えている佐知子と濃密なコミュニケーションをしているつもりだった。

妄想の中で僕は、佐知子と関氏の初めての夜の話を〈聞いた〉。

こんなぼんやりと紫色に光った東京の空の下ではないのだ。長野の高地——降るような満天の星の下で、初めてのキスを交わしたのだ。そして二人手を繋いで行ったのは……小さなバンガロー？　それとも炭焼き小屋？　きっと炭焼き小屋だ。そこで炭の粉まみれになって抱き合ったのだ。泥水まみれになったあのパフォーマンスのように、裸で全身真っ黒になりながら、ところ狭しと地面を激しくのたうち回ったのだ。

それから裸のまま二人で谷を降りて行ったのだろう――肌が切れるほど冷たい渓流で身を清めるために。そうして佐知子は〈再生〉したのだ。


「僕らは油絵科だ」

あまりに長い沈黙を破って口から出た僕の言葉は、こんなものだった。いろいろ考えを深めていった結論がそうなったので、発表する気持ちだった。

「どういう……意味？」

当然ながら佐知子は訊いた――探るような調子で。

「……よくわからない。けど……」

結論が出たつもりだったが、いざ言葉にしようとすると難しかった。

「自由……ルールなし……天地もない……油絵具みたいにドロドロと動き続けて、溶けあうような……」

考えていた言葉を羅列するだけで、なかなか繋げることができなかった。僕の頭の中では、小早川と佐知子と三人でケーキを食べた、あの喫茶店の光景が蘇っていた。七つのケーキに刺さった、火のついた19本のロウソク。ケーキの上にドロドロと溶け落ちる、色とりどりのロウ――。

「そうだな……束縛のない世界を良しとした者たちの、天国と地獄の間にある……煉獄みたいなもの……かな。それが永遠に続く……」

口に出してみて、それが雲を摑むようなモヤモヤしたイメージでしかないことがわかった。その表に付くラベルなら、僕にははっきりしていたのだが――「油絵科」と。

しかし佐知子は言った。

「なんとなくわかった気がする」

そう言ってから、ゆっくりと僕の方にもたれかかってきた。

僕は熊澤さんの「あのコはズルい」「あのコは、嘘つき」という言葉を心の中で反芻していた。今こそその言葉の意味は、痛いほどよくわかった。僕はなんなら利用されたのだ。都会育ちの佐知子は、田舎育ちの僕をまずは珍しがり、自分の殻を破るためのとっかかりとして、僕を選んだのだろう――おそらくすべては無意識レベルで。

それがわかったうえで、佐知子のことが嫌いになれなかった。憎めなかった。どうしても好きなままだった。

僕らはどうしようもないほど、油絵科の恋愛をしている。


時間の経過がよくわからない。

とにかく僕はあるタイミングで決然と立ち上がり、暗闇に向かって叫んでいた。

「よし、関さんに会いに行くぞ！」

院生の田中たちが展示をしている展示室で最終的にみんなが合流することは、もともと『ねこや』を出た時の取り決めだった――それくらいは覚えていた。そこに関氏もいるはずだった。

「大丈夫、サッチンと関さんとのことはみんなに内緒にするから！」

佐知子の反応を待たずに、僕は妙に嬉しそうにそう叫び、佐知子の手を引っ張って立ち上がらせた。佐知子が立ったところで、今度は自分がよろけて転んだ。フカフカの枯葉の斜面を転がるのは楽しかった。僕は笑いが止まらなくなった。

僕は佐知子の手を引き、枯葉の斜面を滑るように、時々尻もちをついたり転がったりしながら降りていった。佐知子は「きゃあ！」と何度も声をあげ、はしゃいでいた——僕の主観では。いつの間にか大学の敷地内に戻っていた。それからしばらく、暗く寂しい校舎裏のようなところを歩いた気がする。

僕は鼻毛ちょうむすびの「楽園へ行こう」のサビの部分を大声で歌っていた。普段は歌に自信なんてないのに、シゲさんよりファンキーに歌えてる気がしていた。

遠くに火が見えてきた。

一斗缶の焚き火を囲んでいる人たちがいた。そこに割って入り、しばらく暖をとらせてもらった。体の芯まで冷えていたので、これでだいぶ助かった。またなにやら紙コップのお酒をもらった。僕は彼女連れの、ただ調子のいい男に思われただろう。実際、たがが外れたように上機嫌になり、知らない人たちと何度も乾杯の大合唱を繰り返した。

そんなふうに寄り道しながら、おそらくフラフラの足どりで、展示室とやらのある彫刻棟の方に向かっていった。

光がチカチカ瞬き、世界がグルグル回っていた。

彫刻棟に入ると、暗い廊下の奥――蛍光灯の白々しい光が漏れる方から、男たちのどなり声が聞こえてきた。

佐知子はハッとして小走りになった。

僕はもはや走ることは不可能だったので、フラフラとあとを追った。

佐知子に遅れて展示室に入ると、中はなにやら大変なことになっていた。部屋に張りつめた異様な緊張感で、僕の酔いは一気に醒めた――ような気がしただけだとは思うが。

「もう一回言ってみろ!」

馬場氏が田中の胸ぐらを摑んで、野太い声で叫んでいた。

「だからアナタの認識は古いって言ってるんですよ!」

田中も負けじと甲高い声を張り上げた。

「なにが認識だあー?」

馬場氏は蚊トンボのような体の田中を突き飛ばした。後ろにあった発泡スチロールでできた造形物――インスタレーションの一部――が派手に割れたが、田中の背中には良い緩衝材になった。

「馬場、いい加減にしろ!」

叫んだのは関氏だった。見ると心配そうな顔の佐知子が傍らにいた。

「オマエらの芸術なんて嘘ばっかりなんだよ! そのスカスカの発泡スチロールみてえにな!!」

　馬場氏はそこら中のものをダイナミックに丸抱えにして、なぎ倒しにかかった。

「芸術を舐めんじゃねえぞ！」

　凄まじい音とともに、木材や布や紙や発泡スチロールが宙を舞い、あるいは地面に叩きつけられ、踏みにじられた。

「ゴミはこうやって捨てんだよ！」

　人間の知性により秩序を目指して設置(インストール)された、それら作品を構成する物質たちは、見る見るうちに再び宇宙の無秩序＝カオスに戻っていった。テーブルも派手にひっくり返り、上に載っていた赤ワインやおでんや焼きそばといった非芸術的な物質も、仲良くカオスの渦に巻き込まれていった。

「ざまあみろ！　これが美大の成れの果てだ！」

「全部無駄！　お前らの人生全部無駄！」

　馬場氏はそんなことを口走りながら、おそらく人類の平和を祈念して作られた善意の物体を、憎々しげに破壊して回った。

　馬場氏が勢いあまって少しよろめいた隙に、三人ほどの男たちが飛びかかった。ライオンに飛びかかるハイエナの群れを連想したが、その後の展開も連想の通りだった。背中に飛びかかったハイエナは遠心力で飛ばされ、腰に取り付いたハイエナは引き剝がされ、哀れにも右ストレートをモロに食らって吹き飛んだ。足にしがみついたハイエナだけが粘り、ライオンの重心を乱して、その巨体を倒すことに成功した。そこからはハイエナ総出となった。

暴れる馬場氏を羽交い締めにして動きを止めるのは、何人がかりでもなかなか成功しなかった。馬場氏はなおも叫び続けていたが、聞き取れたのは、

「芸術ー!!」

という言葉だけで、あとは野獣的な咆哮のみだった。

大いなる人間喜劇だった。

僕の胸は痛いほど速く強く鼓動していた。

泣き叫びたいような、大笑いしたいような——名付けようのない感情の塊が濁流のように一気に押し寄せた。

周りの喧騒に反して、僕の心はすっと静まりかえった。——その時、良いことを思いついた。

僕は喧騒に背を向け、部屋の片隅の方に歩いていった。

そこには灯油用の赤いポリタンクがあった。持ち上げると、中身は3分の1ほど入っていた。

白い蓋を回して取り、中身の匂いを嗅いだ。確かに灯油だった。

死ぬつもりはなかった。ただ『今こそ僕が本物の火になるんだ』という、なんの論理的整合性もない言葉が、その時は完全無欠の論理的整合性を帯びて僕の頭を占めていた。また、覚えたばかりの「止揚」という言葉も浮かんでいた。

『これが止揚というものだろう。これで今晩バラバラだったすべてのものが一つになる』

ポリタンクを高く持ち上げ、頭上でそのままひっくり返した。

頭のてっぺんで受けた灯油は予想に反して冷たかった。口の中に大量に流れこんできた灯油

はとてもまずかった。

「ちょっと何やってんの！」

という女性の金切り声が、エコーがかかってどこか遠くからのように聞こえた。

「この人灯油かぶった！　信じらんない！」

僕はズボンのポケットをまさぐって、百円ライターを取り出した。

燃え上がる放射能マークと太陽が見えた。

「もう人類は何も作る必要なんてないんじゃないかな」「僕らには主題が与えられていないんだ」という小早川の声が聞こえた。

佐知子と見た映画『ノスタルジア』のあのシーンやあのシーン…………。

ライターを握った手の親指に力を込めると、オレンジ色の火花が弾けた。しかし火は着かなかった。

「やばい！」

「ライター取り上げろ！」

そんな声が聞こえた気がする。

もう一度火をつけようとした時、横から強烈な衝撃を食らった。誰かが僕の体にタックルしたのだろう。一瞬意識を失い、気がつくと僕は床でのたうち回っていた。数人の手が僕の手からライターを奪おうと必死に絡まっていた。僕は目的も忘れ、ただ意地になって抵抗した。もう一度オレンジ色の綺麗な火花が見たい——その一心で。

視覚が激しく歪み……そこから記憶はない。

＊

気がつくと白い天井が見えた。二本ずつ並んで埋め込まれた蛍光灯。光ってはいない。

次にエアーキャップがすぐ目の前に見えた。それがエアーキャップであることを認識するのに、だいぶ時間がかかった。そう認識した上で、なぜそれがこんな目の前にあるのか、やっぱりわからなかった。

あたりは静かな青い光に満ちていた。今はいつなのか。朝……といっても夜明け前か。

ここはどこなのか。教室？——ということは……多摩美——芸祭……。

ゆっくりと昨晩の記憶が蘇ってくる——ヘドロの底から何かおぞましい物体が引き揚げられてくるように。その全貌がおおよそ明らかになった時、僕は思わず心で叫んだ。

『死にたい!!』

……まあこれは、こういう状況の時に人が往々にして叫ぶ常套句のようなものである。それが本当に意味するところは、悔恨——それも無限の深みに引きずり込まれるような悔恨である。そのあまりの強烈さで、僕はしばらく息ができないほどだった。

最初のパニック反応が少し収まると、今度は不安がじわじわとやってくる。記憶が失われた時間の中で、自分は何をしでかしてしまったのか——黒い暗雲が胸の中を渦巻く。同時に、意外と冷静に物事を考えられるようにもなる——それがかえって辛いのだが。

灯油の臭いがする——それも強烈に。ということは、灯油を頭から被った記憶は、残念ながら夢でも幻でもないということだ。そして僕はこうして生きている——どこも焦げ臭くはない。ということは、ライターによる着火は失敗したということだ。ガソリンと違って灯油は揮発性が低いから、火花だけで引火するようなものではない——くらいのことは分析できた。

顎と眼球だけ動かして、自分の置かれた状況を知ろうとする。どうやら自分は顔だけ出して、エアーキャップで全身グルグル巻きにされているようだ。作品の梱包に使うエアーキャップは、クッション性と保温性に優れている。顔で感じる空気はとても寒かったが、体は蒸れるほどに温まっていた。人々の親切心を感じる——と同時に、あまりのすまなさに、また『死にたい！』という発作が起きる……。

さらに点検すると、自分はどうもゴワゴワした感触の、知らない服を着ているようだった。顎を引いて襟元を見ると、深緑色のナイロン地——昨晩関氏が着ていたアウトドア用のパーカーだった。たぶん海外メーカーの高い服なんだろうと思って見ていたのでよく覚えている。

その下はほぼ裸——ブリーフだけは自分のものを穿いているようだったが。おそらく灯油でびしょ濡れになった衣服は、危険なので脱がされたのだろう。無抵抗になった僕を人々が半裸にしている光景を想像すると、顔から火が出るほど恥ずかしかった。またその憐れな肉体を関氏の高級パーカーが包み込んでいることが——その大きな慈愛が——完全な敗北感を僕に与えた。

「起きた？」

突然佐知子の声が頭のてっぺんの方から聞こえた。教室には誰もいないと思っていたので驚いた。ガサガサと何かが擦れる音。

「気分はどう？」

佐知子の顔が視界の上の方からぬっと現れた。その距離に思わずドキリとした。佐知子もエアーキャップを毛布のように肩から羽織っていた――彼女も床でエアーキャップに包(くる)まって横になっていたらしい。しっかりした声から察するに、深くは眠っていなかったのだろう。

「大丈夫……？」

ひどく心配そうに問われると、まったく大丈夫ではない自分の状態が自覚された。頭がさっきからズキンズキンと、心拍に合わせて痛んでいた。髪に染みついた灯油の、甘いともいえるような臭いが、頭痛をさらに憂鬱なものにしていた。吐き気もした――というより、口の中いっぱいに酸っぱいゲロの味がした。もう吐いたのだろう。

「僕は……」

自分の声は驚くほどしゃがれていた――記憶がなくなってから声を限りに何かを叫び続けていたことが、喉の痛みで想像できた。僕はおそるおそる訊いた。

「やっぱり……酷かったのかな……」

佐知子はふっと短い笑いを漏らしてから言った。

「どこまで覚えてるの？」

「灯油を被って……火を着けようとしたところまで……」

「ふーん……そこまでは覚えているんだ……」

佐知子は意味深な表情になった。

「でも心配しないで。あのあとも二朗くんは二朗くんのままだったよ……」

そう言ってから、佐知子は僕の額に自分の額を軽く押し当てた。

僕は次に何を言うべきかまったくわからず、途方に暮れていた。

『ごめん』だろうか。

『ありがとう』だろうか。それとも『さようなら』だろうか。

『関さんと幸せに』だろうか。いや、それともいっそ『結婚しよう』だろうか。

どれを言っても真実な気がした。

しかし待て、その前に……。

そもそも僕がこの〈芸祭〉に来たのは、千美に再び通うべきか、それともこのまま辞めるべきか——つまり美大受験をするべきか、するべきでないか——それを冷静に考えるためだったんじゃないのか。その結論こそ、今ここで出すべきではないのか……。

それについて考えようとしたが、頭がうまく働かない。僕はとりあえず起き上がることにした。腕をムズムズ動かして、上体を起こす準備を始めた。体を少し動かしただけで、頭が割れるように痛む。

その時、佐知子が短く「あ」と言った。

しかしその意味は分からず、そのままガバリと起き上がった。途端にパーカーのフードに溜まっていた大量のゲロが、滝のような勢いで背中に流れ込んだ…………。

*

ここが最良のタイミングかどうかはわからないが――唐突ながら、ここで終わりにしたいと思う。ここから先の話は、すべて読者の想像に任せたい。

まあ「僕の人生にこんな一夜があった」というだけの話だ。それは確かに僕にとって特別な一夜だったが、何も特別でなかったともいえる。人生の他のあらゆる時と同じく、これも一つの通過点に過ぎない。今も新たな通過点にいる僕は、この過去の通過点に対して、偉そうな結論を下すことはできない。ただここを、他者にとってわかりやすい一つの〈マイルストーン〉と見定め、事細かく書き留めてみたくなったまでのことだ。

正直言ってこれを書くことは、文章の素人である自分にとって大変な労力だった。途中何度も『なんでこんなものを、本業の美術を疎かにしてまで必死になって書いてるんだ』と自問自答し、虚しさに挫けそうになった。そんな時は『いや、これは「なぜ自分は今ここで、こんな美術作品を作っているのか」という、本業にとって最も大切な命題と密接に関わっているはずだ』と自分に言い聞かせた。

もちろん美術なんて世間にとってごく小さな存在だ。ましてや世界は広く、人類の歴史は長い。その中に置いた時、この夜東京郊外に存在したこの人間模様は、なんと小さく、限りなくゼロに近い存在であることか。それをしっかりと噛みしめたい。無謀にも個人から全体に至ることをつねに夢想するのが、美術の習わしであるならば。

ともあれ、これでしばらく言葉から離れられる。

明日からまた僕は絵筆を握るだろう。

「文學界」2020年3、4、5月号に短期集中連載

First published 2020 in Japan by
Bungeishunju Ltd.
This book is published in Japan by direct arrangement with
Shunji Hobara : Tensekido Shoten Ltd.

会田 誠（あいだ・まこと）
1965年、新潟県生まれ。美術家。91年東京藝術大学大学院美術研究科修了。絵画、写真、映像、立体、パフォーマンス、小説、漫画など表現領域は多岐にわたる。2012-13年には大規模な回顧展「会田誠展：天才でごめんなさい」（森美術館）が大きな話題となる。小説『青春と変態』、エッセイ集『カリコリせんとや生まれけむ』など著書多数。

げいさい

二〇二〇年八月十日　第一刷発行

著者　会田誠（あいだまこと）
発行者　大川繁樹
発行所　株式会社文藝春秋
〒一〇二-八〇〇八
東京都千代田区紀尾井町三-二三
電話　〇三-三二六五-一二一一
印刷所　大日本印刷
組版　ローヤル企画
製本所　大口製本

ISBN978-4-16-391242-4　Printed in Japan

木になった亜沙

今村夏子

誰かに食べさせたい。願いがかなって杉の木に転生した亜沙は、わりばしになって、若者と出会った——奇妙で不穏でうつくしい、芥川賞作家の最新短編集

文藝春秋

スーベニア

しまおまほ

「大人になれないわたしたちを描きたかった」――あなたがくれたもの。欲しくてもくれなかったもの。せつなくてリアル。著者が初めて挑む長編恋愛小説

文藝春秋

ポップス大作戦

武田花

はじめて見る場所なのに、ちょっとだけ懐かしい。知らない町を歩いていると、ふいに、そう思うことがある。ポップな色彩はじけるフォト&エッセイ集

文藝春秋

文豪春秋

ドリヤス工場

夏目漱石、太宰治、中原中也、川端康成……。文豪たちの、教科書に載らない人間臭い素顔を、文藝春秋創業者菊池寛が教える。漫画版文壇事件簿。又吉直樹氏絶賛！

文藝春秋